Daniel Quinn Ismael

Daniel Quinn

Ismael

Roman

Aus dem Amerikanischen
von Wolfram Ströle

C. Bertelsmann

Die Originalausgabe erscheint 1992 unter dem Titel
ISHMAEL bei Bantam Books, New York

1. Auflage

A Bantam / Turner Book. Published by arrangement with Bantam Books,
a division of Bantam Doubleday Dell Publishing Group, Inc.

Satz: Büro Dr. Ulrich Mihr, Tübingen
Druck: Mohndruck, Gütersloh
Printed in Germany
ISBN 3-570-00454-6

Eins

1

Als ich die Anzeige zum erstenmal las, blieb mir die Luft weg, und ich spuckte und fluchte und schleuderte die Zeitung auf den Boden. Als nicht einmal das genug schien, hob ich die Zeitung wieder auf, marschierte in die Küche und stopfte sie in den Müll. Einmal dort, machte ich mir eine Kleinigkeit zum Frühstück und versuchte, mich zu beruhigen. Ich aß und dachte an etwas völlig anderes. Jawohl. Dann fischte ich die Zeitung aus dem Müll und blätterte wieder zu den Kleinanzeigen. Ich wollte nur sehen, ob das blöde Ding noch da war und ob ich richtig gelesen hatte. Ich hatte.

Lehrer sucht Schüler
mit ernsthaftem Verlangen,
die Welt zu retten.
Persönliche Bewerbung erwünscht.

Mit ernsthaftem Verlangen, die Welt zu retten. Das war gut. Das war unfaßbar. Mit ernsthaftem Verlangen, die Welt zu retten – wirklich genial. Bis Mittag würden zweihundert Idioten, Trottel, Gimpel, Simpel, Schwachköpfe und andere Hornochsen an der angegebenen Adresse Schlange stehen, bereit, ihre sämtlichen irdischen Güter dem erlesenen Privileg zu opfern, zu Füßen irgendeines Gurus zu sitzen, der mit der Botschaft schwanger ging, alles würde gut werden, wenn nur jeder seinen Nachbarn in die Arme schloß.

Man fragt sich: Was regt der Mann sich so auf? Warum ist er so bitter? Eine berechtigte Frage. Ich habe sie mir übrigens selbst gestellt.

Die Antwort ist in der Vergangenheit zu suchen, denn vor zehn, zwanzig Jahren glaubte ich in meiner Einfalt noch, das Wichtigste, das ich überhaupt bräuchte, sei ... ein Lehrer. Jawohl. Ich glaubte, ich bräuchte einen Lehrer – und zwar ganz dringend. Einen, der mir zeigte, wie man ... na ja, wie man die Welt rettete.

Blöd, was? Kindisch, naiv, unreif. Oder einfach gottserbärmlich dumm. Bei jemandem, der sonst so offensichtlich normal ist, bedarf das der Erklärung.

Also das kam so.

Als in den sechziger und siebziger Jahren die Kinder revoltierten, war ich gerade alt genug, um zu verstehen, was sie wollten – sie wollten die Welt auf den Kopf stellen –, und gerade noch jung genug, um zu glauben, es könnte ihnen gelingen. Wirklich. Wenn ich am Morgen die Augen aufmachte, erwartete ich, daß das neue Zeitalter bereits begonnen hatte, daß der Himmel noch blauer leuchtete und das Gras noch grüner war. Ich erwartete, daß die Luft vor Lachen vibrierte und die Menschen auf der Straße tanzten, und zwar nicht nur die Kinder, sondern alle! Ich entschuldige mich nicht für meine Naivität. Wer sich die Lieder anhört, die damals gesungen wurden, weiß, daß ich mit meinen Träumen nicht allein war.

Dann eines Tages, ich war so um die fünfzehn, wachte ich auf und wußte, daß die neue Zeit nie anbrechen würde. Die Revolte war nicht niedergeschlagen worden, sondern war von selbst zu einer leeren Floskel verkümmert. War ich vielleicht der einzige Mensch auf der ganzen Welt, der dabei seine Illusionen verlor? Seine Orientierung? Anscheinend ja, denn alle anderen taten das Ganze mit einem zynischen Grinsen ab, das soviel sagte wie:

»Was hast du denn erwartet? Es war nie mehr als das und wird auch nie mehr sein. Keiner will die Welt retten, denn keiner schert sich einen Dreck um die Welt. Das war alles nur das Gerede dummer Kinder. Such dir einen Job, verdiene Geld, arbeite, bis du sechzig bist, und beende dein Leben dann in Florida.«

Ich konnte es nicht wie die anderen mit einem Schulterzucken abtun, und in meiner Unschuld glaubte ich, irgendwo müsse es einen Menschen im Besitz einer geheimen Weisheit geben, der meine Desillusion und Orientierungslosigkeit vertreiben könne: einen Lehrer.

Natürlich gab es keinen solchen Lehrer.

Ich wollte keinen Guru oder Kung-Fu-Meister oder geistigen Führer. Ich wollte nicht Zaubern lernen oder die Kunst des Bogenschießens, ich wollte nicht lernen, wie man meditiert, seine Chakras ins Gleichgewicht bringt oder sich an frühere Inkarnationen erinnert. Solche Künste und Disziplinen sind im Grunde egoistisch, ihr Ziel ist der Nutzen des Schülers – nicht der Welt. Ich war hinter etwas ganz anderem her, aber ich konnte es weder im Branchenverzeichnis noch sonstwo finden.

In Hermann Hesses *Morgenlandfahrt* erfährt man nie, was Leos große Weisheit ausmacht. Hesse konnte es nicht sagen, weil er es selbst nicht wußte. Es ging ihm wie mir; er sehnte sich nach einem Menschen wie Leo, jemandem mit einer geheimen Weisheit und einem Wissen, das über sein eigenes hinausreichte. In Wirklichkeit gibt es ein solches Geheimwissen natürlich gar nicht; keiner weiß etwas, das man nicht auch in den Regalen einer öffentlichen Bücherei finden kann. Aber das wußte ich damals noch nicht.

Ich suchte also weiter, so blöd das heute auch klingt. Die Suche nach dem Gral wäre vergleichsweise sinnvoller gewesen; man stelle sich bloß vor, was der Gral an einem gutem Tag bei Sotheby hätte bringen können. Ich will nicht darüber reden, es ist mir peinlich. Ich suchte weiter, bis ich klüger war. Ich hörte auf, einen Narren aus mir zu machen, aber etwas in mir war tot – etwas, das ich irgendwie gern gehabt und bewundert hatte. Statt dessen war da jetzt eine Narbe – eine verhärtete Stelle, die aber zugleich auch empfindlich war.

Und jetzt, Jahre, nachdem ich das Ganze aufgegeben hatte, suchte hier ein Scharlatan über eine Zeitungsanzeige genau jenen jungen Träumer, der ich vor fünfzehn Jahren gewesen war.

Aber das erklärt eigentlich noch immer nicht meine Wut.

Versuchen wir es damit: Du liebst jemanden seit zehn Jahren – jemanden, der gerade mal weiß, daß es dich gibt. Du hast alles getan und alles versucht, diesem Jemand zu zeigen, daß du eine nette Person bist, die man gern haben muß, und daß deine Liebe etwas wert ist. Dann schlägst du eines Tages die Zeitung auf und überfliegst die Kleinanzeigen, und auf einmal siehst du, daß die von dir geliebte Person eine Anzeige veröffentlicht hat, in der sie jemanden sucht, der es wert ist, von ihr geliebt zu werden.

Ich weiß, es ist nicht genau dasselbe. Wie konnte ich erwarten, daß dieser unbekannte Lehrer sich ausgerechnet mit mir in Verbindung setzen würde, statt in einer Anzeige nach einem Schüler zu suchen? Und umgekehrt, wenn er ein Scharlatan war, wie ich vermutete, was hätte mir überhaupt daran liegen sollen, daß er sich mit mir in Verbindung setzte?

Wie auch immer, mein Verhalten ließ sich nicht erklären. So was kommt vor.

2

Natürlich mußte ich hin, mußte ich mich vergewissern, daß wieder nur alles Schwindel war. Verständlich, oder? Eine halbe Minute würde genügen, ein einziger Blick, zehn Worte aus seinem Mund. Dann würde ich Bescheid wissen. Dann würde ich heimgehen und die Sache vergessen.

Dort angekommen, stand ich zu meiner Überraschung vor einem ganz gewöhnlichen Bürogebäude, in dem zweitklassige Presseagenten, Anwälte, Zahnärzte, Reiseunternehmer, ein Chiropraktiker und ein oder zwei Privatdetektive ihre Praxen und Büros hatten. Ich hatte etwas mit mehr Atmosphäre erwartet – zum Beispiel ein Haus aus braunem Sandstein mit holzgetäfelten Wänden, hohen Decken und heruntergelassenen Jalousien. Ich suchte nach Suite Nr. 105 (obwohl davon in der Anzeige offen gesagt nicht die Rede gewesen war). Ich fand den Eingang auf der Rückseite des Hauses, wo die Fenster auf eine enge Gasse gingen. An der Tür stand nichts. Ich öffnete sie und betrat einen leeren Raum. Er war ungewöhnlich groß, weil man einige Zwischenwände herausgenommen hatte, deren Spuren noch auf dem nackten Holzfußboden zu sehen waren.

Das war mein erster Eindruck: Leere. Der zweite betraf den Geruch. Der Raum roch nach Zirkus, nein, nicht nach Zirkus, sondern nach Menagerie, unmißverständlich, aber nicht unangenehm. Ich sah mich um. Das Zimmer war nicht vollständig leer. An der Wand links befand sich ein kleines Bücherregal mit dreißig bis vierzig Büchern, die meisten über Geschichte, Frühgeschichte und Anthropologie. In der Mitte stand einsam ein Polstersessel, der Wand rechts zugewandt, wie ein Überbleibsel, das beim Umzug zurückgelassen worden war. Der Sessel war zweifellos für den Meister reserviert. Die Schüler würden im Halbkreis vor ihm auf Matten knien oder liegen.

Und wo waren die Schüler, die zu Hunderten kommen würden, wie ich prophezeit hatte? Waren sie vielleicht schon dagewesen und wie die Kinder von Hameln entführt worden? Die unberührte Staubschicht auf dem Boden sprach dagegen.

Irgend etwas an dem Raum war seltsam, aber ich mußte mich noch einmal umsehen, ehe ich draufkam, was es war. Die der Tür gegenüberliegende Wand wurde von zwei hohen Flügelfenstern unterteilt, durch die schwaches Licht von der Gasse hereindrang. Die Wand links, an die das benachbarte Büro grenzte, war fensterlos. In die Wand rechts war ein einzelnes Spiegelglasfenster eingelassen, das ganz offensichtlich nicht nach draußen führte, da es überhaupt kein Licht hereinließ. Es war ein Fenster in ein angrenzendes Zimmer, das noch dunkler war als der Raum, in dem ich stand. Ich überlegte, welche Reliquie dort wohl der Berührung neugieriger Hände entzogen war. Vielleicht ein einbalsamierter Yeti oder ein Schneemensch aus Katzenfell und Pappmaché? Oder die Leiche eines Ufonauten, den ein Milizionär der Nationalgarde erschlagen hatte, bevor er seine erhabene Botschaft von den Sternen verkünden konnte (»Wir sind Brüder. Tut mir nichts.«)?

Da es hinter dem Fenster dunkel war, erschien das Glas der Scheibe schwarz, opak und reflektierend. Ich trat näher, versuchte aber nicht hindurchzusehen; schließlich war ich wahrscheinlich derjenige, der beobachtet wurde. Als ich vor der Scheibe stand, starrte ich einen Augenblick lang in meine eigenen Augen, dann sah ich durch die Scheibe – in ein anderes Augenpaar.

Erschrocken trat ich einen Schritt zurück. Dann, als mir bewußt wurde, was ich gesehen hatte, trat ich noch einen Schritt zurück, diesmal vor Angst.

Das Wesen auf der anderen Seite der Scheibe war ein ausgewachsener Gorilla.

»Ausgewachsen« sagt natürlich gar nichts. Er war ein ungeheurer Koloß, wie ein Felsen oder ein gigantischer Steinblock aus Stonehenge. Schon durch seine bloße Masse wirkte er bedrohlich, obwohl er keinerlei drohende Gebärden machte. Ganz im Gegenteil: Friedlich zurückgelehnt saß er da und knabberte graziös an einem schlanken Zweig, den er in der Linken hielt wie einen Zauberstab.

Ich wußte nicht, was ich sagen sollte. Man kann sich vorstellen, wie durcheinander ich war: Ich hatte das Gefühl, ich müsse etwas sagen – mich entschuldigen, meine Anwesenheit erklären, mein Eindringen rechtfertigen, das Tier um Verzeihung bitten. Ich empfand es als Kränkung, ihm einfach in die

Augen zu starren, aber ich war wie gelähmt, hilflos. Ich konnte immer nur sein Gesicht anstarren, das häßlicher ist als alle anderen Gesichter im Königreich der Tiere, weil es unserem so ähnelt, und zugleich auf seine Weise vornehmer als jedes griechische Schönheitsideal.

Die Glasscheibe war für mich in Wahrheit kein Schutz, denn sie hätte unter seiner Berührung nachgegeben wie Seidenpapier. Aber er schien nicht entfernt daran zu denken, sie zu berühren. Er saß nur da, starrte mir in die Augen, knabberte an seinem Zweig und wartete. Nein, er wartete nicht, er war nur da, wie er dagewesen war, bevor ich kam, und wie er dasein würde, wenn ich wieder weg war. Ich hatte das Gefühl, daß ich ihm nicht mehr bedeutete als dem auf einem Hügel rastenden Schäfer eine vorüberziehende Wolke.

Meine Angst verebbte, und das Bewußtsein für meine Lage kehrte zurück. Ich sagte mir, daß der Lehrer offenbar nicht anwesend war, daß mich also nichts hielt, und daß ich am besten wieder nach Hause ging. Aber ich wollte nicht mit dem Gefühl gehen, umsonst gekommen zu sein. Ich sah mich also nach Papier um, in der Absicht, eine Nachricht zu hinterlassen, aber ich fand keines. Immerhin machte mich die Suche auf etwas aufmerksam, das ich bisher übersehen hatte. In dem Raum auf der anderen Seite der Scheibe hing an der Wand hinter dem Gorilla ein Schild oder ein Plakat. Auf ihm stand:

Gibt es
ohne den Menschen
Hoffnung
für den Gorilla?

Dieses Plakat oder vielmehr der Text ließ mich innehalten. Worte sind mein Beruf. Ich las sie also noch einmal, in der Erwartung, daß sie sich von selbst erklären würden, daß sie aufhören würden, zweideutig zu sein. Lag die Hoffnung der Gorillas im Aussterben oder im Überleben des Menschen? Denn der Text ließ sich auf beide Weisen verstehen.

Natürlich handelte es sich um ein Koan – einen Spruch, der gar nicht verstanden werden sollte. Genau deshalb mochte ich ihn nicht, und noch aus einem anderen Grund: Ich hatte den Eindruck, als habe man das faszinierende Geschöpf nur deshalb hinter der Scheibe eingesperrt, damit es als eine Art lebendiger Illustration des Koan dienen konnte.

Du solltest wirklich etwas tun, sagte ich mir ärgerlich. Dann fügte ich hinzu: *Am besten setzt du dich hin und bist still.*

Ich lauschte dem Echo dieser seltsamen Aufforderung nach, als ob es sich um ein paar Takte Musik handelte, die ich nicht zuordnen konnte. Nachdenklich sah ich den Sessel an: War es tatsächlich am besten, wenn ich mich hinsetzte und still war? Und wenn ja, warum? Die Antwort ließ nicht lange auf sich warten: *Weil du, wenn du still bist, besser hören kannst. Ja,* dachte ich, *das stimmt zweifellos.*

Ohne bewußten Grund hob ich die Augen und erwiderte den Blick meines Gegenübers aus dem Tierreich. Wie jedermann weiß, können Augen sprechen. Zwei Fremde können sich mühelos durch einen einzigen Blick gegenseitiges Interesse bekunden. *Seine* Augen sprachen auch, und ich verstand, was sie sagten. Meine Beine wurden weich wie Gelee, und ich schaffte es gerade noch zum Sessel.

»Wie ist das möglich?« fragte ich, und ich wagte nicht, die Worte laut auszusprechen.

»Na und?« erwiderte er genauso stumm. »Es ist eben so, und damit basta.«

»Also du –«, stotterte ich. »Du bist ...«

Ich stellte fest, daß ich das Wort nicht aussprechen konnte.

Nach einem Augenblick nickte er, wie in Anerkennung meiner Schwierigkeit. »Ich bin der Lehrer.«

Wir starrten einander eine Weile an, und mein Kopf war vollkommen leer.

Dann sagte er: »Brauchst du etwas Zeit, dich zu erholen?«

»Ja!« rief ich, zum erstenmal laut.

Er neigte seinen schweren Kopf zur Seite und beäugte mich neugierig. »Hilft es dir, wenn ich dir meine Geschichte erzähle?«

»Ganz bestimmt«, sagte ich. »Aber sage mir doch bitte zuerst deinen Namen – wenn du willst.«

Er starrte mich einen Augenblick stumm und, soweit ich das damals beurteilen konnte, ausdruckslos an. Dann fuhr er fort, als ob ich nichts gesagt hätte.

»Ich wurde irgendwo in den Wäldern im westlichen Äquatorialafrika geboren«, sagte er. »Ich habe nie versucht herauszufinden, wo genau, und ich sehe auch jetzt keinen Grund, warum ich dies tun sollte. Kennst du zufällig die Methoden von Frank und Osa Johnson?«

Ich sah ihn verwirrt an. »Frank und Osa Johnson? Ich kenne nicht einmal die Namen.«

»Sie waren in den dreißiger Jahren berühmte Tiersammler. Mit Gorillas verfuhren sie folgendermaßen: Wenn sie auf eine Gruppe Gorillas stießen, erschossen sie die Weibchen und sammelten alle Kinder ein, die in der Nähe waren.«

»Wie schrecklich«, sagte ich, ohne nachzudenken.

Der Gorilla zuckte die Schultern. »Ich kann mich daran nicht mehr erinnern – obwohl ich Erinnerungen an noch frühere Zeiten besitze. Johnson auf jeden Fall verkaufte mich an einen Zoo in einer Kleinstadt im Nordosten – ich weiß nicht an welchen, da mir solche Dinge damals noch nicht bewußt waren. Dort lebte ich einige Jahre und wuchs heran.«

Er machte eine Pause und knabberte geistesabwesend an seinem Zweig, wie um seine Gedanken zu sammeln.

3

Tiere, die an solchen Orten eingesperrt sind – fuhr er schließlich fort –, denken fast immer mehr nach als ihre Artgenossen in der Wildnis. Selbst die schwerfälligsten unter ihnen spüren unwillkürlich, daß mit ihrem Leben etwas nicht stimmt. Wenn ich sage, daß sie mehr nachdenken, meine ich damit nicht, daß sie zu logischem Denken imstande sind. Aber den Tiger, der wütend in seinem Gehege hin- und herläuft, treibt etwas an, das ein Mensch mit Sicherheit als Gedanken identifizieren würde. Und dieser Gedanke ist eine Frage: *Warum?* »Warum, warum, warum?« fragt der Tiger sich Stunde um Stunde, Tag um Tag, Jahr um Jahr, während er hinter dem Gitter seines Käfigs seine endlose Runde dreht. Er kann nicht über die Frage nachdenken oder andere Fragen stellen. Wenn du ihn fragen könntest: »Warum was?«, könnte er dir darauf nicht antworten. Trotzdem brennt die Frage wie eine unlöschbare Flamme in seinem Kopf und verursacht dort einen sengenden Schmerz, der erst abklingt, wenn das Tier in jene endgültige Lethargie verfällt, die der Zoobesitzer als die unumkehrbare Zurückweisung des Lebens erkennt. Natürlich stellt ein Tiger, der in seiner normalen Umgebung lebt, sich diese Frage nicht.

Bald begann auch ich zu fragen: *Warum?* Da ich dem Tiger in neurologischer Hinsicht weit überlegen bin, konnte ich über die Bedeutung der Frage nachdenken, zumindest auf rudimentäre Weise. Ich erinnerte mich an ein anderes Leben, das für die, die es führten, interessant und angenehm war. Im Unterschied dazu war mein Leben im Zoo quälend langweilig und uninteressant. Ich versuchte mit meiner Frage also eine Antwort darauf zu finden, warum das Leben in zwei Hälften geteilt sein sollte: in eine interessante und angenehme Hälfte, und in eine langweilige und unangenehme. Ich hatte kein Bewußtsein von mir als Gefangenem, und ich wußte nicht, daß jemand mich daran hinderte, ein interessantes und angenehmes Leben zu führen.

Als ich keine Antwort auf meine Frage erhielt, begann ich über die Unterschiede zwischen den beiden Leben nachzudenken. Der wichtigste Unterschied war, daß ich in Afrika Mitglied einer Familie gewesen war – einer Art Familie freilich, wie sie die Angehörigen deines Kulturkreises seit Jahrtausenden nicht mehr kennen. Wenn Gorillas sich entsprechend ausdrücken könnten, würden sie sagen, daß für sie die Familie wie eine Hand ist, von der sie die Finger sind. In ihrem Bewußtsein sind sie in erster Linie eine Familie; das Bewußtsein des Einzelnen von sich selbst ist viel weniger ausgeprägt. Im Zoo gab es zwar andere Gorillas, aber keine Familie. Fünf abgetrennte Finger machen noch keine Hand.

Ich dachte auch über unsere Ernährung nach. Die Kinder der Menschen träumen von einem Land, in dem die Berge aus Eiscreme, die Bäume aus Lebkuchen und die Steine Bonbons sind. Für einen Gorilla ist Afrika ein solches Land. Dort gibt es überall wunderbare Dinge zu essen. Man denkt nie: »Jetzt muß ich aber etwas essen.« Weil es überall etwas zu essen gibt, ißt man geradezu unbewußt, so, wie man Luft einatmet. Ja, man denkt an das Essen gar nicht als an eine eigenständige Tätigkeit. Essen ist wie eine wunderbare Musik, welche die anderen Verrichtungen des Tages im Hintergrund begleitet. Erst als im Zoo zweimal am Tag große Mengen geschmacklosen Futters in unsere Käfige geworfen wurden, wurde für mich daraus eine bewußte Tätigkeit.

Indem ich über solche kleinen Dinge nachdachte, begann, ohne daß ich es merkte, mein inneres Leben.

Obwohl ich natürlich davon nichts ahnte, forderte die große wirtschaftliche Depression in allen Bereichen des amerikanischen Lebens ihren Tribut. Überall mußten die Zoos sparen und die Zahl der gehaltenen Tiere verringern. Ich glaube, viele Tiere wurden einfach eingeschläfert, denn es gab keinen privaten Markt für Tiere, deren Haltung kostspielig war, und die weder exotisch noch aufregend waren. Eine Ausnahme bildeten natürlich die großen Raubkatzen und die Affen.

Kurz gesagt, ich wurde an den Besitzer einer Wandermenagerie verkauft, der einen leeren Wagen zu besetzen hatte. Ich war ein großer, eindrucksvoller junger Gorilla und damit zweifellos langfristig eine vernünftige Investition.

Vielleicht glaubst du, es sei egal, in welchem Käfig man lebt, aber das stimmt überhaupt nicht. Nimm zum Beispiel den Kontakt mit den Menschen. Im Zoo wußten wir Gorillas alle, daß uns Menschen besuchten. Sie waren für uns eine Attraktion, eine Sehenswürdigkeit, so wie für eine Menschenfamilie Vögel oder Eichhörnchen im Garten eine Sehenswürdigkeit sind. Uns war klar, daß diese seltsamen Wesen uns ansahen, aber wir dachten nicht im entferntesten daran, daß sie nur zu diesem Zweck gekommen waren. In der Menagerie dagegen begriff ich den wahren Sachverhalt sehr schnell.

Meine Erziehung in dieser Hinsicht begann gleich am ersten Tag, an dem ich ausgestellt wurde. Einige Besucher kamen zu meinem Wagen und begannen, zu mir zu sprechen. Entgeistert starrte ich sie an. Im Zoo hatten die Besucher miteinander gesprochen, aber nie mit uns. »Vielleicht bringen diese Leute etwas durcheinander«, sagte ich mir. »Vielleicht halten sie mich für einen der ihren.« Mein Erstaunen und meine Verwirrung wuchsen, als nacheinander alle Besucher, die meinen Wagen besuchten, sich auf dieselbe Weise verhielten. Ich wußte einfach nicht, was ich davon halten sollte.

Ohne mir darüber bewußt zu sein, versuchte ich an jenem Abend zum erstenmal, alle meine Geisteskräfte zur Lösung eines Problems aufzubieten. War es möglich, so fragte ich mich, daß der Ortswechsel auf irgendeine Weise auch mich verändert hatte? Aber ich fühlte mich überhaupt nicht anders, und auch mein Aussehen hatte sich mit Sicherheit nicht geändert. Vielleicht, dachte ich, gehörten die Leute, die mich an diesem Tag besucht hatten, zu einer anderen Art als die, die in den Zoo gekommen waren. Aber auch davon war ich nicht überzeugt. Die beiden Gruppen waren in jeder Hinsicht gleich, mit nur einer

Ausnahme: Die einen Besucher unterhielten sich untereinander, die anderen sprachen mit mir. Sogar das, was sie sagten, hörte sich gleich an. Es mußte an etwas anderem liegen.

Am folgenden Abend wandte ich mich dem Problem erneut zu, und ich argumentierte diesmal so: Wenn ich mich nicht geändert hatte und die Besucher sich nicht geändert hatten, dann mußte etwas anderes sich geändert haben. Ich war derselbe, sie waren dieselben, also war etwas anderes nicht dasselbe. So gesehen, gab es auf meine Frage nur eine Antwort: Im Zoo hatte es viele Gorillas gegeben, hier gab es nur mich. Dieser Schluß erschien mir zwingend, aber ich konnte nicht verstehen, warum Besucher sich vor vielen Gorillas anders als vor nur einem Gorilla verhalten sollten.

Am nächsten Tag achtete ich verstärkt darauf, was die Besucher zu mir sagten. Ich stellte bald fest, daß zwar jeder etwas anderes sagte, daß ein Laut aber ständig wiederkehrte, und dieser Laut schien dazu bestimmt, meine Aufmerksamkeit zu erregen. Natürlich hatte ich keinerlei Vermutung, was der Laut bedeuten mochte. Schließlich hatte ich keinen Stein von Rosette.

Der Wagen rechts von mir war mit einer Schimpansin mit Kind belegt, und ich hatte bereits beobachtet, daß die Besucher zu ihr in der gleichen Weise sprachen wie zu mir. Jetzt fiel mir auf, daß die Besucher, wenn sie die Aufmerksamkeit der Schimpansin erregen wollten, einen anderen Laut äußerten als bei mir. Vor ihrem Wagen riefen sie »Zsa-Zsa! Zsa-Zsa!«, vor meinem Wagen »Goliath! Goliath!«

Durch kleine Schritte wie diesen erkannte ich bald, daß die Laute sich auf geheimnisvolle Weise auf die Schimpansin und auf mich als Individuen bezogen. Du hast von Geburt an einen Namen und glaubst wahrscheinlich, sogar ein Schoßhund wisse, daß er einen Namen habe, was übrigens nicht stimmt. Deshalb kannst du dir nicht vorstellen, welche Revolution der Wahrnehmung der Erwerb eines Namens in mir auslöste. Es wäre keine Übertreibung zu sagen, daß ich in diesem Moment erst eigentlich geboren wurde – als eigenständige Person. Ich glaube, es gab einmal eine Zeit, in der der Verleihung eines Namens bei der Taufe eine ähnliche Bedeutung zukam.

Von der Erkenntnis, daß ich einen Namen hatte, zu der Erkenntnis, daß alles einen Namen hatte, war es kein großer Schritt. Vielleicht glaubst du, ein eingesperrtes Tier habe wenig Gelegenheit, die Sprache seiner Besucher zu lernen, aber das stimmt nicht. Menagerien werden oft von Familien besucht, und ich merkte bald, daß Eltern ihre Kinder unaufhörlich in der Kunst des Sprechens unterrichten: »Schau, Johnny, da ist eine Ente! Sag mal Ente. En-te! Weißt du, wie die Ente macht? Die Ente macht quak, quak!«

Nach wenigen Jahren konnte ich den meisten Unterhaltungen in Hörweite folgen, aber mit dem Verständnis wuchs auch die Verwirrung. Ich wußte jetzt, daß ich ein Gorilla war und Zsa-Zsa eine Schimpansin. Außerdem wußte ich, daß die Bewohner der Wagen Tiere waren. Aber ich verstand noch nicht, was genau ein Tier ausmachte. Unsere menschlichen Besucher unterschieden klar zwischen sich und den Tieren, aber ich konnte nicht herausfinden warum. Zwar glaubte ich zu verstehen, was uns zu Tieren machte, aber ich begriff nicht, warum *sie* keine Tiere waren.

Die Umstände unserer Gefangenschaft waren mir kein Geheimnis mehr, denn ich hatte oft gehört, wie sie Kindern erklärt worden waren. Alle Tiere der Menagerie hatten ursprünglich an einem Ort gelebt, der Wildnis hieß und der sich über die ganze Welt erstreckte, was immer mit »Welt« gemeint war. Man hatte uns aus der Wildnis hierher gebracht, weil die Menschen uns aus irgendeinem seltsamen Grund interessant fanden. Man hielt uns in Käfigen, weil wir »wild« und »gefährlich« waren – Wörter, mit denen ich nichts anfangen konnte, die sich aber offensichtlich auf Eigenschaften bezogen, die ich verkörperte. Ich will damit sagen, daß Eltern, die ihren Kindern ein besonders wildes und gefährliches Tier zeigen wollten, auf mich deuteten. Zwar zeigten sie auch auf die großen Raubkatzen, aber da ich eine Raubkatze nie außerhalb eines Käfigs gesehen hatte, half mir das nicht weiter.

Insgesamt stellte das Leben in der Menagerie gegenüber dem Leben im Zoo eine Verbesserung dar, weil es nicht so bedrükkend langweilig war. Ich dachte nicht im entferntesten daran, meinen Haltern zu grollen. Sie konnten sich zwar freier bewegen, schienen aber genauso an die Menagerie gebunden wie wir anderen, und ich hatte ja keine Ahnung, daß sie draußen ein ganz anderes Leben führten. Der Gedanke, man könnte mich unrechtmäßig eines angeborenen Rechts beraubt haben, etwa des Rechts, zu leben, wie ich wollte, lag mir so fern wie das Boylesche Gesetz.

Es vergingen vielleicht drei oder vier Jahre. Dann, an einem regnerischen Tag, als die Menagerie verlassen dalag, bekam ich einen eigenartigen Besuch: einen Mann, der mir damals alt und verschrumpelt erschien, obwohl er, wie ich später erfuhr, erst um die Vierzig war. Sein Auftreten war von Anfang an anders. Er blieb am Eingang zur Menagerie stehen, überflog der Reihe nach alle Wagen und kam dann geradewegs auf mich zu. An dem anderthalb Meter vor dem Wagen gespannten Seil blieb er stehen, pflanzte seinen Spazierstock in den Dreck und sah mir aufmerksam in die Augen. Der Blick eines Menschen bringt mich nicht aus der Fassung, deshalb erwiderte ich seinen ruhig. Ich saß, er stand, und so verharrten wir einige Minuten bewegungslos. Ich weiß noch, daß ich eine ungewöhnliche Bewunderung für diesen Mann empfand, der trotz des Nieselregens mit stoischer Ruhe vor meinem Käfig ausharrte.

Schließlich straffte er sich und nickte mir zu, als sei er zu einem sorgfältig durchdachten Schluß gekommen.

»Du bist nicht Goliath«, sagte er.

Daraufhin machte er kehrt und marschierte den Weg zurück, den er gekommen war, ohne nach rechts oder links zu blicken.

4

Du kannst dir vorstellen, daß ich wie vom Donner gerührt war. *Nicht* Goliath? Was um Himmels willen konnte es bedeuten, nicht Goliath zu sein?

Ich sagte nicht einfach: »Gut, wenn ich nicht Goliath bin, wer bin ich dann?« Ein Mensch hätte das gefragt, er hätte gewußt, daß er *jemand* ist, egal, wie er heißt. Ich fragte es nicht. Im Gegenteil, mir schien, wenn ich nicht Goliath war, dann war ich überhaupt niemand.

Obwohl jener Fremde mich vor diesem Tag nie gesehen hatte, zweifelte ich keinen Augenblick an der Richtigkeit seiner Worte. Tausend andere hatten mich Goliath genannt – sogar die, die mich gut kannten, wie die Arbeiter der Menagerie –, aber das war etwas anderes, das zählte nicht. Der Fremde hatte nicht gesagt: »Du *heißt* nicht Goliath«, er hatte gesagt: »Du *bist* nicht Goliath«. Dazwischen lagen Welten. Es kam mir vor – obwohl ich es damals noch nicht so hätte ausdrücken können –, als hätte er mein Bewußtsein meiner selbst für eine Täuschung erklärt. Du erinnerst dich: Ich habe vorhin gesagt, daß ich erst in der Wahrnehmung meiner selbst als Goliath als Person geboren wurde, daß ich mich erst dann als *jemand* zu sehen begann. Wenn ich jetzt aber nicht Goliath war, dann ... dann konnte ich nur *niemand* sein.

Ich verfiel in eine Art halbwachen Dämmerzustand. Ein Wärter kam mit dem Fressen, aber ich ignorierte ihn. Die Nacht brach an, aber ich schlief nicht. Es hörte auf zu regnen, und die Sonne ging auf, ohne daß ich es bemerkte. Bald hatten sich die üblichen Massen versammelt und riefen »Goliath! Goliath!«, aber ich beachtete sie nicht.

So vergingen einige Tage. Dann, eines Abends, die Menagerie hatte für diesen Tag bereits geschlossen, trank ich ausgiebig aus meiner Schale und schlief bald darauf ein: Jemand hatte mir ein starkes Schlafmittel ins Wasser geschüttet. Als es dämmerte, erwachte ich in einem Käfig, den ich nicht kannte. Zuerst merkte ich gar nicht, daß es ein Käfig war, so groß war er und so seltsam geformt: rund und auf allen Seiten offen. Wie ich erst später begriff, hatte man einen Gartenpavillon zum Käfig umgebaut. Abgesehen von einem großen weißen Haus in der Nähe, stand er allein mitten in einem schönen Park, der sich, so stellte ich mir vor, bis ans Ende der Welt erstreckte.

Es dauerte nicht lange, und ich hatte eine Erklärung für den seltsamen Ortswechsel gefunden: Die Menschen, die die Menagerie besuchten, kamen zumindest teilweise in der Erwartung, einen Gorilla namens Goliath zu sehen; woher sie diese Erwartung hatten, entzog sich meinem Wissen, aber daß sie sie hatten, war deutlich genug. Als der Besitzer der Menagerie dann erfuhr, daß ich gar nicht Goliath war, konnte er mich natürlich nicht mehr als Goliath ausstellen und hatte deshalb keine andere Wahl, als mich wegzuschicken. Ich wußte nicht, ob ich darüber traurig sein sollte oder nicht. Mein neues Heim war zwar viel schöner als alles, was ich seit meinem Weggang aus Afrika gesehen hatte, aber ohne die tägliche Abwechslung durch die Besuchermassen würde die Langeweile bald noch unerträglicher sein als im Zoo, wo ich wenigstens die Gesellschaft anderer Gorillas gehabt hatte. Ich grübelte noch über dieses Problem nach, als ich aufsah und bemerkte, daß ich nicht allein war. Dicht vor dem Gitter stand ein Mann, dessen Silhouette sich schwarz gegen das sonnenbeschienene Haus in der Ferne abhob. Ich näherte mich ihm vorsichtig, und zu meinem Erstaunen kannte ich ihn.

Gleichsam in Wiederholung unserer früheren Begegnung starrten wir einander wortlos einige Minuten in die Augen. Ich saß auf dem Boden meines Käfigs, er stützte sich auf seinen Spazierstock. Er trug trockene und frische Kleider, und ich sah jetzt, daß er nicht der ältere Herr war, für den ich ihn zuerst gehalten hatte. Er hatte ein langes, dunkles und knochiges Gesicht; in seinen Augen brannte ein seltsames Feuer, und die Lippen hatte er wie in bitterer Freude zusammengepreßt. Zuletzt nickte er, genau wie beim erstenmal, und sagte:

»Ja, ich hatte recht. Du bist nicht Goliath. Du bist Ismael.«

Und als ob damit alles Wichtige endgültig gesagt sei, drehte er sich wieder um und ging weg.

Und wieder war ich wie vom Donner gerührt – aber diesmal war der Grund ein Gefühl tiefster Erleichterung, denn ich war von der Vergessenheit erlöst worden. Mehr noch, der Irrtum, aufgrund dessen ich so viele Jahre als Betrüger gelebt hatte, ohne es zu wissen, war endlich korrigiert worden. Ich war eine ganze Person geworden – nicht wieder, sondern überhaupt zum erstenmal.

Die Neugier auf meinen Retter verzehrte mich. Ich brachte ihn nicht mit dem Umzug von der Menagerie in den reizenden Pavillon in Verbindung, denn selbst jener so einfache wie oft falsche Schluß *post hoc, ergo propter hoc* war mir noch unbekannt. Für mich war der Mann ein überirdisches Wesen. Für mein jeglicher Mythologie gegenüber empfängliches Bewußtsein war er der Anfang einer Gotteserfahrung. Zweimal war er kurz in meinem Leben aufgetaucht – und beide Male hatte er mich mit einer einzigen Bemerkung verwandelt. Ich suchte nach der Bedeutung, die diesen Erscheinungen zugrunde lag, stieß aber nur auf Fragen. Hatte der Mann, als er in die Menagerie gekommen war, nach Goliath gesucht oder nach mir? War er gekommen, weil er gehofft hatte, ich sei Goliath, oder weil er geargwöhnt hatte, ich sei nicht Goliath? Wie hatte er mich in meiner neuen Umgebung so schnell finden können? Ich hatte keine Vorstellung, was Menschen alles wußten; wenn es also Allgemeinwissen war, daß ich in der Menagerie zu finden war (wie es der Fall zu sein schien), war es dann genauso Allgemeinwissen, daß ich jetzt hier zu finden war? Trotz dieser unbeantwortbaren Fragen blieb die überwältigende Tatsache bestehen, daß dieses unheimliche Wesen mich zweimal aufgesucht hatte, um mich auf nie zuvor dagewesene Weise anzusprechen – als Person. Ich war überzeugt, daß er jetzt, da er die Frage meiner Identität abschließend geklärt hatte, endgültig aus meinem Leben verschwinden würde. Was hätte er noch tun können?

Natürlich weißt du, daß all diese Überlegungen Unsinn waren. Trotzdem ist die Wahrheit, die ich erst später erfuhr, nicht viel weniger phantastisch.

Mein Wohltäter war ein reicher jüdischer Kaufmann aus dieser Stadt, und er hieß Walter Sokolow. An dem Tag, an dem er mich in der Menagerie entdeckte, hatte er einen Spaziergang im Regen gemacht, versunken in düstere Selbstmordgedanken, die ihn heimsuchten, seit er vor ein paar Monaten die Nachricht erhalten hatte, daß seine ganze Familie den Holocaust der Nazis nicht überlebt hatte. Der Spaziergang führte ihn zu einem Volksfest am Stadtrand, und er betrat das Gelände ohne besonderes Ziel. Da die meisten Buden und Karussells wegen des Regens geschlossen waren, lag eine Melancholie über dem Gelände, die gut zu seiner Stimmung paßte. Zuletzt kam er zu der Menagerie, deren Hauptattraktionen durch eine Reihe schauerlicher Gemälde angepriesen wurden. Eines dieser Gemälde war noch schauerlicher als der Rest und zeigte den Gorilla Goliath, der drohend den zerschmetterten Körper eines afrikanischen Eingeborenen schwenkte. Vielleicht dachte Walter Sokolow, ein Gorilla namens Goliath sei ein passendes Symbol für den nationalsozialistischen Riesen, der damals dabei war, das Volk Davids zu zerschmettern, auf jeden Fall beschloß er, daß es ihm Genugtuung bereiten würde, sich ein solches Ungeheuer hinter Gittern anzusehen.

Er ging also hinein und trat vor meinen Wagen. Doch als er mir in die Augen sah, merkte er bald, daß ich kein Verwandter des blutrünstigen Monsters auf dem Gemälde war und auch mit der Geißel seines Volkes nichts zu tun hatte. Er stellte fest, daß es ihm keine Genugtuung verschaffte, mich hinter Gittern zu sehen. Statt dessen beschloß er in einer närrisch-idealistischen Geste der Schuld und des Trotzes, mich aus meinem Gefängnis zu retten und – welch schrecklicher Gedanke – zu einem Ersatz für seine Familie zu machen, die er aus dem Gefängnis in Europa nicht hatte retten können. Der Besitzer der Menagerie war über den Verkauf erfreut; er war sogar bereit, den Wärter, der mich seit meiner Ankunft versorgt hatte, an Mr. Sokolow zu vermieten. Der Besitzer war Realist; Amerika würde bald in den Krieg eintreten, und durch die Lande ziehende Shows wie seine mußten die Kriegszeit entweder im Winterquartier verbringen oder sich auflösen.

Mr. Sokolow gab mir einige Tage Zeit, mich an die neue Umgebung zu gewöhnen, dann kehrte er zurück, um mich näher kennenzulernen. Der Wärter mußte ihm zeigen, wie alles gemacht wurde, vom Mischen des Futters bis zum Ausmisten des Käfigs. Er fragte ihn auch, ob er mich für gefährlich halte. Der Wärter sagte, ich sei wie eine schwere Maschine – gefährlich nicht aufgrund meiner Veranlagung, sondern aufgrund meiner schieren Größe und meiner Kraft.

Nach ungefähr einer Stunde schickte Mr. Sokolow ihn weg, und wir starrten einander längere Zeit stumm an, wie wir es bereits zweimal getan hatten. Schließlich begann er zögernd, gleichsam als ob er eine große innere Barriere überwinden müsse, zu mir zu sprechen, nicht in der scherzhaften Art der Besucher der Menagerie, sondern wie man zum Wind oder zu den Wellen spricht, die sich tosend am Strand brechen, und wie man etwas sagt, das gesagt werden muß, aber von niemandem gehört werden darf. Er schüttete mir gegenüber seine Sorgen und Selbstvorwürfe aus, und allmählich vergaß er die Zurückhaltung, die er sich auferlegt hatte. Eine Stunde war vergangen, und er stand an meinen Käfig gelehnt und hatte eine Hand um einen Gitterstab geschlungen. Gedankenverloren sah er zu Boden, und ich benutzte die Gelegenheit, ihm mein Beileid zu bekunden, indem ich die Hand ausstreckte und sanft über die Knöchel seiner

Hand strich. Erschrocken fuhr er zurück, aber ein fragender Blick in meine Augen bestätigte ihm, daß meine Geste völlig unschuldig gewesen war.

Nach dieser Erfahrung begann er zu vermuten, ich könnte wirkliche Intelligenz besitzen, und einige einfache Tests überzeugten ihn davon. Der Beweis, daß ich seine Worte verstand, führte ihn wie später andere Menschen, die mit Primaten arbeiteten, zu der Schlußfolgerung, ich müsse auch in der Lage sein, selbst Worte hervorzubringen. Kurz gesagt, er beschloß, mir das Sprechen beizubringen. Ich will die schmerzhafte und demütigende Erfahrung der folgenden Monate übergehen. Wir wußten beide nicht, daß die Schwierigkeiten unüberwindbar waren, weil ich die entsprechenden Laute nicht bilden konnte. Da wir es nicht wußten, arbeiteten wir beide in der Hoffnung, wenn wir nur auf unseren Anstrengungen beharrten, würde der Durchbruch eines Tages wunderbarerweise erfolgen. Aber dann kam der Tag, an dem ich nicht weiter konnte, und in meiner Qual, ihm das nicht sagen zu können, dachte ich es für ihn mit der ganzen geistigen Kraft, die ich besaß. Er war fassungslos – ebenso wie ich, als ich merkte, daß er meinen stummen Schrei gehört hatte.

Als erst einmal die volle Kommunikation zwischen uns hergestellt war, machten wir rasche Fortschritte. Ich will dich nicht mit den einzelnen Stadien dieser Entwicklung belästigen, zumal man sie sich, denke ich, leicht ausmalen kann. In den folgenden zehn Jahren lehrte er mich alles, was er über die Welt, das Universum und die menschliche Geschichte wußte, und wenn meine Fragen über sein Wissen hinausgingen, suchten wir gemeinsam nach Antworten. Und als meine Studien mich schließlich über seine Interessen hinaustrugen, wurde er mein williger Gehilfe, indem er mir Bücher und Informationen von Orten beschaffte, die natürlich außerhalb meiner Reichweite lagen.

Da meine Erziehung die ganze Aufmerksamkeit meines Wohltäters beanspruchte, wurde er von seinen quälenden Gewissensbissen abgelenkt, und er erholte sich allmählich von seiner Schwermut. Anfang der sechziger Jahre war ich zu einer Art Hausgast geworden, um den sich der Gastgeber kaum noch zu kümmern brauchte, und Mr. Sokolow begann wieder in der Gesellschaft zu verkehren. Es überrascht nicht, daß er sich bald in den Händen einer jungen Frau von vierzig Jahren fand, die keinen Grund sah, warum er nicht einen brauchbaren Ehemann abgeben sollte. Er selbst war einer Ehe keineswegs abgeneigt, er beging vor der Eheschließung jedoch einen schrecklichen Fehler: Er beschloß, unsere besondere Beziehung vor seiner Frau geheimzuhalten. Das schien damals keine ungewöhnliche Entscheidung, und ich war in solchen Dingen nicht erfahren genug, um die Folgen vorauszusehen.

Ich zog in den Pavillon zurück, sobald dieser so hergerichtet worden war, daß er den Gewohnheiten der Zivilisation, die ich mir angeeignet hatte, entsprach. Mrs. Sokolow betrachtete mich jedoch von Anfang an als ein absonderliches und bedrohliches Haustier, und sie drängte ihren Mann, mich so rasch wie möglich zu entfernen. Zum Glück war mein Wohltäter gewohnt, seinen Willen durchzusetzen, und so sagte er ihr unmißverständlich, daß ich bleiben würde, wo ich sei, und daß alles Bitten und Drängen daran nichts ändern könne.

Einige Monate nach der Hochzeit erzählte er mir, seine Frau werde ihm bald trotz seines hohen Alters ein Kind gebären, so wie seinerzeit die Sara dem Abraham.

»Das ahnte ich natürlich nicht, als ich dich Ismael nannte«, sagte er. »Aber sei ganz beruhigt, ich werde nicht zulassen, daß sie dich aus dem Haus jagt, wie Sara deinen Namensvetter aus dem Haus Abrahams gejagt hat, als ihr Sohn geboren wurde.« Lächelnd fügte er hinzu, wenn es ein Junge sei, werde er ihn trotzdem Isaak nennen. Es war dann freilich ein Mädchen, das den Namen Rachel erhielt.

5

An dieser Stelle schloß Ismael die Augen und machte eine lange Pause. Ich dachte schon, er sei vielleicht eingeschlafen, als er endlich fortfuhr.

»Ob es nun weise oder töricht war, mein Wohltäter beschloß, daß ich der Lehrer des Mädchens sein sollte, und ich freute mich, ihm diesen Gefallen tun zu können. Auf dem Arm ihres Vaters sitzend, verbrachte Rachel fast genausoviel Zeit mit mir wie mit ihrer Mutter – was mein Ansehen bei dieser Person natürlich nicht gerade steigerte. Weil ich in einer direkteren Sprache als der menschlichen zu dem Kind sprach, konnte ich es beruhigen oder zum Lachen bringen, wenn anderen das nicht gelang, und allmählich entwickelte sich eine enge Beziehung zwischen uns, die man mit der Beziehung zwischen eineiigen Zwillingen vergleichen könnte – nur daß ich Bruder, Haustier, Lehrer und Kindermädchen in einem war.

Mrs. Sokolow sehnte den Tag herbei, an dem Rachel eingeschult werden würde, denn dann, so glaubte sie, würden neue Interessen sie mir entfremden. Als das nicht der Fall war, setzte sie erneut alle Hebel in Bewegung, um mich zu entfernen. So behauptete sie, der Umgang mit mir beeinträchtige die Sozialisierung des Kindes. Dabei entwickelte sich das Mädchen völlig normal, obwohl es in der Grundschule ganze drei Klassen und in der High-School eine Klasse übersprang. Als sie an der Universität ihr Studium in Biologie abschloß, war sie noch keine zwanzig Jahre alt. 1985 starb mein Wohltäter und Rachel wurde meine Beschützerin. In dem Pavillon konnte ich nicht bleiben, deshalb bewerkstelligte Rachel mit Hilfe von Geldern, die ihr Vater testamentarisch für diesen Zweck zur Verfügung gestellt hatte, meinen Umzug in ein anderes Heim, das zuvor für mich hergerichtet worden war.«

Wieder verfiel Ismael einige Minuten in Schweigen. Dann fuhr er fort: »In den folgenden Jahren klappte nichts wie geplant oder erhofft. Ich stellte fest, daß ich mit meinem zurückgezogenen Dasein nicht mehr zufrieden war. In hatte mein ganzes bisheriges Leben in Abgeschiedenheit verbracht, deshalb wollte ich mich jetzt auf irgendeine Weise mitten in das kulturelle Geschehen stürzen, und ich strapazierte die Geduld meiner neuen Beschützerin durch immer verwickeltere Pläne, wie das zu bewerkstelligen sei. Zur gleichen Zeit ging Mrs. Sokolow erneut gegen mich vor. Sie überredete ein Gericht, das mir für meinen Lebensunterhalt zugeteilte Geld zu halbieren.

Erst 1991 klärte sich meine Lage. In diesem Jahr erkannte ich endlich meine wahre, bislang unerfüllte Berufung zum Lehrer – und ich fand endlich einen Weg, wie ich in dieser Stadt unter erträglichen Bedingungen leben konnte.«

Er gab mir durch ein Nicken zu verstehen, daß dies das Ende seiner Geschichte sei – oder zumindest dessen, was er mir erzählen wollte.

6

Zuviel sagen zu wollen macht manchmal genauso sprachlos wie wenn man wenig zu sagen hat. Mir fiel auf diese Geschichte keine irgendwie angemessene Antwort ein. Schließlich stellte ich eine Frage, die nicht mehr und nicht weniger geistlos war als die vielen anderen Fragen, die mir einfielen:

»Und hast du viele Schüler?«

»Ich hatte vier und bin mit allen gescheitert.«

»Ach. Warum?«

Er schloß die Augen, um einen Augenblick nachzudenken. »Ich scheiterte, weil ich die Schwierigkeit dessen, was ich lehren wollte, unterschätzt hatte – und weil ich das Denken meiner Schüler nicht gut genug kannte.«

»Aha«, sagte ich. »Und was unterrichtest du?«

Ismael nahm einen neuen Zweig von einem Haufen auf seiner rechten Seite, untersuchte ihn kurz und begann dann daran zu knabbern. Träge sah er mich an. Dann sagte er: »Du hast meine Geschichte gehört. Für welches Thema bin ich deiner Meinung nach am besten als Lehrer geeignet?«

Ich sah ihn verständnislos an und sagte, daß ich es nicht wisse.

»Natürlich weißt du es. Mein Thema ist die Gefangenschaft.«

»Die Gefangenschaft?«

»Richtig.«

Ich schwieg eine Weile und sagte dann: »Ich überlege gerade, was das mit der Rettung der Welt zu tun hat.«

Ismael dachte nach. »Welcher Teil der Menschheit will die Welt zerstören?«

»Zerstören? Soviel ich weiß, will niemand die Welt zerstören.«

»Und doch zerstört ihr sie, ihr alle. Ihr alle tragt täglich zur Zerstörung der Welt bei.«

»Stimmt.«

»Warum hört ihr nicht damit auf?«

Ich zuckte die Schultern. »Offengestanden, wir wissen es selbst nicht.«

»Ihr seid die Gefangenen einer Zivilisation, die euch mehr oder weniger zwingt, die Welt zu zerstören, um zu leben.«

»Ja, so scheint es.«

»Also. Ihr seid selbst Gefangene – und ihr habt die ganze Welt gefangengenommen. Darum geht es also – um eure Gefangenschaft und um die Gefangenschaft der Welt.«

»Stimmt. So habe ich noch nie darüber nachgedacht.«

»Und du persönlich bist doch auch ein Gefangener, oder?«

»Inwiefern?«

Ismael lächelte und zeigte dabei zwei lange Reihen elfenbeinfarbener Zähne. Ich hatte bis dahin nicht gewußt, daß er lächeln konnte.

Ich sagte: »Ich habe das Gefühl, ein Gefangener zu sein, aber ich kann mir dieses Gefühl nicht erklären.«

»Vor einigen Jahren – du mußt damals noch ein Kind gewesen sein, deshalb erinnerst du dich vielleicht nicht daran – hatten viele junge Menschen dieses Landes dasselbe Gefühl. Sie unternahmen den aufrichtig gemeinten, aber schlecht organisierten Versuch, aus ihrer Gefangenschaft auszubrechen, aber sie scheiterten, weil sie das Gitter des Käfigs nicht finden konnten. Wenn du nicht weißt, worin deine Gefangenschaft besteht, verliert der Wille auszubrechen an Stoßkraft und erlahmt.«

»Genau so geht es mir auch.«

Ismael nickte.

»Aber noch einmal: Was hat das mit der Rettung der Welt zu tun?«

»Die Welt wird in der Gefangenschaft der Menschen nicht mehr lange überleben. Muß ich das erklären?«

»Nein. Zumindest mir nicht.«

»Ich glaube, viele von euch würden die Welt gerne aus der Gefangenschaft befreien.«

»Das glaube ich auch.«

»Was hindert sie daran?«

»Ich weiß nicht.«

»Das hindert sie: Sie finden das Gitter des Käfigs nicht.«

»Ja«, sagte ich. »Ach so.« Dann: »Was tun wir jetzt?«

Ismael lächelte wieder. »Ich habe dir eine Geschichte erzählt, die erklärt, warum ich hier bin. Vielleicht tust du dasselbe?«

»Wie meinst du das?«

»Ich meine, vielleicht erzählst du mir jetzt eine Geschichte, die erklärt, warum du hier bist.«

»Ach so«, sagte ich. »Laß mich einen Augenblick nachdenken.«

»Nimm dir soviel Zeit, wie du willst«, erwiderte er ernst.

7

»Als ich aufs College ging«, sagte ich schließlich, »mußte ich in Philosophie einmal einen Aufsatz schreiben. Das Thema weiß ich nicht mehr genau – es hatte mit Erkenntnistheorie zu tun. Ich schrieb in etwa das Folgende: Die Nazis hatten den Krieg nicht verloren, sondern gewonnen, und waren mächtiger denn je. Sie eroberten die ganze Welt und eliminierten Juden, Zigeuner, Schwarze, Inder und Indianer. Dann, als sie damit fertig waren, eliminierten sie die Russen, Polen, Böhmen, Mähren, Bulgaren, Serben und Kroaten – alle Slawen. Dann taten sie dasselbe mit den Polynesiern, Koreanern, Chinesen und Japanern – mit allen asiatischen Völkern. Es dauerte lange, sehr lange, aber als alles vorbei war, war jeder Bewohner der Erde ein hundertprozentiger Arier, und die Menschen waren alle sehr, sehr glücklich.

In den Schulbüchern wurde natürlich von allen Rassen nur noch die arische genannt, von den Sprachen nur noch die deutsche, von den Religionen nur der Hitlerismus und von den politischen Systemen nur der Nationalsozialismus. Etwas anderes gab es ja nicht mehr. Und einige Generationen später hätte sowieso niemand mehr etwas anderes schreiben können, selbst wenn er gewollt hätte, weil er von nichts anderem gewußt hätte.

Eines Tages unterhielten sich zwei Studenten der Universität Neu-Heidelberg in Tokio. Beide waren auf die landläufige arische Art schön, aber einer von ihnen sah bedrückt und unglücklich aus. Er hieß Kurt. ›Was fehlt dir, Kurt?‹ fragte sein Freund. ›Warum läufst du mit einer solchen Jammermiene herum?‹ ›Das kann ich dir sagen, Hans‹, sagte Kurt. ›Ich habe ein Problem, das mir zu denken gibt.‹ Sein Freund fragte, welches Problem das sei. ›Es ist so‹, sagte Kurt. ›Ich werde das blöde Gefühl nicht los, daß es ein kleines Detail gibt, in dem man uns belügt.‹

Und so hörte der Aufsatz auf.«

Ismael nickte nachdenklich. »Und was hat dein Lehrer dazu gesagt?«

»Er wollte wissen, ob ich dasselbe blöde Gefühl hätte wie Kurt. Als ich bejahte, wollte er wissen, worin wir meiner Meinung nach belogen würden. Ich sagte: ›Woher soll ich das wissen? Ich weiß nicht mehr als Kurt.‹ Er glaubte natürlich nicht, daß ich das ernst meinte. Er hielt das Ganze nur für eine Übung in Erkenntnistheorie.«

»Und hast du immer noch das Gefühl, daß du belogen wirst?«

»Ja, aber es macht mir nicht mehr soviel aus wie damals.«

»Nicht? Warum?«

»Weil ich herausgefunden habe, daß es in praktischer Hinsicht keinen Unterschied macht. Ob wir belogen werden oder nicht, wir müssen trotzdem morgens aufstehen, zur Arbeit gehen, Rechnungen bezahlen und so weiter.«

»Es sei denn natürlich, ihr hättet plötzlich alle das Gefühl, belogen zu werden – und ihr wüßtet alle, worin die Lüge besteht.«

»Wie meinst du das?«

»Wenn nur du die Lüge kennen würdest, hättest du wahrscheinlich recht – es würde keinen Unterschied machen. Aber wenn ihr alle sie kennen würdet, würde das wahrscheinlich sogar einen ganz großen Unterschied machen.«

»Stimmt.«

»Dann liegt unsere Hoffnung also darin.«

Ich wollte ihn fragen, was er damit meinte, aber er hob seine ledrige schwarze Hand und sagte: »Morgen.«

8

An jenem Abend machte ich einen Spaziergang. Ich mache nur selten Spaziergänge um des Spazierengehens willen, aber in meiner Wohnung verspürte ich plötzlich unerklärliche Beklemmungen. Ich mußte mit jemandem reden, um wieder ins Gleichgewicht zu kommen. Oder vielleicht mußte ich meine Sünde beichten: Ich hatte wieder unreine Gedanken, dachte wieder an die Rettung der Welt. Oder vielleicht fürchtete ich einfach, daß ich träumte. Wenn ich an die Ereignisse des Tages zurückdachte, schien es tatsächlich so. Ich fliege in meinen Träumen manchmal und sage mir dabei jedesmal: »Endlich passiert es wirklich und nicht nur im Traum!«

Auf jeden Fall hätte ich gern mit jemandem geredet, aber ich war allein. Das ist mein normaler Zustand, den ich mir selbst gewählt habe – zumindest sage ich mir das. Bloße Bekanntschaften befriedigen mich nicht, und wenige Menschen sind bereit, die Lasten und Risiken einer Freundschaft einzugehen, wie ich sie mir vorstelle.

Die Leute halten mich für einen Muffel und Menschenfeind, und ich sage ihnen, daß sie wahrscheinlich recht haben. Streitigkeiten aller Art und über alle möglichen Themen habe ich schon immer für Zeitverschwendung gehalten.

Als ich am nächsten Morgen aufwachte, dachte ich: Es könnte sogar jetzt noch ein Traum sein, denn man kann auch im Traum schlafen, und man kann sogar im Traum träumen. Mein Herz pochte heftig, als ich routinemäßig das Frühstück machte. Es schien sagen zu wollen: Wie kannst du so tun, als seist du ganz ruhig?

Die Zeit verging. Ich fuhr in die Stadt. Das Gebäude stand noch da. Auch das Büro am Ende des Flurs im Erdgeschoß war noch da.

Als ich die Tür aufmachte, traf mich der intensive, beißende Geruch Ismaels wie ein Schlag ins Gesicht. Mit wackligen Beinen ging ich zum Sessel und setzte mich hin.

Ismael musterte mich durch die dunkle Scheibe. Er schien zu überlegen, ob ich der Anstrengung eines ernsthaften Gesprächs gewachsen sei. Als er zu einem Schluß gekommen war, begann er ohne jede Einleitung zu sprechen. Im Lauf der Zeit merkte ich, daß das sein üblicher Stil war.

Zwei

1

»Seltsam«, sagte er, »aber es war mein Wohltäter, der mein Interesse am Thema Gefangenschaft weckte, nicht meine Situation. Ich glaube, ich habe schon angedeutet, daß die Ereignisse in Nazideutschland schwer auf seiner Seele lasteten.«

»Ja, das habe ich mitbekommen.«

»Wie ich deiner gestrigen Geschichte über Kurt und Hans entnehme, hast du dich näher mit dem Leben der Deutschen unter Adolf Hitler beschäftigt.«

»Näher beschäftigt? Nein, das kann ich nicht behaupten. Ich habe nur einige der bekannteren Bücher gelesen – Speers Erinnerungen etwa oder Shirers *Aufstieg und Fall des Dritten Reiches* sowie einige Untersuchungen über Hitler.«

»Dann verstehst du sicher, was Mr. Sokolow mir so unbedingt klarmachen wollte, nämlich daß nicht nur die Juden Hitlers Gefangene waren. Alle Deutschen waren seine Gefangenen, einschließlich seiner begeisterten Anhänger. Einige verabscheuten ihn, andere wurstelten weiter, wie sie eben konnten, und wieder andere blühten unter ihm auf – aber sie alle waren seine Gefangenen.«

»Ich glaube, ich verstehe, was du meinst.«

»Was machte sie zu Gefangenen?«

»Na ja ... der Terror wahrscheinlich.«

Ismael schüttelte den Kopf. »Du hast sicher Filme von den

Massenkundgebungen vor dem Krieg gesehen, mit Hunderttausenden jubelnder Menschen. Es war nicht Terror, der sie zu diesen Demonstrationen der Einheit und Stärke trieb.«

»Du hast recht. Dann war es Hitlers Charisma.«

»Charisma hatte er sicher. Aber mit Charisma bringt man die Menschen nur zum Zuhören. Und wenn sie einem schließlich zuhören, dann muß man etwas zu sagen haben. Und was hatte Hitler dem deutschen Volk zu sagen?«

Ich dachte kurz darüber nach, ohne zu einem Ergebnis zu kommen. »Von der Sache mit den Juden mal abgesehen, fällt mir nichts ein.«

»Er hatte eine Geschichte für sie.«

»Eine Geschichte?«

»Eine Geschichte, der zufolge man den Ariern und insbesondere den Deutschen den Platz weggenommen hatte, der ihnen von Rechts wegen in der Welt zustand, und in der sie von Mischrassen, Kommunisten und Juden gefesselt, bespuckt, vergewaltigt und in den Staub getreten wurden. Eine Geschichte, der zufolge die arische Rasse unter Führung Adolf Hitlers ihre Fesseln sprengen, sich an ihren Unterdrückern rächen, die Menschheit von schmutzigen Elementen säubern und ihren rechtmäßigen Platz als Herrin aller Rassen einnehmen würde.«

»Stimmt.«

»Vielleicht erscheint es dir heute unglaublich, daß sich ein ganzes Volk von einem solchen Unsinn einfangen ließ, aber nach zwanzig Jahren der Erniedrigung und des Leids, die auf den Ersten Weltkrieg folgten, fand diese Botschaft bei den Deutschen ein überwältigendes Echo, und diese Wirkung wurde nicht nur durch die üblichen Propagandamittel verstärkt, sondern zusätzlich durch ein umfassendes Programm der Erziehung der jungen und der Umerziehung der älteren Menschen.«

»Stimmt.«

»Wie gesagt, es gab in Deutschland viele, die das alles als faulen Schwindel durchschauten. Aber sie waren trotzdem Gefangene dieses Schwindels, weil die weitaus meisten Menschen ihrer Umgebung sich davon begeistern ließen und bereit waren, ihr Leben zu geben, um diese Geschichte Wirklichkeit werden zu lassen. Verstehst du, was ich meine?«

»Ich glaube ja. Auch wer sich durch diese Geschichte nicht einfangen ließ, war ihr Gefangener, weil ihn die Menschen seiner Umgebung dazu machten. Er war wie ein Tier, das von der panischen Flucht der Herde mitgerissen wird.«

»Genau. Auch wenn er das alles insgeheim für verrückt hielt, mußte er seine Rolle spielen und seinen Teil zu der Geschichte beitragen. Wer das nicht wollte, dem blieb nichts anderes übrig, als Deutschland zu verlassen.«

»Stimmt.«

»Verstehst du, warum ich dir das sage?«

»Ich glaube ja, aber ich bin mir nicht ganz sicher.«

»Ich sage dir das, weil die Menschen deiner Kultur in genau derselben Situation sind. Sie sind wie die Menschen in Nazideutschland Gefangene einer Geschichte.«

Ich sah ihn verständnislos an. Dann sagte ich: »Diese Geschichte kenne ich nicht.«

»Willst du damit sagen, du hast sie nie gehört?«

»Genau das.«

Ismael nickte. »Du hast sie nie gehört, weil das gar nicht notwendig ist. Man braucht diese Geschichte gar nicht zu erzählen oder über sie zu sprechen. Ihr kennt sie alle auswendig, sobald ihr sechs oder sieben Jahre alt seid. Ob schwarz oder weiß, Mann oder Frau, reich oder arm, Christ oder Jude, Amerikaner oder Russe, Norweger oder Chinese, ihr kennt sie alle. Ihr hört sie die ganze Zeit, weil jedes Medium der Propaganda, jede Bildungseinrichtung sie unaufhörlich verbreitet. Und weil ihr die Geschichte ständig hört, hört ihr nicht mehr zu. Das braucht ihr gar nicht. Sie ist wie ein ständiges Murmeln im Hintergrund, dem man nicht zuzuhören braucht. Und umgekehrt wird es dir – wenigstens am Anfang – schwerfallen, der Geschichte bewußt zuzuhören. Sie ist wie das Summen eines entfernten Motors, der nie ausgeht, ein Geräusch, das man nicht mehr wahrnimmt.«

»Das klingt alles ganz interessant«, sagte ich. »Aber es fällt mir schwer zu glauben, daß es diese Geschichte wirklich gibt.«

Ismael schloß die Augen und lächelte nachsichtig. »Um Glauben geht es nicht. Wenn du die Geschichte erst einmal kennst, hörst du sie in deiner Kultur überall, und du wirst erstaunt sein, daß die Menschen deiner Umgebung sie nicht ebenfalls hören, sondern nur passiv registrieren.«

2

»Gestern hast du gesagt, du kämest dir wie ein Gefangener vor. Das ist so, weil ein enormer Druck auf dir liegt, einen Platz in *der* Geschichte einzunehmen, die deine Kultur überall auf der Welt aufführt. Der Druck wird auf alle möglichen Weisen und auf allen möglichen Ebenen ausgeübt, aber meist läuft es darauf hinaus: Wer nicht mitmachen will, bekommt nichts zu essen.«

»Das ist richtig.«

»Ein Deutscher, der bei Hitlers Geschichte nicht mitmachen wollte, hatte eine Alternative: Er konnte Deutschland verlassen. Du hast keine Alternative. Wohin du auch gehst, du wirst feststellen, daß auf der ganzen Welt dieselbe Geschichte aufgeführt wird, und wenn du nicht mitmachst, bekommst du nichts zu essen.«

»Stimmt.«

»Mutter Kultur lehrt dich, daß es damit seine Richtigkeit hat. Abgesehen von einigen tausend über die Welt verstreuten Wilden führen alle Völker der Erde heute diese Geschichte auf. Sie ist der Zweck des menschlichen Daseins, und davon abzuweichen hieße, aus der Menschheit selbst auszutreten und der Vergessenheit anheimzufallen. Dein Platz ist hier, als Teilnehmer der Geschichte. Streng dich an, dann bekommst du als Lohn dafür zu essen. Etwas ›anderes‹ gibt es nicht. Aus dieser Geschichte herauszutreten hieße, vom Rand der Welt herunterzufallen. Es gibt kein Entrinnen, es sei denn durch den Tod.«

»Möglich.«

Ismael machte eine Pause und dachte nach. »Das bisher Gesagte ist nur ein Vorspiel zu unserer eigentlichen Arbeit. Du sollst dir wenigstens ungefähr vorstellen können, auf was du dich bei mir einläßt. Wenn du die Stimme von Mutter Kultur erst einmal bewußt hörst, wie sie im Hintergrund summt und den Menschen deiner Kultur immer wieder dieselbe Geschichte erzählt, dann hörst du sie immer. Wohin du in deinem weiteren Leben auch gehst, du wirst immer versucht sein, zu den Menschen um dich zu sagen: ›Wie könnt ihr das hören und es doch nicht durchschauen?‹ Und wenn du das sagst, werden die Menschen dich schief ansehen und sich fragen, wovon um Himmels willen du sprichst. Anders ausgedrückt, wenn du diese Reise mit mir unternimmst, wirst du dich den Menschen deiner Umgebung entfremden – deinen Freunden, deiner Familie, deinen früheren Bekannten und so weiter.«

»Das kann ich aushalten«, sagte ich.

3

»Eine meiner liebsten, aber leider unerfüllbaren Wunschvorstellungen ist es, einmal so frei und normal durch die Welt zu reisen wie ihr Menschen – auf die Straße zu treten, ein Taxi anzuhalten, mich zum Flughafen fahren zu lassen und dort ein Flugzeug nach New York, London oder Florenz zu besteigen. Wenn ich mir das ausmale, genieße ich besonders die Reisevorbereitungen. Ich überlege, was ich mitnehmen muß und was ich getrost zu Hause lassen kann. Nehme ich zuviel mit, muß ich es überallhin mitschleppen, und das ist lästig. Nehme ich zuwenig mit, muß ich die Reise immer wieder unterbrechen, um etwas zu kaufen – und das ist noch lästiger.«

»Klar«, sagte ich, nur um etwas zu sagen.

»Das wollen wir also heute tun: den Koffer für unsere gemeinsame Reise packen. Ich werde einige Dinge einpacken, die ich nicht später kaufen will. Sie werden dir jetzt noch wenig oder nichts sagen. Ich zeige sie dir nur kurz und packe sie dann ein. Du kennst sie dann schon, wenn ich sie später heraushole.«

»Gut.«

»Zuerst ein paar Begriffe. Wir brauchen einige Bezeichnungen, damit wir nicht immer ›die Menschen deiner Kultur‹ und ›die Menschen der anderen Kulturen‹ sagen müssen. Ich habe bei verschiedenen Schülern verschiedene Bezeichnungen ausprobiert, aber bei dir möchte ich es mit einem neuen Paar versuchen. Du kennst die Redewendung ›Nimm es oder laß es‹ (take it or leave it). Wenn ich davon die Worte ›Nehmer‹ und ›Lasser‹ bilde, haben sie irgendeinen ausgeprägten Beigeschmack für dich?«

»Das habe ich noch nicht ganz kapiert.«

»Ich meine, wenn ich einen Teil der Menschen Nehmer und einen anderen Lasser nenne, klingt das dann, als ob ich die einen für gute Menschen und die anderen für schlechte hielte?«

»Nein. In meinen Ohren klingt es eher neutral.«

»Gut. Ich nenne also ab jetzt die Menschen deiner Kultur Nehmer und die Menschen der anderen Kulturen Lasser.«

Ich machte ein skeptisches Gesicht. »Ich habe einen Einwand.«

»Sprich.«

»Mir ist nicht ganz klar, wie du alle anderen Menschen auf der Welt unter so eine Kategorie subsumieren kannst.«

»In deiner Kultur macht man es genauso, mit dem Unterschied, daß ihr statt dieser relativ neutralen Bezeichnungen ein mit Vorurteilen behaftetes Wortpaar verwendet. Ihr nennt euch selbst ›zivilisiert‹ und alle anderen ›primitiv‹. Darauf habt ihr euch auf der ganzen Welt verständigt. Das Bewußtsein, zivilisiert zu sein und sich von den über die Welt vertreuten Steinzeitmenschen zu unterscheiden, eint die Menschen in London, Paris, Bagdad, Seoul, Detroit, Buenos Aires und Toronto – was immer sie sonst trennt. Und ihr glaubt, daß die steinzeitlichen Völker alle primitiv sind, auch wenn sie sich in manchen Dingen sehr wohl voneinander unterscheiden.«

»Das ist richtig.«

»Wäre es dir lieber, wenn wir diese Begriffe verwendeten, ›zivilisiert‹ und ›primitiv‹?«

»Lieber wahrscheinlich schon, aber nur, weil ich sie gewohnt bin. Von mir aus können wir Nehmer und Lasser verwenden.«

4

»Zweitens: die Landkarte. Ich habe eine, du brauchst dir den Weg also nicht zu merken. Anders gesagt, mach dir keine Sorgen, wenn du am Ende eines Tages plötzlich feststellst, daß du dich an kein Wort von dem, was ich gesagt habe, erinnern kannst. Das macht nichts. Es ist der Weg, der dich verändern wird. Verstehst du, was ich meine?«

»Ich bin mir nicht ganz sicher.«

Ismael überlegte einen Augenblick. »Ich gebe dir eine grobe Vorstellung von unserer Marschrichtung, dann wirst du mich verstehen.«

»Gut.«

»Mutter Kultur, deren Stimme dir seit dem Tag deiner Geburt im Ohr klingt, erklärt dir, warum die Welt so ist und nicht anders. Du kennst diese Erklärung gut; alle Menschen deiner Kultur kennen sie. Aber sie wurde dir nicht auf einmal gegeben. Keiner hat sich vor dich hingestellt und gesagt: ›Ich sage dir jetzt, wie alles entstanden ist, von der Zeit vor zehn bis fünfzehn Milliarden Jahren bis jetzt.‹ Statt dessen hast du dir die Erklärung selbst wie ein Mosaik zusammengesetzt: aus einer Million Informationen, die dir von anderen Menschen deiner Kultur auf verschiedene Weise übermittelt worden sind. Die Mosaiksteine stammen aus den Tischgesprächen deiner Eltern, aus Zeichentrickfilmen, die du im Fernsehen gesehen hast, aus deinen Schulbüchern und von deinen Lehrern, aus Nachrichtensendungen, Filmen, Romanen, Predigten, Theaterstücken, Zeitungen und anderen Quellen. Kannst du mir noch folgen?«

»Ich glaube schon.«

»Die Erklärung, warum die Welt so ist und nicht anders, ist in eurer Kultur allgegenwärtig. Jeder kennt sie, und keiner zweifelt an ihr.«

»Aha.«

»Wir werden uns im Verlauf unserer Reise die wichtigsten Teile dieses Mosaiks kritisch ansehen. Wir werden sie aus dem Mosaik herausnehmen und in ein ganz anderes Mosaik einfügen, in eine ganz andere Erklärung, wie die Welt entstanden ist.«

»Aha.«

»Und wenn wir fertig sind, wirst du von der Erde und von dem, was auf ihr passiert, eine ganz andere Vorstellung haben. Dabei ist völlig egal, ob du dich daran erinnerst, wie diese Vorstellung zustande kam. Die Reise wird dich verändern, aber du brauchst dir nicht zu merken, welche Schritte wir im einzelnen gemacht haben, um diese Veränderung zu bewirken.«

»Gut. Jetzt habe ich verstanden.«

5

»Drittens: einige Definitionen. Ich möchte einige Begriffe definieren, die in unserem Gespräch eine besondere Bedeutung haben werden. Erste Definition: Geschichte. Eine Geschichte ist ein Szenario, das Menschen, Welt und Götter zueinander in Beziehung setzt.«

»Einverstanden.«

»Zweite Definition: aufführen. Eine Geschichte aufführen heißt, so zu leben, daß die Geschichte Wirklichkeit werden kann. Anders ausgedrückt: Eine Geschichte aufführen heißt, ihre Verwirklichung anzustreben. Du wirst mir zustimmen, wenn ich sage, daß die Deutschen genau das unter Hitler taten. Sie wollten das Tausendjährige Reich verwirklichen, die Geschichte, die Hitler ihnen erzählte.«

»Ja.«

»Dritte Definition: Kultur. Eine Kultur ist ein Volk, das eine Geschichte aufführt.«

»Ein Volk, das eine Geschichte aufführt. Und was war noch mal eine Geschichte ...?«

»Ein Szenario, das Menschen, Welt und Götter zueinander in Beziehung setzt.«

»Gut. Du sagst also, daß die Menschen meiner Kultur eine ganz bestimmte Geschichte über die Menschen, die Welt und die Götter aufführen.«

»Genau das.«

»Aber die Geschichte kenne ich immer noch nicht.«

»Du wirst sie bald erfahren, keine Sorge. Vorerst brauchst du nur zu wissen, daß, seit es die Menschen gibt, zwei grundsätzlich verschiedene Geschichten aufgeführt werden. Die eine wurde zum erstenmal vor zwei bis drei Millionen Jahren von den Menschen aufgeführt, die wir nach unserer Vereinbarung ›Lasser‹ nennen, und sie wird heute noch aufgeführt, und zwar so erfolgreich wie eh und je. Die andere wurde vor zehn- bis zwölftausend Jahren zum erstenmal von den Menschen aufgeführt, die wir ›Nehmer‹ nennen wollen, und sie wird allem Anschein nach in einer Katastrophe enden.«

»Aha«, sagte ich, ohne zu wissen, was ich damit meinte.

6

»Wenn Mutter Kultur die menschliche Geschichte mit unseren Begriffen nacherzählen würde, dann würde das etwa so klingen: ›Die Lasser waren das erste Kapitel der Menschheitsgeschichte – ein langes und ereignisloses Kapitel. Das Kapitel endete vor ungefähr zehntausend Jahren mit dem Aufkommen der Landwirtschaft im Nahen Osten. Dieses Ereignis markierte den Beginn des zweiten Kapitels, des Kapitels der Nehmer. Zwar gibt es auf der Welt immer noch Lasser, aber sie sind Anachronismen, Fossilien – sie leben in der Vergangenheit und können nicht verstehen, daß ihr Kapitel der Menschheitsgeschichte vorbei ist.‹«

»Richtig.«

»So in etwa wird die Menschheitsgeschichte in deiner Kultur dargestellt.«

»Stimmt.«

»Du wirst später sehen, daß ich ganz anderer Meinung bin. Die Lasser sind nicht das erste Kapitel der Geschichte und die Nehmer nicht das zweite.«

»Kannst du das noch mal sagen?«

»Ich will es anders ausdrücken. Lasser und Nehmer führen zwei getrennte Geschichten auf, die von ganz verschiedenen und gegensätzlichen Voraussetzungen ausgehen. Aber das sehen wir uns später noch genauer an, du brauchst es also nicht schon jetzt zu verstehen.«

»Gut.«

7

Nachdenklich kratzte Ismael sich am Unterkiefer. Da ich auf der anderen Seite der Scheibe saß, hörte ich nichts, aber in meiner Einbildung klang es wie eine Schaufel, die über Kies gezogen wurde.

»Ich denke, unser Koffer ist gepackt. Wie gesagt, ich erwarte nicht, daß du dir alles merkst, was ich heute eingepackt habe. Wenn du nachher gehst, herrscht in deinem Kopf wahrscheinlich ein einziges Durcheinander.«

»Das glaube ich auch«, sagte ich im Brustton der Überzeugung.

»Aber das ist nicht weiter schlimm. Wenn ich morgen etwas aus dem Koffer hole, das ich heute eingepackt habe, wirst du es sofort wiedererkennen, und nur darum geht es.«

»Da bin ich ja beruhigt.«

»Wir machen heute nur eine kurze Sitzung. Die eigentliche Reise beginnt morgen. Bis dahin kannst du dir überlegen, welche Geschichte die Menschen deiner Kultur in den vergangenen zehntausend Jahren aufgeführt haben. Weißt du, wovon die Geschichte handelt?«

»Nein.«

»Nun, sie handelt vom Sinn der Welt, von den Absichten der Götter in ihr und von der Bestimmung des Menschen.«

»Darüber kann ich dir eine Menge Geschichten erzählen, nicht nur eine.«

»Aber es gibt diese eine Geschichte, die alle Menschen deiner Kultur kennen und glauben.«

»Ich weiß leider immer noch nicht, welche du meinst.«

»Vielleicht hilft es dir, wenn ich sage, daß es eine Geschichte ist, die etwas erklärt, und zwar nach dem Schema: ›Wie kam der Elefant zu seinem Rüssel?‹ oder ›Wie kam der Leopard zu seinen Flecken?‹«

»Aha.«

»Was, glaubst du, erklärt nun diese Geschichte?«

»Mein Gott, keine Ahnung.«

»Es geht eigentlich aus dem hervor, was ich schon gesagt habe. Sie erklärt, wie die Welt geworden ist, was sie heute ist. Von Anfang bis jetzt.«

»Ach so«, sagte ich und sah zum Fenster hinaus. »Eine solche Geschichte kenne ich aber nicht. Geschichten ja, aber nicht eine einzige Geschichte.«

Ismael dachte ein, zwei Minuten nach. »Gestern habe ich von meinen Schülern gesprochen. Eine Schülerin wollte mir unbedingt erklären, was sie suchte. Sie sagte: ›Warum regt sich keiner auf? Ich höre, wie die Leute im Waschsalon über das Ende der Welt diskutieren, und sie sind dabei so ruhig, als ob sie sich über verschiedene Waschmittel unterhalten würden. Die Leute reden von der Zerstörung der Ozonschicht und dem Tod jeden Lebens. Sie reden von der Zerstörung der Regenwälder, von der tödlichen Verschmutzung, die uns Jahrtausende und Jahrmillionen begleiten wird, und davon, daß täglich Dutzende von Arten aussterben und keine neuen Arten mehr entstehen. Und sie scheinen vollkommen ruhig.‹

Ich sagte zu ihr: ›Was willst du wissen? Warum die Menschen sich nicht über die Zerstörung der Welt aufregen?‹ Sie überlegte und sagte dann: ›Nein, das weiß ich. Sie regen sich nicht auf, weil sie das, was man ihnen sagt, glauben.‹«

Ich sagte: »Und?«

»Was sagt man den Menschen, damit sie sich nicht aufregen, damit sie mehr oder weniger ruhig bleiben, wenn sie die katastrophalen Schäden sehen, die sie diesem Planeten zufügen?«

»Ich weiß es nicht.«

»Man erzählt ihnen eine Geschichte, eine Geschichte, die erklärt, warum die Welt so ist und nicht anders, und das beruhigt sie. Die Erklärung berücksichtigt alles: die Zerstörung der Ozonschicht, die Verschmutzung der Meere, die Zerstörung der Regenwälder, sogar das mögliche Ende des Menschen – und sie stellt die Menschen zufrieden. Oder vielleicht sollte man besser sagen, sie besänftigt sie. Tagsüber gehen sie ihrer Arbeit nach, abends betäuben sie sich mit Drogen oder Fernsehen und versuchen, nicht zuviel an die Welt zu denken, die sie eines Tages ihren Kindern hinterlassen werden.«

»Stimmt.«

»Auch dir wurde wie allen anderen erklärt, warum die Welt so ist, wie sie ist – aber offensichtlich befriedigt die Erklärung dich nicht. Du hast die Geschichte von Kind auf gehört, hast sie aber nie ganz schlucken können. Du hast das Gefühl, daß etwas fehlt, daß etwas falsch dargestellt wird. Du hast das Gefühl, in irgendeiner Hinsicht belogen worden zu sein, und du würdest gerne wissen, in welcher – und deshalb sitzt du hier in diesem Zimmer.«

»Laß mich einen Moment nachdenken. Du meinst, diese Geschichte enthält die Lügen, von denen ich in meinem Aufsatz über Kurt und Hans gesprochen habe?«

»Richtig. Genau das meine ich.«

»Aber ich komme nicht drauf. Ich kenne keine solche Geschichte. Nicht eine einzelne Geschichte.«

»Aber es ist eine einzelne, in sich abgeschlossene Geschichte. Denke in mythologischen Dimensionen.«

»Was?«

»Ich spreche von der Mythologie deiner Kultur. Ich dachte, das sei klar.«

»Mir nicht.«

»Jede Geschichte, die den Sinn der Welt, die Absichten der Götter und die Bestimmung des Menschen erklärt, ist notwendigerweise ein Mythos.«

»Das mag schon sein, aber ich kenne nichts, das einem Mythos entfernt ähnlich wäre. Soweit ich weiß, gibt es in unserer Kultur keine Mythen, es sei denn, du meinst die griechischen oder die nordischen Sagen oder etwas ähnliches.«

»Ich spreche von lebendigen Mythen. Von Mythen, die nicht

in einem Buch zu finden sind, sondern nur in den Köpfen der Menschen deiner Kultur, und die überall auf der Welt aufgeführt werden, auch jetzt, während wir hier sitzen und von ihnen sprechen.«

»Aber ich sage es noch einmal: Meines Wissens gibt es in unserer Kultur so etwas nicht.«

Auf Ismaels schwarzer Stirn erschien ein Geflecht von Falten, und er sah mich mit belustigter Verzweiflung an. »Weil du dir unter Mythen erfundene Geschichten vorstellst. Die Griechen haben darunter etwas anderes verstanden. Wenn du einen Menschen aus dem Griechenland des Homer gefragt hättest, warum er seinen Kindern erfundene Geschichten über die Götter und die Helden der Vergangenheit erzählt, hätte er nicht gewußt, wovon du sprichst. Er hätte, wie du, gesagt: ›Meines Wissens gibt es in unserer Kultur so etwas nicht.‹ Ein Wikinger hätte dasselbe gesagt.«

»Meinetwegen. Aber das hilft mir nicht weiter.«

»Also gut. Machen wir die Aufgabe leichter. Die Geschichte hat wie jede Geschichte einen Anfang, eine Mitte und ein Ende. Und jeder dieser Teile ist eine Geschichte für sich. Überlege, was der Anfang der Geschichte sein könnte, bevor wir uns morgen wieder treffen.«

»Der Anfang der Geschichte?«

»Ja. Geh an die Aufgabe heran wie ... ein Anthropologe.«

Ich lachte. »Was soll das nun wieder heißen?«

»Wenn du als Anthropologe nach der Geschichte suchen würdest, die zum Beispiel die Alawa-Aborigines Australiens aufführen, würdest du eine Geschichte mit einem Anfang, einer Mitte und einem Ende erwarten.«

»Gut.«

»Und wie müßte die Geschichte deiner Meinung nach anfangen?«

»Ich weiß es nicht.«

»Natürlich weißt du es. Du stellst dich nur dumm.«

Ich überlegte eine Minute lang, wie ich es anstellen konnte, mich nicht dumm zu stellen. »Also gut«, sagte ich schließlich. »Wahrscheinlich würde ich einen Schöpfungsmythos erwarten.«

»Natürlich.«

»Und was soll ich jetzt tun?«

»Dann sage ich es dir eben: Du suchst nach dem Schöpfungsmythos deiner Kultur.«

Ich sah ihn böse an. »Wir haben keinen solchen Mythos«, sagte ich. »Soviel steht fest.«

Drei

1

»Was ist denn das?« fragte ich, als ich am nächsten Morgen ankam. Ich zeigte auf einen Gegenstand, der sich auf der Armlehne meines Sessels befand.

»Wie sieht es aus?«

»Wie ein Tonbandgerät.«

»Genau das ist es.«

»Nein, ich meine, wozu ist es da?«

»Um die exotischen Märchen einer zum Untergang verurteilten Kultur, die du mir gleich erzählen wirst, für die Nachwelt aufzuzeichnen.«

Ich lachte und setzte mich.

»Ich fürchte, ich kann dir keine solchen exotischen Märchen erzählen«, sagte ich.

»Dann hat meine Anregung, nach einem Schöpfungsmythos zu suchen, zu keinem Ergebnis geführt?«

»Wir haben keinen solchen Mythos«, sagte ich noch einmal. »Es sei denn, du meinst den in der Genesis.«

»Sei nicht albern. Wenn ein Lehrer der achten Klasse dich auffordern würde, seinen Schülern zu erklären, wie die Welt entstanden ist, würdest du ihnen dann das erste Kapitel der Genesis vorlesen?«

»Natürlich nicht.«

»Und was würdest du ihnen sagen?«

»Ich würde über die Entstehung der Welt sprechen, aber das wäre kein Mythos.«

»Natürlich glaubst du nicht, daß es ein Mythos ist. Für die Menschen, die eine solche Geschichte erzählen, ist sie nie ein Mythos, sondern einfach *die* Geschichte.«

»Gut, aber die Geschichte, die ich meine, ist ganz bestimmt kein Mythos. Sie ist vielleicht in einigen Teilen noch nicht gesichert, und wahrscheinlich werden sich aufgrund künftiger Forschungen noch manche Änderungen ergeben, aber ein Mythos ist sie nicht.«

»Schalte das Tonbandgerät ein und fange an. Dann wissen wir bald mehr.«

Ich sah ihn vorwurfsvoll an. »Du meinst, ich soll wirklich … äh …«

»Die Geschichte erzählen. Ja, genau das sollst du.«

»Ich kann sie nicht so einfach heruntererzählen. Ich brauche Zeit zum Überlegen.«

»Wir haben jede Menge Zeit. Das Band ist neunzig Minuten lang.«

Seufzend schaltete ich schließlich das Gerät ein und schloß die Augen.

2

Ein paar Minuten später fing ich an. »Das Ganze begann vor langer Zeit, vor zehn bis fünfzehn Milliarden Jahren. Ich weiß nicht, welche Theorie im Augenblick die aktuellste ist, das stationäre Modell oder der Urknall, aber auf jeden Fall entstand das Universum vor langer Zeit.«

An dieser Stelle öffnete ich die Augen und sah Ismael fragend an.

Er erwiderte meinen Blick und sagte: »Ist das alles? Die ganze Geschichte?«

»Nein, ich wollte mich nur vergewissern.« Ich schloß die Augen wieder und fuhr fort: »Dann, ich weiß nicht wann – ich schätze, vor sechs bis sieben Milliarden Jahren –, entstand unser Sonnensystem ... Ich erinnere mich an ein Bild aus irgendeinem Kinderlexikon, auf dem lauter farbige Kleckse zu sehen waren, von denen einige miteinander verschmolzen ... und das waren die Planeten, die im Lauf der nächsten Milliarden Jahre abkühlten und erstarrten ... Laß mich überlegen. Das Leben entstand in der organischen Brühe der Urmeere vor, sagen wir – fünf Milliarden Jahren?«

»Dreieinhalb bis vier.«

»Gut. Aus Bakterien und Mikroorganismen entwickelten sich höhere und komplexere Lebensformen, aus denen sich noch komplexere Formen entwickelten. Das Leben breitete sich allmählich auch auf das Land aus. Ich weiß nicht genau ... Schleim am Rand der Meere ... Lurche ... Die Lurche wanderten aufs Land, und aus ihnen entwickelten sich Reptilien. Aus den Reptilien entwickelten sich die Säugetiere. Das war wann? Vor einer Milliarde Jahren?«

»Vor einer Viertelmilliarde.«

»Gut. Die Säugetiere auf jeden Fall ... ich weiß nicht genau. Kleine Lebewesen in kleinen Nischen ... unter Büschen, auf Bäumen ... Aus den Tieren auf den Bäumen entwickelten sich die Primaten. Dann, ich weiß nicht wann – vielleicht vor zehn bis fünfzehn Millionen Jahren –, stieg eine Art der Primaten von den Bäumen herunter ...« Langsam ging mir die Puste aus.

»Das ist hier keine Prüfung«, sagte Ismael. »Die ungefähre Entwicklung reicht – nur die Geschichte, wie sie vom Busfahrer bis zum Senator jeder kennt.«

»Gut«, sagte ich und schloß die Augen wieder. »Also gut. Eines führte zum anderen. Art folgte auf Art, und zuletzt kam der Mensch. Das war wann? Vor drei Millionen Jahren?«

»Drei dürfte in etwa hinkommen.«

»Gut.«

»Fertig?«

»Im großen Ganzen, ja.«

»Die Geschichte der Entstehung der Welt, wie man sie sich in deiner Kultur erzählt.«

»Richtig. Nach den modernsten Erkenntnissen der Wissenschaft.«

Ismael nickte und befahl mir, das Tonbandgerät auszuschalten. Dann lehnte er sich mit einem Seufzer zurück, der die Scheibe erzittern ließ wie das Beben eines entfernten Vulkans. Er faltete die Hände über seinem Bauch und bedachte mich mit einem langen, unergründlichen Blick. »Und du, ein intelligenter, in Maßen gebildeter Mensch, willst mich glauben machen, dies sei kein Mythos.«

»Was hat das mit einem Mythos zu tun?«

»Ich sagte nicht, es habe etwas mit einem Mythos zu tun. Ich sagte, es sei ein Mythos.«

Ich glaube, ich lachte nervös. »Vielleicht weiß ich nicht, was du unter einem Mythos verstehst.«

»Ich verstehe darunter dasselbe wie du. Ich gebrauche das Wort im ganz normalen Sinn.«

»Was ich erzählt habe, ist kein Mythos.«

»Aber sicher. Hör dir das an.« Ismael befahl mir, das Band zurückzuspulen und abzuspielen.

Ich hörte mir das Band an und legte die Stirn für ein, zwei Minuten in nachdenkliche Falten, um dem Anschein zu genügen.

Dann sagte ich: »Es ist kein Mythos. Man könnte das in ein Schulbuch der achten Klasse aufnehmen, und ich glaube nicht, daß irgendeine Schulbehörde daran etwas auszusetzen hätte, außer vielleicht die Anhänger der Schöpfungslehre.«

»Ich stimme dir von ganzem Herzen zu. Habe ich nicht gesagt, daß diese Geschichte in deiner Kultur allgegenwärtig ist?

Kinder lernen sie aus den verschiedensten Medien, unter anderem aus Schulbüchern.«

»Was meinst du dann? Willst du sagen, daß die Darstellung nicht auf Fakten beruht?«

»Deine Darstellung ist voller Fakten, gewiß, aber ihre Anordnung ist der reine Mythos.«

»Ich weiß nicht, wovon du sprichst.«

»Offenbar hast du deinen Verstand ausgeschaltet. Mutter Kultur hat dich in den Schlaf gesungen.«

Ich sah ihn streng an. »Willst du sagen, die Evolution sei ein Mythos?«

»Nein.«

»Der Mensch sei kein Produkt der Evolution?«

»Nein.«

»Was dann?«

Ismael sah mich lächelnd an. Dann zuckte er die Schultern und zog die Augenbrauen hoch.

Ich starrte ihn an und dachte: Ein Gorilla hält mich zum Narren! Aber es half nicht.

»Spiel das Band noch einmal ab«, sagte er.

Ich tat es. Dann sagte ich: »Also gut, eins ist mir aufgefallen, nämlich das Wort *kommen*. Ich sagte, zuletzt *kam* der Mensch. Stört dich das?«

»Nein, überhaupt nicht. Ich streite nicht über ein Wort. Aus dem Kontext ging klar hervor, daß du *kommen* nur als Synonym für *entwickeln* gebraucht hast.«

»Was meinst du dann, um Himmels willen?«

»Ich habe den Eindruck, du denkst nicht genügend nach. Du hast mir eine Geschichte erzählt, die du tausendmal gehört hast, und jetzt hörst du nur noch, wie Mutter Kultur dir ins Ohr murmelt: ›Immer mit der Ruhe, mein Kind, mach dir keine Gedanken, mach dir keine Sorgen, reg dich bloß nicht auf, hör nicht auf das blöde Tier, das ist kein Mythos, nichts von dem, was ich dir sage, ist ein Mythos, also denk nicht weiter darüber nach und mach dir keine Sorgen, hör nur auf meine Stimme und schlafe, schlafe, schlafe ...«

Ich kaute eine Weile auf den Lippen und sagte dann: »Das hilft mir auch nicht weiter.«

»Also gut«, sagte Ismael. »Dann erzähle ich dir eine Geschichte, vielleicht hilft sie dir weiter.« Er knabberte an den Blättern eines Zweiges, schloß dann die Augen und begann.

3

Die folgende Geschichte (sagte Ismael) spielt vor einer halben Milliarde Jahre – vor einer undenkbar langen Zeit. Du hättest diesen Planeten damals nicht erkannt. Auf dem Land bewegte sich nichts außer Wind und Staub. Kein einziger Grashalm schwankte im Wind, nicht eine Grille zirpte, kein Vogel kreiste am Himmel. Das alles lag noch zigmillionen Jahre in der Zukunft. Sogar die Meere waren öde und verlassen, denn auch Wirbeltiere sollte es erst in zigmillionen Jahren geben.

Aber natürlich gab es einen Anthropologen, denn wo gäbe es den nicht? Unser Anthropologe war freilich zutiefst frustriert und deprimiert. Er hatte die ganze Erde nach einem lebendigen Wesen abgesucht, dem er seine Fragen stellen konnte, aber die Tonbänder in seinem Ranzen waren so leer wie der Himmel über ihm. Als er nun eines Tages tieftraurig am Meer entlangwanderte, entdeckte er im seichten Wasser plötzlich etwas, das aussah wie ein Lebewesen. Es war nichts Großartiges, mehr ein wabbeliges Etwas, aber es war das erste Lebewesen, dem er auf seinen Reisen begegnete, deshalb watete er zu der Stelle hinaus, wo das Ding in den Wellen auf und ab hüpfte.

Er begrüßte die Kreatur höflich und wurde seinerseits freundlich begrüßt, und bald waren die beiden gute Freunde. Der Anthropologe erklärte, so gut er konnte, daß er ein Erforscher von Sitten und Gebräuchen sei, und er bat seinen neuen Freund um entsprechende Auskünfte, die dieser auch bereitwillig erteilte. »Und jetzt«, sagte der Anthropologe schließlich, »hätte ich gern noch in deinen eigenen Worten einige der Geschichten auf Band aufgenommen, die ihr bei euch erzählt.«

»Geschichten?« fragte die Kreatur.

»Ja, zum Beispiel euren Schöpfungsmythos, wenn ihr einen habt.«

»Was ist ein Schöpfungsmythos?«

»Ganz einfach«, erwiderte der Anthropologe, »das ist das Märchen, das ihr euren Kindern über den Ursprung der Welt erzählt.«

Bei diesen Worten richtete die Kreatur sich empört auf – so empört, wie ein wabbeliges Etwas sich eben aufrichten kann – und sagte, ihr Volk kenne kein solches Märchen.

»Ihr habt also nichts dergleichen?«

»Doch, selbstverständlich«, sagte die Kreatur barsch. »Aber keinen Mythos.«

»Nein, natürlich nicht«, sagte der Anthropologe, dem verspätet einfiel, was er in seiner Ausbildung gelernt hatte. »Also, ich wäre dir schrecklich dankbar, wenn du mir diese Geschichte erzählen würdest.«

»Na schön«, sagte die Kreatur. »Aber laß mich eines klarstellen: Wir sind wie ihr rationale Wesen und glauben nur das, was durch Beobachtung, logisches Denken und wissenschaftliche Methoden gesichert ist.«

»Selbstverständlich«, sagte der Anthropologe beschwichtigend.

Dann begann die Kreatur endlich mit ihrer Erzählung. »Das Universum«, sagte sie, »entstand vor langer, langer Zeit, vor ungefähr zehn bis fünfzehn Milliarden Jahren. Unser Sonnensystem – also dieser Stern, dieser Planet, und all die anderen Sterne – dürfte vor zwei bis drei Milliarden Jahren entstanden sein.

Lange Zeit gab es hier überhaupt kein Leben. Dann, nach ungefähr einer Milliarde Jahren, entstand das Leben.«

»Entschuldige bitte«, unterbrach der Anthropologe, »du sagtest eben, das Leben sei entstanden. Wo genau ist das eurem Mythos zufolge – ich meine, euren wissenschaftlichen Erkenntnissen zufolge passiert?«

Die Kreatur schien durch die Frage verwirrt, denn sie verfärbte sich zu einem blassen Lavendel. »Du meinst an welchem Ort genau?«

»Nein. Ich meine, ist das Leben auf dem Land oder im Meer entstanden?«

»Land?« fragte die Kreatur. »Was ist Land?«

»Ach so«, sagte der Anthropologe und machte eine Handbewegung zum Ufer. »Das Ding aus Sand und Steinen da drüben.«

Die Kreatur nahm ein tieferes Lavendel an und sagte: »Ich habe keine Ahnung, wovon du redest. Der Sand und die Steine da drüben sind lediglich der Rand der großen Schüssel, die das Meer zusammenhält.«

»Natürlich«, sagte der Anthropologe, »ich verstehe vollkommen. Natürlich. Fahre fort.«

»Also gut«, sagte die Kreatur. »Viele hundert Millionen Jahre lang gab es auf der Welt nur Mikroorganismen, die hilflos in der Ursuppe schwammen. Dann entwickelten sich nach und nach komplexere Formen: Einzeller, Schleimbakterien, Algen, Polypen und so weiter. Und zuletzt« – und hier, am Höhepunkt ihrer Geschichte angelangt, wurde die Kreatur rosa vor Stolz – »kam die Qualle!«

4

Ich sagte ein oder zwei Minuten lang nichts, sondern funkelte Ismael nur wütend an. Dann sagte ich: »Das ist nicht fair.«

»Was soll das heißen?«

»Ich weiß es selbst nicht genau. Du hast eine Aussage gemacht, aber ich weiß nicht genau welche.«

»Nein?«

»Nein.«

»Was hat die Qualle gemeint, als sie sagte: ›Und zuletzt kam die Qualle‹?«

»Daß ... daß alles auf sie hinauslief. Daß die zehn bis fünfzehn Milliarden Jahre, seit denen die Welt existiert, in der Qualle gipfelten.«

»Genau. Und warum schließt dein Bericht nicht mit dem Erscheinen der Qualle?«

Ich glaube, hier mußte ich kichern. »Weil nach der Qualle noch mehr kam.«

»Genau. Die Entstehung der Welt hörte nicht mit der Qualle auf. Danach kamen noch die Wirbeltiere und die Lurche und die Reptilien und die Säugetiere und zuletzt natürlich der Mensch.«

»Richtig.«

»Deshalb schloß dein Bericht mit den Worten: ›Und zuletzt kam der Mensch.‹«

»Ja.«

»Was heißt?«

»Was heißt, daß danach nichts mehr kam. Daß alles entstanden war.«

»Der Mensch war also Ende und Ziel des Ganzen.«

»Ja.«

»Und in deiner Kultur weiß das jeder. Der Mensch ist der Gipfelpunkt im kosmischen Drama der Schöpfung, er ist die Krone der Schöpfung.«

»Ja.«

»Die Entstehung der Welt war mit dem Menschen abgeschlossen, sie hatte ihr Ziel erreicht, es war alles entstanden.«

»Das scheint die stillschweigende Annahme zu sein.«

»Die Annahme erfolgt keineswegs immer stillschweigend. Die Religionen eurer Kultur äußern sich dazu sogar recht ausführlich. Der Mensch ist das Ziel der Schöpfung. Er ist das Wesen, für das der Rest der Welt erschaffen wurde: die Erde, das Sonnensystem, die Milchstraße und das ganze Universum.«

»Stimmt.«

»Jeder in deiner Kultur weiß, daß die Welt nicht für die Qualle, den Lachs, den Leguan oder den Gorilla erschaffen wurde. Sie wurde für den Menschen erschaffen.«

»Richtig.«

Ismael starrte mich boshaft an. »Und das ist kein Mythos?«

»Na ja ... Fakten sind Fakten.«

»Gewiß, Fakten sind Fakten, auch wenn sie in einen Mythos eingebettet sind. Aber was ist mit dem Rest? War die Entstehung des Universums vor drei Millionen Jahren hier auf diesem kleinen Planeten mit dem Auftreten des Menschen zu Ende?«

»Nein.«

»Oder war die Entstehung des Lebens auf der Erde vor drei Millionen Jahren mit dem Auftreten des Menschen zu Ende? Hörte die Evolution schlagartig auf, nur weil der Mensch da war?«

»Nein, natürlich nicht.«

»Warum sagst du es dann?«

»Wahrscheinlich, weil alle es sagen.«

»Die Nehmer sagen das. Aber man kann die Geschichte auch ganz anders erzählen.«

»Gut, das leuchtet mir jetzt ein. Wie würdest du sie erzählen?«

Ismael nickte in Richtung Fenster. »Siehst du irgendwo da draußen auch nur den kleinsten Hinweis darauf, daß die Schöpfung mit dem Auftreten des Menschen beendet war? Deutet irgend etwas darauf hin, daß der Mensch der Höhepunkt ist, auf den die Schöpfung von Anfang an ausgerichtet war?«

»Nein. Ich kann mir nicht einmal vorstellen, wie ein solcher Hinweis aussehen würde.«

»Aber das liegt doch auf der Hand. Ein solcher Hinweis wäre etwa, wenn die Astrophysiker sagen könnten, die Entstehung des Universums sei vor fünf Milliarden Jahren mit der Entstehung unseres Sonnensystems beendet gewesen.«

»Ach so, jetzt verstehe ich.«

»Ähnlich aufschlußreich wäre es, wenn die Biologen und Paläontologen sagen könnten, die Entstehung neuer Arten sei vor drei Millionen Jahren abgeschlossen gewesen.«

»Ja.«

»Aber wie du weißt, ist weder das eine noch das andere der Fall. Weit entfernt davon. Das Universum entwickelte sich weiter, das Leben auf der Erde entwickelte sich weiter. Der erste Mensch verursachte nicht mehr Aufsehen als die erste Qualle.«

»Du hast recht.«

Ismael zeigte auf das Tonbandgerät. »Und deine Geschichte?«

Ich lachte verlegen. »Ist ein Mythos. So unglaublich es klingt, sie ist ein Mythos.«

5

»Gestern habe ich gesagt, die Themen der Geschichte, die die Menschen deiner Kultur aufführten, seien der Sinn der Welt, die Absichten der Götter in der Welt und die Bestimmung des Menschen.«

»Ja.«

»Was ist also der Sinn der Welt nach dem ersten Teil dieser Geschichte?«

Ich dachte einen Augenblick nach. »Ich verstehe nicht, inwiefern sie den Sinn der Welt erklärt.«

»In der Mitte deiner Geschichte verlagert sich der Schwerpunkt der Aufmerksamkeit vom Universum auf unseren Planeten. Warum?«

»Weil die Erde die Wiege der Menschheit war.«

»Eben. So wie du es erzählst, war die Geburt des Menschen ein zentrales, ja *das* zentrale Ereignis in der Geschichte des Kosmos. Von da an ist der Rest der Welt nicht mehr interessant und nicht mehr an dem weiteren Drama beteiligt. Die Erde allein ist jetzt dessen Schauplatz. Sie ist die Geburtsstätte und Heimat des Menschen, und darin liegt ihre Bedeutung. Für die Nehmer ist die Erde eine Art System zur Erhaltung menschlichen Lebens, eine Maschine mit dem Zweck, menschliches Leben hervorzubringen und zu bewahren.«

»Ja.«

»Als du die Geschichte erzählt hast, hast du es natürlich sorgfältig vermieden, von Göttern zu sprechen, weil du alle Mythologie draußen lassen wolltest. Jetzt haben wir festgestellt, daß die ganze Geschichte ein Mythos ist, und du brauchst darauf keine Rücksicht mehr zu nehmen. Angenommen also, hinter der Schöpfung sei eine göttliche Kraft am Werk: Was, würdest du sagen, sind die Absichten der Götter?«

»Also, als sie die Welt erschufen, war der Mensch ihr Ziel. Sie schufen das Universum, damit es die Milchstraße geben konnte. Dann schufen sie die Milchstraße, damit es unser Sonnensystem geben konnte. Dann schufen sie das Sonnensystem, damit es die Erde geben konnte. Und schließlich schufen sie die Erde, damit es uns geben konnte. Das Ziel war praktisch, daß der Mensch etwas hatte, worauf er stehen konnte.«

»Und daran glauben die Menschen in deiner Kultur also – zumindest jene, für die das Universum der Ausdruck göttlichen Wirkens ist.«

»Ja.«

»Da das Universum nur erschaffen wurde, damit der Mensch erschaffen werden konnte, muß der Mensch den Göttern ungeheuer wichtig sein. Aber aus dem, was du mir erzählt hast, geht noch nicht hervor, was sie mit ihm vorhaben. Sie müssen ja etwas Besonderes mit ihm vorhaben, wenn er ihnen so wichtig ist.«

»Du hast recht.«

6

»Jede Geschichte beruht auf bestimmten Voraussetzungen, deren Folge sie ist. Das dürfte dir als Schriftsteller geläufig sein.«

»Ja.«

»Etwa diese Geschichte: Die Kinder zweier miteinander verfeindeter Familien verlieben sich ineinander.«

»Kenne ich. *Romeo und Julia.*«

»Die Geschichte, die die Nehmer auf der Erde aufführen, hat auch eine Voraussetzung. Sie ist in dem Teil der Geschichte enthalten, den du mir heute erzählt hast. Sieh zu, ob du darauf kommst.«

Ich schloß die Augen und tat so, als dächte ich konzentriert nach. In Wirklichkeit wußte ich, daß ich keine Chance hatte. »Leider komme ich nicht drauf.«

»Die Geschichte, die die Lasser aufführen, geht von einer ganz anderen Voraussetzung aus, die du jetzt noch nicht erkennen kannst. Aber die Voraussetzung eurer eigenen Geschichte müßtest du eigentlich erkennen. Es handelt sich um einen einfachen, in der Menschheitsgeschichte aber ungeheuer einflußreichen Gedanken. Nicht unbedingt den segensreichsten Gedanken, aber ganz bestimmt den einflußreichsten. Die ganze Menschheitsgeschichte mit all ihren Wundern und Katastrophen ist eine Ableitung dieses Gedankens.«

»Ich habe wirklich keine Ahnung, worauf du hinauswillst.«

»Denk einmal nach... Die Welt wurde nicht für die Qualle erschaffen, oder?«

»Nein.«

»Auch nicht für Frösche, Eidechsen oder Kaninchen.«

»Nein.«

»Natürlich nicht. Sie wurde für den Menschen erschaffen.«

»Genau.«

»Und das weiß jeder, der in deiner Kultur aufgewachsen ist, nicht wahr? Auch die Atheisten, die schwören, es gebe keinen Gott, wissen, daß die Welt für den Menschen erschaffen wurde.«

»Ja, das stimmt.«

»Gut. Dann ist das die Voraussetzung deiner Geschichte: Die Welt wurde für den Menschen erschaffen.«

»Das verstehe ich nicht ganz. Ich meine, ich verstehe nicht, inwiefern das die Voraussetzung ist.«

»Die Menschen deiner Kultur haben es erst zu einer Voraussetzung gemacht – sie sind davon als von einer Voraussetzung ausgegangen. Sie haben gesagt: Was ist, wenn die Welt für uns erschaffen wurde?«

»Ach so. Weiter.«

»Überlege einmal, was aus dieser Voraussetzung folgt: Wenn die Welt für euch erschaffen wurde, dann was?«

»Ach so, jetzt weiß ich, was du meinst. Glaube ich wenigstens. Wenn die Welt für uns erschaffen wurde, dann gehört sie uns, und wir können mit ihr machen, was wir verdammt noch mal wollen.«

»Genau. Und das geschieht hier seit zehntausend Jahren: Ihr macht mit der Welt, was ihr wollt. Und natürlich gedenkt ihr das auch weiterhin zu tun, denn schließlich gehört sie euch.«

»Ja«, sagte ich und dachte einen Augenblick nach. »Das ist wirklich erstaunlich. Ich meine, man hört es zigmal jeden Tag. Die Leute reden von *unserer* Umwelt, *unseren* Meeren und *unserem* Sonnensystem. Ich habe sie sogar schon von *unseren* wilden Tieren reden hören.«

»Und erst gestern hast du mir im Brustton der Überzeugung versichert, es gebe in deiner Kultur nichts, was einem Mythos auch nur entfernt ähnelt.«

»Stimmt, das habe ich.« Und als Ismael mich weiter verdrossen anstarrte, sagte ich: »Ich hatte unrecht. Was willst du noch?«

»Bestürzung«, sagte er.

Ich nickte. »Ich bin bestürzt. Ich zeige es nur nicht.«

»Ich hätte dir begegnen sollen, als du siebzehn warst«, sagte Ismael düster.

Ich zuckte die Schultern, was soviel hieß wie: schade.

7

»Gestern sagte ich, deine Geschichte erkläre, warum die Welt so ist und nicht anders.«

»Ja.«

»Was trägt der erste Teil der Geschichte nun zu dieser Erklärung bei?«

»Du meinst ... inwiefern erklärt er den heutigen Zustand der Welt?«

»Richtig.«

»Spontan würde ich sagen, überhaupt nicht.«

»Denke nach. Wäre die Welt so, wie sie heute ist, wenn sie für die Qualle erschaffen worden wäre?«

»Nein.«

»Offensichtlich nicht. Wenn die Welt für die Qualle erschaffen worden wäre, wäre alles anders.«

»Schon. Aber sie wurde eben nicht für die Qualle erschaffen, sondern für den Menschen.«

»Und das erklärt, wenigstens teilweise, den heutigen Zustand der Welt.«

»Ja. Eigentlich ist es ja feige, den Göttern an allem die Schuld zu geben. Wenn sie die Welt für die Qualle erschaffen hätten, wäre heute alles anders.«

»Genau«, sagte Ismael. »Du beginnst zu begreifen.«

8

»Kannst du dir jetzt vorstellen, wo du die anderen Teile der Geschichte finden könntest – die Mitte und das Ende?«

Ich dachte nach. »Ich könnte mir einen Film über die Entstehung der Welt ansehen.«

»Warum?«

»Ein solcher Film würde in etwa der Geschichte folgen, die ich heute erzählt habe. Ich muß mir jetzt also überlegen, wie der Film weitergehen würde.«

»Dann ist das deine nächste Aufgabe. Morgen will ich von dir den Mittelteil der Geschichte hören.«

Vier

1

»So«, sagte ich, »ich glaube, ich habe die Mitte und das Ende der Geschichte.«

Ismael nickte, und ich schaltete das Tonbandgerät ein.

»Ich bin also von der Voraussetzung ausgegangen, daß die Welt für den Menschen erschaffen wurde. Dann habe ich überlegt, wie ich den Ablauf der Geschichte darstellen könnte. Das Ergebnis war in etwa dieses: Die Welt wurde für den Menschen erschaffen, aber der Mensch brauchte eine lange, lange Zeit, bis er das kapiert hatte. Fast drei Millionen Jahre lebte er, als ob die Welt für die Qualle erschaffen worden wäre. Das heißt, er lebte, als wäre er irgendein Tier, ein Löwe oder ein Känguruh.«

»Wie lebt ein Löwe oder Känguruh?«

»Er ist ... seiner Umwelt total ausgeliefert. Er hat keine Macht über seine Umwelt.«

»Ach so. Weiter.«

»Gut. In diesem Zustand konnte der Mensch nicht wirklich Mensch sein. Er konnte kein wirklich menschliches Leben führen – ein Leben, das für ihn typisch war. Im ersten Abschnitt seiner Existenz – also dem bisher längsten Abschnitt – wurstelte er mehr recht als schlecht vor sich hin, ohne etwas zu erreichen.

Die ganze Sache hat einen Knackpunkt, und ich brauchte lange, bis ich ihn gefunden hatte. Der Mensch konnte nichts erreichen, solange er wie ein Löwe oder Känguruh lebte, denn wer wie ein Löwe oder ein Känguruh lebt ... also, wenn der Mensch etwas erreichen wollte, mußte er seßhaft werden und die Ärmel hochkrempeln. Ich meine, solange er als Jäger und Sammler in der Wildnis lebte und auf der Suche nach Nahrung durchs Land zog, konnte er über einen bestimmten Punkt nicht hinauskommen. Um über diesen Punkt hinauszukommen, mußte er sich an einem festen Ort niederlassen, von dem aus er seine Umwelt in den Griff bekommen konnte.

Gut. Aber warum nicht? Ich meine, warum wurde er nicht seßhaft? Weil er verhungert wäre, wenn er länger als ein paar Wochen am selben Ort geblieben wäre. Als Jäger und Sammler hätte er alles kahlgefressen – bis nichts mehr übrig gewesen wäre, das er hätte jagen und sammeln können. Um also seßhaft werden zu können, mußte der Mensch einen entscheidenden Trick lernen. Er mußte lernen, wie er seine Umwelt so manipulieren konnte, daß die Nahrungsmittel sich nicht erschöpften. Er mußte sie so manipulieren, daß sie mehr Nahrung hervorbrachte. Anders gesagt, er mußte Ackerbauer werden.

Das war die Wende. Die Welt war für den Menschen erschaffen worden, aber der Mensch konnte sie erst in Besitz nehmen, als er dieses Problem gelöst hatte. Und er löste es schließlich vor rund zehntausend Jahren in den Ländern des Fruchtbaren Halbmonds. Es war ein großer Augenblick – der bis dahin größte in der Geschichte der Menschheit. Endlich war der Mensch von all den Einschränkungen frei, die ... Drei Millionen Jahre hatten die Menschen als Jäger und Sammler ein sehr reduziertes Leben geführt. Mit dem Aufkommen des Ackerbaus änderte sich das, und der Mensch begann seinen kometenhaften Aufstieg. Die Seßhaftigkeit führte zur Arbeitsteilung, die Arbeitsteilung zur Technik, mit der Technik kamen Handel und Verkehr, mit Handel und Verkehr die Naturwissenschaften, Bildung und alles andere. Der Stein war endlich ins Rollen gekommen, und der Rest ist, wie es heißt, Geschichte.

Das wäre also der mittlere Teil.«

2

»Ich bin beeindruckt«, sagte Ismael. »Du weißt sicher, daß der ›große Augenblick‹, von dem du eben gesprochen hast, nichts anderes war als die Geburt eurer Kultur.«

»Ja.«

»Man müßte noch ergänzen, daß die Vorstellung, der Ackerbau habe sich von einem einzigen Punkt über die ganze Welt ausgebreitet, veraltet ist. Trotzdem ist der Fruchtbare Halbmond in der Legende immer noch die Geburtsstätte des Ackerbaus, zumindest im Westen, und das hat eine besondere Bedeutung, der wir uns später zuwenden wollen.«

»Gut.«

»Der gestrige Teil der Geschichte hat uns gezeigt, was die Welt in den Augen der Nehmer ist: ein System zur Erhaltung menschlichen Lebens, eine Maschine mit dem Zweck, menschliches Leben hervorzubringen und zu bewahren.«

»Richtig.«

»Der heutige Teil der Geschichte handelt anscheinend von der Bestimmung des Menschen. Offenbar war der Mensch nicht dazu bestimmt, wie ein Löwe oder ein Känguruh zu leben.«

»So ist es.«

»Was ist seine Bestimmung dann?«

»Hm«, sagte ich. »Na ja, seine Bestimmung ist ... etwas zu leisten, etwas Großes zu vollbringen.«

»Die Nehmer haben da noch konkretere Vorstellungen.«

»Vielleicht könnte man sagen, die Bestimmung des Menschen ist, die Zivilisation zu errichten.«

»Denke mythologisch.«

»Ich weiß leider nicht, wie das geht.«

»Dann zeige ich es dir. Hör zu.«

Ich hörte ihm zu.

3

»Wie wir gestern gesehen haben, war die Schöpfung mit dem Auftreten der Qualle noch nicht abgeschlossen, und genausowenig mit dem Auftreten der Lurche oder Reptilien oder auch der Säugetiere. Sie war erst abgeschlossen, als der Mensch kam.«

»Richtig.«

»Warum waren die Erde und das Universum ohne den Menschen noch nicht vollständig? Warum *brauchten* die Erde und das Universum den Menschen?«

»Ich weiß nicht.«

»Dann denke nach. Über eine Welt ohne Menschen. Stelle dir die Erde ohne Menschen vor.«

»Gut«, sagte ich und schloß die Augen. Einige Minuten später sagte ich Ismael, daß ich mir jetzt die Erde ohne Menschen vorstellte.

»Wie sieht sie aus?«

»Ich weiß nicht. Wie die Erde eben.«

»Wo bist du?«

»Was?«

»Von wo aus betrachtest du sie?«

»Ach so. Von oben. Vom Weltall.«

»Was machst du da oben?«

»Ich weiß nicht.«

»Warum bist du nicht auf der Erde?«

»Ich weiß nicht. So ohne Menschen … Ich bin nur ein außerirdischer Besucher.«

»Steig zur Erde hinunter.«

»Gut«, sagte ich. Und eine Minute später: »Das ist ja interessant. Ich würde nämlich am liebsten nicht hinuntergehen.«

»Warum nicht? Was gibt es da unten?«

Ich lachte. »Na ja, Urwald.«

»Aha. Du meinst Tennysons »Natur mit blut'gem Zahn und

blut'ger Klaue, der grauen Vorzeit Drachenbrut, die sich in wüstem Kampfe metzelt«.

»Genau das.«

»Und was würde passieren, wenn du es trotzdem tust?«

»Ich würde von den Drachen in Stücke gerissen.«

Ich öffnete die Augen und sah, daß Ismael nickte. »Jetzt wird allmählich deutlich, welchen Platz der Mensch im göttlichen Plan einnimmt. Die Götter wollten nicht, daß die Erde ein Urwald bleibt, oder?«

»Du meinst in unseren Mythen? Natürlich nicht.«

»Also: Ohne den Menschen war die Welt nicht fertig, war sie lediglich Natur im Rohzustand. Sie war ein urtümliches Chaos.«

»Stimmt, ganz genau.«

»Was war also notwendig?«

»Es mußte jemand kommen und ... für Ordnung sorgen. Jemand mußte aufräumen.«

»Und wer sorgt für Ordnung? Wer nimmt sich der Anarchie an und schafft geordnete Verhältnisse?«

»Na ja ... ein Herrscher. Ein König.«

»Natürlich. Die Welt brauchte einen Herrscher. Sie brauchte den Menschen.«

»Ja.«

»Jetzt haben wir also eine klarere Vorstellung, worum die Geschichte geht: Die Welt wurde für den Menschen erschaffen, und der Mensch wurde erschaffen, um sie zu beherrschen.«

»Ja, das ist jetzt klar. Das leuchtet mir ein.«

»Und was ist das?«

»Was?«

»Ist das eine Tatsache?«

»Nein.«

»Was dann?«

»Ein Mythos«, sagte ich.

»Was in deiner Kultur niemand zugibt.«

»Stimmt.«

Wieder starrte Ismael mich düster durch die Scheibe an.

»Schau her«, sagte ich nach einer Weile. »Was du mir zeigst und was du tust … das ist einfach unglaublich. Ich weiß das, aber ich bin einfach nicht der Typ, der jetzt aufspringt, sich an die Stirn schlägt und brüllt: ›Mein Gott, das ist ja ganz unglaublich!‹«

Ismael runzelte nachdenklich die Stirn. Dann sagte er: »Bist du krank?«

Er klang so aufrichtig besorgt, daß ich lachen mußte.

»In mir ist alles gefroren«, sagte ich. »Ein Eisberg.«

Betrübt schüttelte Ismael den Kopf.

4

»Zurück zum Thema … Wie du gesagt hast, brauchte der Mensch sehr lange Zeit, bis er endlich begriff, daß er für Größeres ausersehen war als ein Leben wie ein Löwe oder ein Känguruh. Drei Millionen Jahre war er nur ein Teil des Chaos, eine weitere Kreatur, die sich im Schlamm suhlte.«

»Ja.«

»Erst vor rund zehntausend Jahren erkannte er endlich, daß sein Platz nicht im Schlamm war. Er mußte sich aus dem Schlamm ziehen, die Initiative in die Hand nehmen und auf der Erde Ordnung schaffen.«

»Stimmt.«

»Aber die Erde unterwarf sich nicht gehorsam der Herrschaft des Menschen.«

»Nein.«

»Die Erde trotzte ihm. Was der Mensch baute, rissen Wind und Regen wieder ein. Der Urwald forderte das Land zurück, das er für Felder und Siedlungen rodete. Vögel pickten die Samen auf, die er aussäte. Insekten knabberten an den Pflanzen, die er anbaute. Mäuse fraßen die Ernte, die er in seinen Speichern aufbewahrte. Wölfe und Füchse raubten die Tiere, die er züchtete und großzog. Berge, Flüsse und Meere waren ihm im Weg und wichen nicht vor ihm zurück, und Erdbeben, Flutwellen, Orkane, Schneestürme hörten nicht auf zu wüten, wenn er es befahl.«

»Richtig.«

»Die Erde unterwarf sich nicht gehorsam der Herrschaft des Menschen. Was mußte er also tun?«

»Wie?«

»Wenn ein König vor einer Stadt steht, die sich seiner Herrschaft nicht unterwerfen will, was tut er dann?«

»Er erobert sie.«

»Genau. Um die Welt beherrschen zu können, mußte der Mensch sie zuerst erobern.«

»Mein Gott«, sagte ich, und fast wäre ich aufgesprungen und hätte mir an die Stirn und sonstwohin geschlagen.

»Ja?«

»Das hört man doch zigmal am Tag. Man braucht nur Radio oder Fernseher einzuschalten, und man hört es jede Stunde. Der Mensch erobert die Wüste, der Mensch erobert die Meere, der Mensch erobert das All.«

Ismael lächelte. »Du wolltest mir nicht glauben, als ich sagte, diese Geschichte sei in deiner Kultur allgegenwärtig. Jetzt verstehst du, was ich meine. Ihr habt den Mythos eurer Kultur ununterbrochen im Ohr, deshalb beachtet ihr ihn überhaupt nicht mehr. Natürlich erobert der Mensch das All und die Wüste und die Meere. Dazu wurde er eurer Mythologie zufolge ja erschaffen.«

»Ja. Das ist jetzt vollkommen klar.«

5

»Die ersten beiden Teile der Geschichte bilden damit eine Einheit: Die Welt wurde für den Menschen erschaffen, und der Mensch wurde erschaffen, um sie zu erobern und zu beherrschen. Und inwiefern erklärt der zweite Teil, warum die Welt heute so ist und nicht anders?«

»Laß mich nachdenken ... Das ist wieder der feige Versuch, den Göttern die Schuld zu geben. Sie haben die Welt für den Menschen erschaffen, und sie haben den Menschen erschaffen, damit er die Welt erobert und beherrscht – was ihm schließlich auch gelang. Deshalb ist die Welt heute so, wie sie ist.«

»Bring die Sache auf den Punkt. Geh noch etwas tiefer.«

Ich schloß die Augen und dachte ein paar Minuten nach, aber es kam nichts.

Ismael nickte in Richtung Fenster. »Alles da draußen – eure Triumphe und Tragödien, eure Wunder und euer Elend – ist die direkte Folge von ... was?«

Ich überlegte eine Weile, aber ich wußte immer noch nicht, worauf er hinauswollte.

»Dann versuche es so«, sagte Ismael. »Würde die Welt heute anders aussehen, wenn der Mensch von den Göttern dazu bestimmt worden wäre, wie ein Löwe oder ein Känguruh zu leben?«

»Ja.«

»Es war die Bestimmung des Menschen, die Welt zu erobern und zu beherrschen. Also ist die heutige Welt die direkte Folge von ...?«

»Die Folge davon, daß der Mensch seine Bestimmung erfüllt hat.«

»Genau. Und er *mußte* seine Bestimmung ja erfüllen.«

»Unbedingt.«

»Warum sich also darüber aufregen?«

»Sehr wahr, sehr wahr.«

»Aus der Sicht der Nehmer ist das alles nur der Preis der Menschwerdung.«

»Wie meinst du das?«

»Der Mensch konnte nicht Mensch werden, solange er mit den Drachen im Schlamm lebte.«

»Nein.«

»Um ganz Mensch zu werden, mußte er sich aus dem Schlamm ziehen. Und die heutige Welt ist die Folge davon. Aus der Sicht der Nehmer stellten die Götter den Menschen vor dieselbe Wahl wie Achill: ein kurzes, ruhmreiches Leben oder ein langes, ereignisloses und anonymes Leben. Und die Nehmer wählten das kurze, ruhmreiche Leben.«

»Es ist wirklich so. Die Leute zucken nur die Schultern und sagen: ›Na ja, das ist eben der Preis, den man für sanitäre Einrichtungen, Zentralheizung, Klimaanlage, Autos und alles mögliche zahlen muß.‹« Ich musterte Ismael kritisch. »Und was sagst du dazu?«

»Ich sage, der Preis, den ihr gezahlt habt, ist nicht der Preis der Menschwerdung und auch nicht der Preis der Dinge, die du gerade aufgezählt hast. Es ist der Preis für die Aufführung einer Geschichte, in der die Menschheit gegen die Welt antritt.«

Fünf

1

»Wir haben jetzt Anfang und Mittelteil der Geschichte beisammen«, sagte Ismael, als wir unser Gespräch am nächsten Tag fortsetzten. »Der Mensch beginnt endlich, seine Bestimmung zu erfüllen. Die Eroberung der Welt ist eingeleitet. Und wie endet die Geschichte?«

»Wahrscheinlich hätte ich gestern gleich weitermachen sollen. Jetzt habe ich irgendwie den Faden verloren.«

»Vielleicht hilft es dir, wenn wir uns das Ende des zweiten Teils anhören.«

»Gute Idee.« Ich spulte das Band um ungefähr eine Minute zurück und spielte es ab.

»Endlich war der Mensch von all den Einschränkungen frei, die ... Drei Millionen Jahre hatten die Menschen als Jäger und Sammler ein sehr reduziertes Leben geführt. Mit dem Aufkommen des Ackerbaus änderte sich das, und der Mensch begann seinen kometenhaften Aufstieg. Die Seßhaftigkeit führte zur Arbeitsteilung, die Arbeitsteilung zur Technik, mit der Technik kamen Handel und Verkehr, mit Handel und Verkehr die Naturwissenschaften, Bildung und alles andere. Der Stein war endlich ins Rollen gekommen, und der Rest ist, wie es heißt, Geschichte.«

»So«, sagte ich. »Also gut. Der Mensch war bestimmt, die Erde zu erobern und zu beherrschen, und das ist ihm auch gelungen –

fast. Er hat es nicht ganz geschafft, und es sieht so aus, als könnte ihm das zum Verhängnis werden. Das Problem ist, daß der Mensch die Welt, indem er sie eroberte, zugleich zerstörte. Und unser ganzes Können reicht nicht aus, dieser Zerstörung Einhalt zu gebieten – oder den Schaden zu beheben, den wir bereits angerichtet haben. Wir haben unseren giftigen Abfall auf der Erde ausgeleert, als sei sie eine unerschöpfliche Müllkippe – und wir tun es immer noch. Wir haben unersetzliche Ressourcen verschwendet, als könnten sie nie versiegen – und wir verschwenden sie immer noch. Man kann sich kaum vorstellen, daß die Erde diese Mißhandlung weitere hundert Jahre überlebt, aber niemand tut etwas dagegen. Wir überlassen die Lösung des Problems unseren Kindern oder deren Kindern.

Nur eins kann uns retten: Wir müssen unsere Herrschaft über die Welt vervollkommnen. Zwar haben wir den ganzen Schaden erst durch die Eroberung der Welt angerichtet, aber wir müssen trotzdem damit weitermachen, bis unsere Herrschaft absolut ist. Erst dann, wenn wir alles unter Kontrolle haben, werden alle Probleme gelöst sein. Wir werden die Atomkraft haben, es wird keine Umweltverschmutzung mehr geben, wir werden den Regen nach Bedarf an- und abstellen, wir werden auf einem Quadratzentimeter einen Scheffel Weizen anbauen, wir werden die Ozeane wie Felder bestellen, wir werden das Wetter kontrollieren, und es wird keine Orkane, keine Tornados, keine Dürren und keinen Frost zur falschen Zeit mehr geben. Die Wolken werden auf unser Kommando über dem Land abregnen statt über dem Meer, wo der Regen verschwendet ist. Alles Leben auf diesem Planeten wird in unseren Händen sein – wo es nach dem Willen der Götter ja auch hingehört. Und wir werden es manipulieren wie ein Programmierer seinen Computer.

Das also ist unsere Aufgabe. Wir müssen die Eroberung fortsetzen. Anders gesagt, wir werden die Erde entweder zerstören oder in ein Paradies verwandeln – in das Paradies, das sie unter der Herrschaft des Menschen eigentlich sein sollte.

Und wenn uns das alles gelingt, wenn wir endlich die absoluten Herren der Welt sind, dann kann uns nichts mehr aufhalten. Dann beginnt das Zeitalter der Sterne. Der Mensch wird ins All aufbrechen und das ganze Universum erobern und beherrschen. Und vielleicht ist das seine wirkliche Bestimmung: das Universum zu erobern und zu beherrschen. So wunderbar ist der Mensch.«

2

Zu meiner Überraschung nahm Ismael einen Zweig von seinem Haufen und fuchtelte damit begeistert herum. »Das war ausgezeichnet«, sagte er und nickte. Dann biß er die belaubte Spitze des Zweiges ab.

»Aber natürlich weißt du, daß du diesen Teil der Geschichte vor hundert oder auch nur fünfzig Jahren anders erzählt hättest. Du hättest nur von dem künftigen Paradies gesprochen. Die Vorstellung, die Eroberung der Welt durch den Menschen könnte etwas anderes als segensreich sein, wäre dir vollkommen fremd gewesen. Bis vor dreißig oder vierzig Jahren waren die Menschen deiner Kultur noch fest davon überzeugt, alles würde immer besser werden. Ein Ende war nicht vorstellbar und nicht in Sicht.«

»Das stimmt.«

»Du hast allerdings ein Element der Geschichte ausgelassen, und das brauchen wir für die vollständige Erklärung deiner Kultur, warum die Welt heute so ist und nicht anders.«

»Was denn?«

»Ich glaube, du kommst selbst drauf. Fassen wir zusammen, was wir haben: ›Die Welt wurde erschaffen, damit der Mensch sie erobern und beherrschen konnte, und sie sollte unter der

Herrschaft des Menschen ein Paradies werden.‹ Darauf muß ganz offensichtlich ein einschränkendes Aber folgen. Die Nehmer wußten ja selbst immer, daß die Welt von dem Paradies, das sie sein sollte, weit entfernt war.«

»Ja. Laß sehen … Wie wäre es damit: Die Welt wurde erschaffen, damit der Mensch sie erobern und beherrschen konnte, aber dann stellte sich heraus, daß dabei mehr zerstört wurde als vorhergesehen.«

»Du hörst mir nicht zu. Das Aber war ein Teil der Geschichte, lange bevor eure Eroberung die Welt zu zerstören begann. Es diente dazu, sämtliche Mängel eures Paradieses zu erklären – Kriege, Grausamkeiten, Armut, Unrecht, Korruption und Tyrannei. Es dient noch heute dazu, Hungersnöte, Unterdrückung, atomares Wettrüsten und Umweltverschmutzung zu erklären. Man hat damit den Zweiten Weltkrieg erklärt und wird damit, sollte es je dazu kommen, auch den Dritten Weltkrieg erklären.«

Ich starrte ihn verständnislos an.

»Ich spreche von einem Gemeinplatz. Jeder Drittkläßler kennt ihn.«

»Du hast sicher recht, aber ich weiß trotzdem nicht, was du meinst.«

»So überlege doch. Was ist schiefgegangen? Was ist seit jeher schiefgegangen? Die Erde hätte unter der Herrschaft des Menschen ein Paradies werden sollen, aber …«

»Aber die Menschen haben es versiebt.«

»Ja. Und warum haben sie es versiebt?«

»Warum?«

»Wollten sie vielleicht kein Paradies?«

»Nein, das war es nicht … sie konnten nicht anders. Sie wollten aus der Erde ein Paradies machen, aber weil sie Menschen waren, konnte es nicht gelingen.«

»Aber warum nicht? Warum konnte es nicht gelingen?«

»Weil der Mensch nicht vollkommen ist, weil er einen angeborenen Fehler hat. Deshalb bringt er kein Paradies zustande.

Der Fehler macht ihn dumm, destruktiv, habgierig und kurzsichtig.«

»Genau. Das ist in deiner Kultur doch allseits bekannt. Der Mensch sollte aus der Erde ein Paradies machen, aber tragischerweise wurde er mit einem Fehler geboren. Und seine Dummheit, Habgier, Blindheit und Destruktivität haben das Paradies immer verhindert.«

»Stimmt.«

3

Erst jetzt wurde mir bewußt, was Ismael gesagt hatte. Ungläubig starrte ich ihn an. »Willst du damit etwa sagen, daß diese Erklärung falsch ist?«

Ismael schüttelte den Kopf. »Gegen einen Mythos kommt man so nicht an. Es gab eine Zeit, in der die Menschen deiner Kultur die Erde für den Mittelpunkt des Universums hielten. Der Mensch war der Grund, warum das Universum überhaupt erschaffen worden war, deshalb war es nur logisch anzunehmen, daß seine Heimat die Hauptstadt des Universums sei. Die Anhänger Kopernikus' haben nicht gegen diese Vorstellung angekämpft. Sie erhoben nicht vorwurfsvoll den Zeigefinger und sagten: ›Ihr habt unrecht.‹ Statt dessen zeigten sie zum Himmel und sagten: ›Seht euch an, was da droben ist.‹«

»Ich weiß nicht, worauf du hinauswillst.«

»Wie kamen die Nehmer zu dem Schluß, der Mensch sei fehlerhaft? Was für Tatsachen hatten sie vor Augen?«

»Ich weiß nicht.«

»Ich glaube, du stellst dich absichtlich dumm. Die Tatsachen der menschlichen Geschichte.«

»Ach so.«

»Und wann begann die Geschichte des Menschen?«

»Na ja … vor drei Millionen Jahren.«

Ismael sah mich entgeistert an. »Du weiß doch genau, daß diese drei Millionen Jahre erst vor kurzem zur Geschichte des Menschen dazugekommen sind. Bis dahin glaubte man allgemein, die Geschichte habe wann angefangen?«

»Na ja, vor ein paar tausend Jahren.«

»Eben. Die Menschen deiner Kultur glaubten tatsächlich, die ganze menschliche Geschichte sei *eure* Geschichte. Keiner dachte auch nur im entferntesten daran, menschliches Leben könnte schon vor eurer Herrschaft existiert haben.«

»Ja.«

»Als die Menschen deiner Kultur also zu der Ansicht kamen, der Mensch habe einen Fehler, was hatten sie da vor Augen?«

»Die Tatsachen ihrer eigenen Geschichte.«

»Genau. Und zwar ein halbes Prozent der Geschichte einer einzigen Kultur, also nicht gerade eine solide Grundlage für eine so weitreichende Schlußfolgerung.«

»Nein.«

»Dabei haben die Menschen keinen angeborenen Fehler. Wenn sie eine Geschichte aufführen, die sie mit der Welt in Einklang bringt, dann leben sie mit der Welt in Einklang. Wenn sie eine Geschichte aufführen, die sie in Widerspruch zur Welt setzt, wie es die eure tut, leben sie im Widerspruch zur Welt. Sagt die Geschichte, sie seien die Herren der Welt, dann handeln sie auch wie die Herren der Welt. Und wenn die Welt in dieser Geschichte ein Gegner ist, der unterworfen werden muß, unterwerfen sie sich die Welt auch wie einen Gegner, und eines Tages wird dieser Gegner unvermeidlich zu ihren Füßen liegen und verbluten wie die Welt heute.«

4

»Vor einigen Tagen«, fuhr Ismael fort, »habe ich deine Erklärung, warum die Welt so ist und nicht anders, ein Mosaik genannt. Bisher haben wir uns nur die großen Linien des Mosaiks angesehen – die allgemeinen Umrisse des Bildes. Ins Detail gehen wollen wir nicht. Das kannst du leicht selber, wenn wir fertig sind.«

»Gut.«

»Aber bevor wir weitermachen, müssen wir noch ein wichtiges Element des Bildes ergänzen ... Ein besonders auffälliger Zug der Kultur der Nehmer ist deren leidenschaftliche und unerschütterliche Sehnsucht nach Propheten. Der Einfluß von Propheten wie Moses, Gautama Buddha, Konfuzius, Jesus und Mohammed in der Geschichte der Nehmer ist ungeheuerlich, wie du sicher weißt.«

»Ja.«

»Auffallend ist dabei besonders, daß es bei den Lassern überhaupt nichts Vergleichbares gibt – es sei denn als Folge des verheerenden Kontakts mit der Kultur der Nehmer, also etwa Wovoka und den Geistertanz oder John Frumm und die Cargo-Kulte des Südpazifik. Sonst haben die Lasser keinerlei Propheten, die ihr Leben ordnen und ihnen neue Gesetze oder Richtlinien geben würden, nach denen sie leben könnten.«

»Wahrscheinlich war mir das irgendwo schon klar. Mir und den anderen auch. Ich glaube, das ist ... ich weiß nicht.«

»Sprich weiter.«

»Ich glaube, dahinter steht das Gefühl: Diese Menschen sind ja auch gar nichts wert. Ich meine, es ist doch nicht wirklich überraschend, daß die Wilden keine Propheten haben. Gott interessierte sich erst für die Menschheit, als in der Jungsteinzeit diese netten weißen Bauern auftauchten.«

»Eine gute Beobachtung. Aber ich will jetzt nicht darauf hinaus, daß die Lasser keine Propheten haben, sondern daß die Propheten bei den Nehmern so ungeheuer einflußreich sind. Millionen waren bereit, für einen Propheten zu sterben. Was macht die Propheten so wichtig?«

»Wirklich eine gute Frage, aber ich glaube kaum, daß ich sie beantworten kann.«

»Na gut, versuchen wir es anders: Was wollten die Propheten? Was war ihre Aufgabe?«

»Das hast du vor einer Minute selbst gesagt: Sie sollten hier Ordnung schaffen und uns sagen, wie wir leben sollen.«

»Eine lebenswichtige Information also. Für die es sich ganz offensichtlich lohnt zu sterben.«

»Ja.«

»Aber warum? Warum braucht ihr dazu Propheten? Warum braucht ihr überhaupt jemand, der euch sagt, wie ihr leben sollt?«

»Aha, jetzt sehe ich, worauf du hinauswillst. Die Propheten müssen uns sagen, wie wir leben sollen, weil wir es sonst nicht wissen würden.«

»Genau. Aus Fragen, wie der Mensch leben soll, werden bei den Nehmern zuletzt immer religiöse Fragen, um die sich dann die Propheten streiten. Als in diesem Land zum Beispiel die Abtreibung legalisiert werden sollte, galt das zunächst als ausschließlich ziviles Problem. Dann dachten die Leute noch einmal darüber nach und befragten ihre Propheten, und schon bald war daraus ein religiöser Streit geworden, in dem beide Seiten sich der Unterstützung der Kirche versicherten. Ähnlich verhält es sich mit der Frage, ob Drogen wie Heroin und Kokain legalisiert werden sollten; sie wird gegenwärtig noch hauptsächlich unter praktischen Gesichtspunkten erörtert, aber wenn es je damit ernst werden sollte, werden bestimmte Leute ganz sicher religiöse Schriften wälzen, um zu erfahren, was ihre Propheten zu diesem Thema zu sagen haben.«

»Stimmt. Das geht schon so automatisch, daß keiner es mehr hinterfragt.«

»Soeben hast du gesagt: ›Wir brauchen Propheten. Sie müssen uns sagen, wie wir leben sollen, weil wir es sonst nicht wissen würden.‹ Warum eigentlich nicht? Warum würdet ihr ohne eure Propheten nicht wissen, wie ihr leben sollt?«

»Eine gute Frage. Ich würde sagen, weil … Nimm die Abtreibung. Wir könnten tausend Jahre über das Für und Wider streiten, aber es wird nie ein so stichhaltiges Argument geben, daß der Streit aufhört. Für jedes Argument gibt es ein Gegenargument. Deshalb können wir unmöglich wissen, was wir tun sollen. Also brauchen wir einen Propheten. Denn er weiß es.«

»Du magst recht haben. Aber die Frage bleibt: Warum wißt ihr es nicht selber?«

»Die Frage muß offenbleiben. Ich kann sie nicht beantworten.«

»Ihr spaltet Atome, ihr schickt Menschen auf den Mond, ihr manipuliert Gene, aber ihr wißt nicht, wie der Mensch leben soll.«

»So ist es.«

»Warum ist das so? Was sagt Mutter Kultur dazu?«

»Hm.« Ich schloß die Augen. Und nach ein oder zwei Minuten sagte ich: »Sie sagt, man kann über Dinge wie Atome, Raumfahrt und Gene zwar in gewissen Grenzen Bescheid wissen, aber wie der Mensch leben soll, kann man nicht mit derselben Sicherheit wissen. Ein solches Wissen ist nicht zugänglich, und deshalb haben wir es nicht.«

»Aha. Und was sagst du selbst, nachdem du auf Mutter Kultur gehört hast?«

»Ich muß sagen, daß ich in diesem Fall derselben Meinung bin. Ein auf Fakten beruhendes Wissen, wie der Mensch leben soll, gibt es nicht.«

»Anders ausgedrückt, da es keine solchen Fakten gibt, könnt ihr bestenfalls eure eigenen Köpfe befragen. Und das tut ihr auch, wenn ihr über die Legalisierung von Drogen debattiert. Jede Seite versieht sich mit ›vernünftigen‹ Argumenten, aber wenn ihr euch schließlich für eine Seite entscheidet, wißt ihr immer noch nicht, ob ihr das Richtige getan habt.«

»So ist es. Es geht nicht darum, zu tun, was man sollte, weil man das gar nicht wissen kann. Es geht nur um eine Art Abstimmung.«

»Und du bist absolut überzeugt, daß der Mensch nicht sicher wissen kann, wie er leben sollte.«

»Absolut.«

»Woher weißt du das so sicher?«

»Keine Ahnung. Wissen, wie man leben sollte, das ... das kann man nicht wissen, wie man andere Dinge weiß. Wie gesagt, es gibt nirgendwo auf der Welt Fakten, auf die ein solches Wissen sich beziehen könnte.«

»Hast du je nachgesehen?«

Ich kicherte.

»Hat je irgend jemand gesagt: ›Gut, wir wissen all diese anderen Dinge, laß uns überlegen, ob wir nicht auch erfahren können, wie man leben soll.‹ Hat das je einer gesagt?«

»Ich bezweifle es.«

»Findest du das nicht seltsam? Schließlich handelt es sich dabei um das bei weitem wichtigste Problem, das die Menschheit zu lösen hat – und je zu lösen hatte –; man sollte also meinen, daß es eine ganze Wissenschaft gibt, die sich diesem Problem widmet. Statt dessen stellen wir fest, daß sich kein einziger von euch auch nur gefragt hat, ob irgendwo ein solches Wissen existiert.«

»Wir wissen, daß es nicht existiert.«

»Bevor ihr nachgesehen habt, meinst du.«

»Richtig.«

»Keine besonders wissenschaftliche Einstellung für ein wissenschaftlich so ambitioniertes Volk wie ihr es seid.«

»Stimmt.«

5

»Wir wissen jetzt zwei sehr wichtige Dinge über den Menschen«, sagte Ismael, »zumindest laut dem Mythos der Nehmer. Erstens hat der Mensch einen Fehler, und zweitens weiß er nicht, wie er leben soll – und wird es nie wissen. Ich glaube, das eine hängt mit dem anderen zusammen.«

»Ja. Wenn die Menschen wüßten, wie sie leben sollten, dann könnten sie auch mit dem Fehler umgehen, der ihnen angeboren ist. Ich meine, dieses Wissen würde einschließen, wie man mit so einem Fehler lebt, sonst wäre es ja nicht das, was wir suchen. Verstehst du mich?«

»Ich glaube ja. Du sagst in anderen Worten, wenn ihr wüßtet, wie ihr leben solltet, könntet ihr den im Menschen angelegten Fehler beherrschen und ihr würdet auf der Welt nicht immer wieder dasselbe Chaos anrichten. Vielleicht sind die beiden Dinge in Wirklichkeit ein und dasselbe. Vielleicht besteht der Fehler des Menschen genau darin: daß er nicht weiß, wie er leben soll.«

»Kein abwegiger Gedanke.«

6

»Wir kennen jetzt die wichtigsten Teile der Geschichte, mit der deine Kultur erklärt, warum die Welt genau so ist und nicht anders.

Die Erde wurde dem Menschen anvertraut, auf daß er ein Paradies aus ihr mache, aber er ist damit immer wieder gescheitert, weil er nicht vollkommen ist. Vielleicht könnte er etwas dagegen tun, wenn er wüßte, wie er leben sollte, aber er weiß es nicht und wird es nie wissen, weil ein solches Wissen für ihn unerreichbar ist. Der Mensch mag also noch so hart arbeiten, um die Welt in ein Paradies zu verwandeln, er wird sie wahrscheinlich nur noch tiefer ins Unglück stürzen.«

»Scheint tatsächlich so.«

»Das ist wirklich eine traurige Geschichte, eine Geschichte der Hoffnungslosigkeit und Sinnlosigkeit, eine Geschichte, in der man buchstäblich nichts tun kann. Der Mensch ist unvollkommen, er wird deshalb immer nur Schaden anrichten, wo er ein Paradies schaffen sollte, und daran läßt sich nichts ändern. Ihr steuert geradewegs in die Katastrophe und könnt nur tatenlos zusehen, wie sie näherkommt.«

»Scheint so.«

»Mit einer so trostlosen Geschichte als einziger Perspektive ist es kein Wunder, daß viele von euch zu Drogen oder Alkohol greifen oder den ganzen Tag fernsehen. Kein Wunder, daß viele verrückt werden oder an Selbstmord denken.«

»Das mag schon sein, aber gibt es denn eine andere?«

»Andere was?«

»Eine andere Geschichte, nach der man leben könnte.«

»Ja, es gibt sie, aber die Nehmer tun ihr Bestes, sie zusammen mit allem anderen zu vernichten.«

7

»Hast du dir auf deinen Reisen oft irgendwelche Sehenswürdigkeiten angesehen?«

Ich sah ihn verständnislos an. »Sehenswürdigkeiten?«

»Hast du Abstecher gemacht, um dir hier und da eine Sehenswürdigkeit anzusehen?«

»Ich glaube schon. Manchmal.«

»Dann hast du sicher bemerkt, daß nur Touristen solche Sachen ansehen. Für die Einheimischen sind sie praktisch unsichtbar, weil sie immer da sind.«

»Das stimmt.«

»Wir haben auf unserer Reise bisher das Folgende getan: Wir haben uns in deiner kulturellen Heimat umgesehen und die Sehenswürdigkeiten besichtigt, die Einheimische nie sehen. Ein Besucher von einem anderen Planeten würde sie bemerkenswert oder gar sensationell finden, aber die Menschen deiner Kultur nehmen sie als selbstverständlich hin und bemerken sie gar nicht mehr.«

»Stimmt. Du mußtest meinen Kopf in die Hände nehmen und ihn in eine bestimmte Richtung drehen und sagen: ›Siehst du das denn nicht?‹ Worauf ich dann sagte: ›Was soll ich denn sehen? Da gibt es nichts zu sehen.‹«

»Heute haben wir die meiste Zeit ein besonders eindrucksvolles Monument eurer Kultur angesehen – ein Axiom, das besagt, man könne auf keine Weise in den Besitz gesicherten Wissens gelangen, wie der Mensch leben soll. Man kann dieses Postulat nur glauben, ohne Beweise, da es sich seiner Natur nach nicht beweisen läßt.«

»Stimmt.«

»Und der Schluß, den du aus diesem Axiom ziehst ...?«

»Es hat keinen Sinn, nach einem solchen Wissen zu suchen.«

»Richtig. Euren Karten zufolge deckt sich die Welt des Geistes mit eurer Kultur. Sie endet, wo auch eure Kultur endet, und wer sich über diese Grenze hinauswagt, fällt vom Rand der Welt. Verstehst du mich?«

»Ich glaube ja.«

»Morgen werden wir unter Aufbietung unseres ganzen Mutes diese Grenze überschreiten. Und du wirst sehen, wir werden nicht vom Rand der Welt hinunterfallen. Wir werden lediglich ein neues Land betreten, ein Land, das noch kein Mensch deiner Kultur betreten hat, weil es auf euren Karten gar nicht existiert – und gar nicht existieren kann.«

[illegible]

[illegible] ich staune [illegible]

[illegible]

[illegible] Wir [illegible]

[illegible] Welt [illegible]

[illegible]

Sechs

1

»Und wie geht es dir heute?« fragte Ismael. »Schwitzende Hände? Herzklopfen?«

Ich starrte ihn nachdenklich durch die Scheibe an, die uns trennte. Der augenzwinkernde Ton war neu, und ich war nicht sicher, ob ich ihn mochte. Ich war versucht, ihn daran zu erinnern, daß er verdammt noch mal ein Gorilla sei, aber dann beherrschte ich mich und murmelte nur: »Bis jetzt geht es noch, danke.«

»Fangen wir also an. An der Grenze des Denkens deiner Kultur stehen wir vor einer Mauer. Gestern habe ich Monument dazu gesagt, aber schließlich kann eine Mauer ja auch ein Monument sein. Diese Mauer auf jeden Fall ist ein Axiom, welches besagt, daß der Mensch nicht sicher wissen kann, wie er leben soll. Ich weise dieses Axiom zurück und steige über die Mauer. Wir brauchen keinen Propheten, der uns sagt, wie wir leben sollen. Wir können das selbst herausfinden, indem wir uns die Welt, in der wir leben, genauer ansehen.«

Darauf gab es nichts zu sagen, ich zuckte deshalb nur die Schultern.

»Natürlich bist du skeptisch. Den Nehmern zufolge kann man durch die Erforschung des Universums alle möglichen nützlichen Dinge erfahren, aber nichts darüber, wie der Mensch leben soll. Ihr habt gelernt zu fliegen, Atome zu spalten, Botschaften mit Lichtgeschwindigkeit zu den Sternen zu schicken und so weiter, aber all das bringt euch nicht weiter im Hinblick auf das elementarste und notwendigste Wissen: das Wissen, wie ihr leben sollt.«

»Richtig.«

»Wer vor hundert Jahren lernen wollte zu fliegen, war in genau der gleichen Lage. Verstehst du, warum?«

»Nein. Ich verstehe nicht, was das mit unserem Problem zu tun haben soll.«

»Es war damals noch ganz offen, ob der Mensch das überhaupt jemals lernen konnte. Einige meinten, ein solches Wissen sei dem Menschen unzugänglich, man brauche also nicht danach zu suchen. Siehst du den Zusammenhang jetzt?«

»Ich glaube ja.«

»Es gibt noch weitere Parallelen. Man wußte damals überhaupt nichts Gesichertes über das Fliegen. Jeder hatte seine eigene Theorie. Der eine sagte: ›Man kann nur fliegen, wenn man es wie die Vögel macht; man braucht also zwei bewegliche Flügel.‹ Der andere sagte: ›Zwei Flügel reichen nicht, man braucht vier.‹ Und ein dritter sagte: ›Unsinn, Papierflugzeuge fliegen ohne bewegliche Flügel. Man braucht zwei starre Flügel und ein Triebwerk, welches das Flugzeug antreibt.‹ Und so weiter. Es ließ sich nach Herzenslust über die jeweils bevorzugte Theorie streiten, weil überhaupt nichts davon gesichert war. Man konnte nur durch Experimentieren weiterkommen.«

»Mhm.«

»Oder hätte man irgendwie schneller ans Ziel gelangen können?«

»Na ja, wenn man mehr gewußt hätte.«

»Aber was speziell?«

»Gott … man hätte wissen müssen, wie man Auftrieb erzeugt. Man hätte wissen müssen, daß die Luft, die an einer Tragfläche vorbeiströmt …«

»Was beschreibst du jetzt?«

»Ich beschreibe, was passiert, wenn Luft an einer Tragfläche vorbeiströmt.«

»Du meinst, was immer dann passiert, wenn Luft an einer Tragfläche vorbeiströmt?«

»Genau.«

»Wie nennt man das? Wie nennt man eine Feststellung, die beschreibt, was unter bestimmten Voraussetzungen immer eintritt?«

»Ein Gesetz.«

»Natürlich. Die ersten Luftschiffer mußten experimentieren, weil sie die Gesetze der Aerodynamik nicht kannten – sie wußten nicht einmal, daß es solche Gesetze überhaupt gibt.«

»Ach so, darauf willst du hinaus.«

»Die Menschen deiner Kultur befinden sich in derselben Lage, wenn sie herausfinden wollen, wie sie leben sollen. Sie müssen herumexperimentieren, weil sie die entsprechenden Gesetze nicht kennen – und weil sie sogar glauben, es gäbe solche Gesetze überhaupt nicht.«

»Und sie haben recht«, sagte ich.

»Du bist also auch überzeugt, daß es keine Gesetze gibt, die dem Menschen sagen, wie er leben soll?«

»Richtig. Natürlich werden immer wieder Gesetze beschlossen, wie das Gesetz gegen Drogenmißbrauch, aber solche Gesetze können durch eine Abstimmung geändert werden. Die Gesetze der Aerodynamik kann man nicht einfach durch eine Abstimmung ändern – und solche Gesetze gibt es nicht für das menschliche Zusammenleben.«

»Ich verstehe. Mutter Kultur lehrt euch das, und du stimmst mit ihr überein. Schön und gut. Aber wenigstens verstehst du jetzt, worauf ich hinauswill: Ich will dir ein Gesetz zeigen, bei dem du mir zustimmen wirst, daß es sich durch keinerlei Abstimmung ändern läßt.«

»Meinetwegen. Ich bin für alles offen, ich kann mir nur nicht vorstellen, wie um alles in der Welt du das fertigbringen willst.«

2

Wieder überraschte Ismael mich mit einem offensichtlichen Themenwechsel. »Was besagt das Gravitationsgesetz?« fragte er.

»Das Gravitationsgesetz? Also, das Gravitationsgesetz besagt ... daß im Universum alle Körper einander anziehen und daß die Anziehungskraft von der Entfernung zwischen den Körpern abhängt.«

»Und was ist der Gegenstand dieses Gesetzes?«

»Wie meinst du das?«

»Worauf bezieht es sich?«

»Na ja, doch wohl auf Materie. Auf das Verhalten der Materie.«

»Es beruht nicht auf einer Untersuchung über das Verhalten der Biene.«

»Nein.«

»Wer das Verhalten von Bienen verstehen will, untersucht Bienen. Er will nicht wissen, wie ein Gebirge entsteht.«

»Richtig.«

»Wenn du also plötzlich die ausgefallene Idee hättest, es könnte Gesetze geben, die bestimmen, wie man leben soll, wo würdest du nach ihnen suchen?«

»Ich weiß nicht.«

»Vielleicht am Himmel?«

»Nein.«

»Im Bereich der subatomaren Teilchen?«

»Nein.«

»Würdest du dich mit den Eigenschaften des Holzes beschäftigen?«

»Nein.«

»Dann rate mal.«

»Anthropologie?«

»Die Anthropologie ist wie die Physik eine Wissenschaft. Hat

Newton das Gravitationsgesetz bei der Lektüre eines Physikbuches entdeckt? Stand das Gesetz in einem Buch?«

»Nein.«

»Wo fand er es?«

»In der Materie. In der Materie des Universums.«

»Also noch einmal: Wenn es ein Gesetz des Lebens gibt, wo werden wir es finden?«

»Wahrscheinlich im Verhalten der Menschen.«

»Ich habe eine überraschende Neuigkeit für dich: Der Mensch ist nicht allein auf der Erde. Er ist Teil einer Gemeinschaft, von der er vollkommen abhängig ist. Ist dir wohl noch nie eingefallen, wie?«

Und zum erstenmal, seit ich ihn kannte, zog er fragend die Augenbrauen in die Höhe.

»Du brauchst nicht gleich sarkastisch zu werden«, sagte ich. »Was könnte mit dieser Gemeinschaft, von der der Mensch nur ein Teil ist, gemeint sein?«

»Das Leben auf der Erde überhaupt.«

»Bravo. Erscheint es dir überhaupt möglich, daß das von uns gesuchte Gesetz in dieser Gemeinschaft zu finden sein könnte?«

»Ich weiß nicht.«

»Was sagt Mutter Kultur?«

Ich schloß die Augen und lauschte. »Mutter Kultur sagt, wenn es ein solches Gesetz gäbe, würde es nicht für uns gelten.«

»Warum nicht?«

»Weil wir weit über allem anderen Leben stehen.«

»Aha. Und fallen dir noch andere Gesetze ein, die nicht für euch gelten, weil ihr Menschen seid?«

»Wie meinst du das?«

»Ich meine, Kühe und Kakerlaken sind dem Gesetz der Schwerkraft unterworfen. Gilt dieses Gesetz für euch nicht?«

»Doch.«

»Und die Gesetze der Aerodynamik?«

»Gelten auch für uns.«

»Die Gesetze der Genetik?«

»Auch.«

»Der Thermodynamik?«

»Auch.«

»Kennst du überhaupt irgendein Gesetz, das nicht für die Menschen gilt?«

»Spontan fällt mir keins ein.«

»Sag mir Bescheid, wenn dir eins einfällt. Das wäre mal wirklich etwas Neues.«

»Mach ich.«

»Gut. Wenn es also ein Gesetz gäbe, welches das Leben auf der Erde allgemein regelte, so würde es nicht für die Menschen gelten.«

»Das sagt zumindest Mutter Kultur.«

»Und was sagst du?«

»Ich weiß nicht. Ich sehe nicht, wie ein Gesetz für Schildkröten und Schmetterlinge auch für uns relevant sein könnte. Ich nehme an, Schildkröten und Schmetterlinge gehorchen auch dem Gesetz, von dem du sprichst.«

»Das ist richtig, ja. Was die Relevanz betrifft: Die Gesetze der Aerodynamik waren nicht immer für euch relevant, oder?«

»Nein.«

»Wann wurden sie das?«

»Na ja ... als wir fliegen wollten.«

»Als ihr fliegen wolltet, wurden die Gesetze, denen das Fliegen unterworfen ist, relevant.«

»Ja, das stimmt.«

»Und wenn ihr kurz vor der Vernichtung steht, aber noch länger leben wollt, werden wahrscheinlich die Gesetze des Lebens relevant werden.«

»Das mag schon sein.«

3

»Was bewirkt das Gravitationsgesetz? Wozu ist die Schwerkraft gut?«

»Ich würde sagen, die Schwerkraft organisiert die Welt im Großen. Sie hält alles zusammen – das Sonnensystem, die Milchstraße und das Universum.«

Ismael nickte. »Und das Gesetz, nach dem wir suchen, hält das Leben zusammen. Es organisiert die Welt auf der biologischen Ebene.«

»Gut.« Ich glaube, Ismael spürte, daß mich noch etwas anderes beschäftigte, denn er wartete. »Ich kann nicht glauben, daß unsere Biologen dieses Gesetz nicht kennen.«

Auf der blaugrauen Haut seines Gesichts erschienen amüsierte Falten. »Glaubst du, Mutter Kultur spricht zu euren Biologen nicht?«

»Doch.«

»Und was sagt sie ihnen?«

»Daß ein solches Gesetz, sollte es existieren, nicht für uns gilt.«

»Eben. Aber damit ist deine Frage eigentlich noch nicht beantwortet. Eure Biologen wären keineswegs überrascht zu hören, daß das Verhalten aller Lebewesen gewissen Mustern folgt. Du darfst nicht vergessen, daß damals, als Newton das Gravitationsgesetz entdeckte, auch keiner überrascht war. Festzustellen, daß frei bewegliche Körper zum Erdmittelpunkt hin fallen, ist schließlich keine übermenschliche Leistung. Das weiß jeder Dreikäsehoch. Newtons Leistung bestand nicht darin, das Phänomen der Schwerkraft entdeckt, sondern es als Gesetz formuliert zu haben.«

»Ja, ich verstehe, was du meinst.«

»Genauso wird niemand über das überrascht sein, was du über das Leben bei uns herausfindest, am wenigsten Biologen und Verhaltensforscher. Meine Leistung, wenn sie mir denn gelingt, wird lediglich darin bestehen, daß ich ein bestimmtes Phänomen als Gesetz formuliere.«

»Gut. Verstanden.«

4

»Würdest du sagen, der Gegenstand des Gravitationsgesetzes sei das Fliegen?«

Ich überlegte eine Weile und sagte dann: »Nein, aber das Gesetz ist für das Fliegen insofern wichtig, als es für Flugzeuge genauso gilt wie für Steine. Es unterscheidet nicht zwischen Flugzeugen und Steinen.«

»Das hast du gut ausgedrückt. Das Gesetz, nach dem wir hier suchen, verhält sich ähnlich zur menschlichen Zivilisation. Es gilt nicht nur für Zivilisationen, sondern genauso für Vogelschwärme und Rehherden. Es unterscheidet nicht zwischen menschlichen Zivilisationen und Bienenstaaten, es gilt unterschiedslos für alle Arten. Unter anderem deshalb hat in deiner Kultur noch niemand dieses Gesetz entdeckt. Denn die Mythologie der Nehmer definiert den Menschen als biologische Ausnahme. Von Millionen Arten ist nur eine einzige das Ziel der Schöpfung. Die Welt wurde nicht erschaffen, um Frösche, Heuschrecken oder Haie hervorzubringen, sondern den Menschen. Der Mensch hat eine Sonderstellung, er ist einzigartig und über alle anderen Geschöpfe unendlich weit erhaben.«

»Stimmt.«

5

Ismael starrte einige Minuten lang auf einen Punkt ungefähr einen halben Meter vor seiner Nase, und ich fürchtete schon, er habe mich vergessen, als er mit einem Kopfschütteln wieder zu sich kam. Zum erstenmal hielt er mir nun eine Art kleinen Vortrag.

»Die Götter haben den Nehmern drei böse Streiche gespielt«, begann er. »Erstens haben sie die Erde nicht dorthin gestellt, wo sie nach Ansicht der Nehmer hingehört, nämlich ins Zentrum des Universums. Die Menschen waren verärgert, als sie das erfuhren, aber sie gewöhnten sich daran. Auch wenn die Erde im hintersten Winkel des Universums versteckt war, konnten sie doch immer noch glauben, sie seien im Schöpfungsdrama die Hauptpersonen.

Der zweite Streich der Götter war schlimmer. Der Mensch war die Krone der Schöpfung und die Kreatur, um derentwillen alles andere existierte, die Götter hätten also den Anstand haben müssen, den Menschen in einer seiner Würde und Bedeutung angemessenen Weise zu erschaffen – in einem eigenen, getrennten Schöpfungsakt. Statt dessen entwickelte der Mensch sich aus dem Urschleim wie die Zecke und der Leberegel. Die Nehmer waren sehr verärgert, als sie das erfuhren, aber allmählich gewöhnten sie sich auch daran. Der Mensch mochte aus dem Urschleim kommen, aber er war nach dem Willen der Götter dazu bestimmt, die Welt und dereinst vielleicht sogar das ganze Universum zu beherrschen.

Der letzte der göttlichen Streiche war freilich der schlimmste. Obwohl die Nehmer es noch nicht wissen, nahmen die Götter sie nicht von dem Gesetz aus, das auch das Leben der Maden, Zecken, Garnelen, Kaninchen, Mollusken, Rehe, Löwen und Quallen regiert. Das Gesetz sollte genauso für den Menschen gelten wie das Gesetz der Schwerkraft, und das wird die Nehmer am härtesten treffen. Die anderen Streiche der Götter konnten sie in ihr Weltbild einbauen. Bei diesem ist das unmöglich.«

Ismael saß eine Weile stumm da, ein Berg aus Fell und Fleisch, wahrscheinlich, damit ich das bisher Gesagte verdauen konnte. Dann fuhr er fort: »Jedes Gesetz hat bestimmte Auswirkungen, sonst könnte man es ja nicht entdecken. Die Auswirkungen des Gesetzes, das wir suchen, sind sehr einfach. Arten, die in Übereinstimmung mit dem Gesetz leben, leben ewig, vorausgesetzt, die Umweltbedingungen lassen das zu. Das ist für die Menschen hoffentlich eine gute Nachricht, denn wenn sie in Übereinstimmung mit dem Gesetz leben, werden auch sie ewig leben oder eben so lange, wie die Umweltbedingungen es zulassen.

Aber natürlich ist das nicht die einzige Auswirkung des Gesetzes. Arten, die nicht in Übereinstimmung mit ihm leben, sterben aus. Gemessen an der geologischen Zeit sogar sehr schnell. Und das ist für die Menschen deiner Kultur eine sehr schlechte Nachricht – die schlechteste, die sie je bekommen haben.«

»Glaube bitte nicht, daß ich jetzt weiß, wo ich nach diesem Gesetz suchen muß«, sagte ich.

Ismael überlegte kurz, nahm dann einen Zweig von dem Haufen rechts von ihm, hielt ihn hoch, so daß ich ihn sehen konnte, und ließ ihn auf den Boden fallen. »Das ist die Tatsache, die Newton zu erklären versuchte.« Er machte eine Handbewegung zum Fenster. »Die Welt da draußen ist die Tatsache, die ich zu erklären versuche. Du hast da draußen eine Welt voller Arten, die, günstige Umweltbedingungen vorausgesetzt, ewig leben werden.«

»Davon gehe ich aus. Aber warum soll man das erklären?«

Ismael nahm noch einen Zweig von dem Haufen, hielt ihn hoch und ließ ihn fallen. »Warum soll man das erklären?«

»Also gut. Du willst demonstrieren, daß dieses Phänomen eine Ursache hat, daß es aus einem Gesetz folgt. Daß dahinter ein Gesetz steht.«

»Genau. Dahinter steht ein Gesetz, und meine Aufgabe ist, dir zu zeigen, wie dieses Gesetz wirkt. In diesem Stadium kann ich dir das am leichtesten durch den Vergleich mit Gesetzen zeigen, die du bereits kennst – dem Gravitationsgesetz und den Gesetzen der Aerodynamik.«

»Einverstanden.«

6

»Du weißt, daß wir, wenn wir hier sitzen, nicht gegen das Gravitationsgesetz verstoßen. Frei bewegliche Körper fallen zum Erdmittelpunkt hin, aber die Oberflächen, auf denen wir sitzen, halten unseren Fall auf.«

»Richtig.«

»Die Gesetze der Aerodynamik ermöglichen uns nicht, das Gravitationsgesetz außer Kraft zu setzen. Das verstehst du sicher. Sie ermöglichen uns lediglich, die Luft als Stütze zu benutzen. Ein Mensch, der in einem Flugzeug sitzt, ist dem Gravitationsgesetz genauso unterworfen wie wir, die wir hier sitzen. Aber der Mensch im Flugzeug ist ganz offensichtlich im Besitz einer Freiheit, die wir nicht haben: der Freiheit der Lüfte.«

»Ja.«

»Das Gesetz, das wir suchen, ist wie das Gesetz der Schwerkraft: Man kann ihm nicht entrinnen, aber man kann etwas erreichen, das dem Fliegen, der Freiheit der Lüfte, vergleichbar ist. Bildlich gesprochen, man kann eine Zivilisation errichten, die fliegt.«

Ich starrte ihn einen Augenblick an, dann sagte ich: »Also gut.«

»Du erinnerst dich, wie die Nehmer es anstellten, das Fliegen zu erlernen. Am Anfang wußten sie noch nichts von den Gesetzen der Aerodynamik. Sie begannen nicht mit einer Theorie, die auf Forschung und sorgfältig geplanten Experimenten basierte. Sie bauten einfach Flugapparate, stürzten sich damit einen steilen Felsen hinunter und hofften das Beste.«

»Stimmt.«

»Gut. Ich will jetzt einen solchen frühen Versuch genauer verfolgen. Nehmen wir an, der Versuch wurde mit einem jener wunderbaren, von Pedalen angetriebenen Apparate mit schlagenden Flügeln gemacht, deren Konstruktion auf eine falsche Vorstellung vom Fliegen zurückging.«

»Einverstanden.«

»Zunächst klappt alles bestens. Unser hoffnungsfroher Pilot läßt sich über den Rand eines Felsens schieben und tritt nun kräftig in die Pedale. Die Flügel seines Fahrzeugs schlagen wie verrückt, und er fühlt sich großartig, euphorisch. Er genießt die Freiheit der Lüfte. Leider weiß er nicht, daß sein Fahrzeug gar nicht fliegen kann. Es entspricht nicht den Gesetzen, die das Fliegen möglich machen – aber er würde dich auslachen, wenn du ihm das sagtest. Er hat noch nie von solchen Gesetzen gehört und kennt sie nicht. Er würde auf die schlagenden Flügel zeigen und sagen: ›Siehst du die? Genau wie bei einem Vogel!‹ Aber egal, was er glaubt, er fliegt nicht. Er ist ein frei beweglicher Körper, der zum Erdmittelpunkt hin fällt. Er fliegt nicht, er fällt. Folgst du mir noch?«

»Ja.«

»Zu seinem Glück – oder eher zu seinem Unglück – hat unser Flieger für den Start einen sehr hohen Berg gewählt. Seine Desillusion ist räumlich wie zeitlich noch weit entfernt. Er befindet sich also im freien Fall, fühlt sich großartig und gratuliert sich zu seinem Triumph. Er ist wie der Mann in dem Witz, der einer Wette halber aus einem Fenster im neunzigsten Stock springt. Als er am zehnten Stock vorbeikommt, sagt er zu sich: ›Na also! So weit, so gut!‹

Und er fällt weiter, begeistert über den vermeintlichen Flug. Aus seiner großen Höhe sieht er meilenweit in alle Richtungen, und er sieht etwas, das ihn verblüfft: Der Boden des Tales ist mit Fahrzeugen wie dem seinen übersät, Fahrzeugen, die nicht zerschellt sind, sondern nur verlassen dastehen. ›Warum‹, so fragt er sich, ›sind diese Flugzeuge nicht in der Luft, warum stehen sie auf der Erde? Welcher Narr ließe sein Flugzeug auf der Erde stehen, wenn er die Freiheit der Lüfte genießen könnte?‹ Aber gut, die Dummheit der minderbemittelten, erdgebundenen Sterblichen geht ihn nichts an. Der Blick ins Tal hat ihn jedoch noch auf etwas anderes aufmerksam gemacht. Offensichtlich verliert er an Höhe, ja, die Erde scheint ihm regelrecht entgegenzuwachsen. Er sorgt sich darüber freilich nicht übermäßig. Schließlich war sein Flug bisher ein voller Erfolg, und es gibt keinen Grund, warum das nicht auch weiterhin so sein sollte. Er muß eben etwas stärker in die Pedale treten, das ist alles.

So weit, so gut. Belustigt denkt er an die Pessimisten, die prophezeit haben, sein Flug werde in einer Katastrophe enden, mit gebrochenen Knochen oder gar dem Tod. Und hier fliegt er, schon seit geraumer Zeit, und hat nicht einmal eine Prellung, geschweige denn gebrochene Knochen. Aber dann sieht er wieder hinunter, und was er dort sieht, gibt ihm nun doch zu denken. Das Gesetz der Schwerkraft holt ihn mit 9,8 Meter pro Sekunde im Quadrat ein – immer schneller also. Der Boden kommt mit alarmierender Geschwindigkeit näher. Der Flieger ist besorgt, aber noch keineswegs verzweifelt. ›Mein Flugzeug hat mich sicher bis hierher gebracht‹, tröstet er sich. ›Ich brauche nur weiterzumachen wie bisher.‹ Und er tritt mit aller Macht in die Pedale. Was ihm natürlich überhaupt nichts nützt, da sein Fahrzeug den Gesetzen der Aerodynamik nicht entspricht. Selbst wenn er die Kraft von tausend Männern in seinen Beinen hätte, ja, von zehntausend, von einer Million Männern, sein Fahrzeug würde nicht fliegen. Es ist zum Absturz verurteilt, und er auch, wenn er nicht vorher aussteigt.«

»Stimmt«, sagte ich. »Ich verstehe, was du meinst, aber ich

verstehe nicht, was das alles mit unserem Thema zu tun haben soll.«

Ismael nickte. »Das kann ich dir sagen. Vor zehntausend Jahren haben sich die Menschen deiner Kultur auf einen ähnlichen Flug begeben: den Flug der Zivilisation. Beim Bau ihres Fahrzeugs haben sie an keinerlei Theorie gedacht. Ähnlich wie unser imaginärer Flieger wußten sie gar nicht, daß man ein Gesetz beachten muß, wenn ein solcher Flug gelingen soll. Sie suchten also auch nicht nach einem solchen Gesetz. Sie wollten die Freiheit der Lüfte, deshalb legten sie im ersten Fahrzeug los, daß ihnen in die Finger kam: dem Flugzeug der Nehmer.

Zuerst ging auch alles gut. Mehr noch, alles war bestens. Die Nehmer strampelten munter drauflos, und die Flügel ihres Fahrzeugs funktionierten hervorragend. Sie fühlten sich großartig und waren begeistert. Hier erlebten sie also die Freiheit der Lüfte: die Freiheit von jenen Einschränkungen, die das Leben auf der Erde hemmen und fesseln. Und mit der Freiheit kamen andere Wunder – du hast sie gestern aufgezählt: die ersten Städte, Technik, Bildung, Mathematik und die anderen Naturwissenschaften.

Der Flug schien ewig zu dauern, und er schien immer faszinierender zu werden. Sie konnten ja nicht wissen, nicht einmal ahnen, daß sie wie unser unglücklicher Flieger zwar in der Luft waren, aber nicht flogen. Sie stürzten ab, weil ihr Fahrzeug nicht dem Gesetz entsprach, welches das Fliegen ermöglicht. Ihre Ernüchterung liegt allerdings noch weit in der Zukunft, deshalb strampeln sie munter weiter und genießen die Fahrt. Wie unser Flieger sehen sie auf ihrem Sturz seltsame Dinge. Sie sehen die Reste von Fahrzeugen ähnlich ihrem eigenen, nicht zerstört, nur verlassen, Fahrzeuge der Maya, der Hohokam, der Anasazi und der Völker der Hopewell-Kultur, um nur einige wenige aus der Neuen Welt zu nennen. ›Warum‹, fragen sie, ›stehen diese Fahrzeuge auf dem Boden, warum fliegen sie nicht? Welches Volk wäre lieber an die Erde gefesselt, wenn es wie wir die Freiheit der Lüfte genießen könnte?‹ Sie können es nicht verstehen, und die Frage bleibt ein unergründliches Geheimnis.

Aber gut, die Dummheit dieser Völker ist den Nehmern egal. Sie strampeln weiter und genießen die Fahrt. *Sie* werden ihr Fahrzeug nicht verlassen, denn sie wollen die Freiheit der Lüfte ewig genießen. Leider holt ein Gesetz sie ein. Sie wissen zwar nicht einmal, daß es dieses Gesetz gibt, aber das schützt sie nicht vor den Folgen ihres Irrtums. Das Gesetz ist so unerbittlich wie das Gravitationsgesetz, und es holt sie ein, wie das Gravitationsgesetz unseren Flieger eingeholt hat: mit wachsender Geschwindigkeit.

Der kleine Malthus sieht hinunter. Vor tausend, ja vor fünfhundert Jahren wäre ihm wahrscheinlich noch nichts aufgefallen. Aber was er jetzt sieht, alarmiert ihn. Der Boden scheint gleichsam auf sie zuzurasen – es sieht aus, als sollten sie bald auf ihm zerschellen. Malthus stellt einige Rechnungen an und sagt: ›Wenn wir so weitermachen, haben wir in nicht allzu ferner Zukunft große Probleme.‹ Die anderen Nehmer tun die Warnung mit einem Schulterzucken ab: ›Wir sind schon so weit gekommen und haben bisher nicht einmal einen Kratzer davongetragen. Mag sein, daß der Boden näherkommt, dann müssen wir eben stärker in die Pedale treten. Kein Grund zur Panik.‹ Trotzdem wurde der Hunger im Fahrzeug der Nehmer bald zu einer ständigen Begleiterscheinung, wie Malthus vorausgesagt hatte – und die Nehmer mußten immer härter und mit größerer Effizienz als zuvor in die Pedale treten. Aber seltsam, je mehr sie sich abstrampelten, desto schlechter wurde alles. Sehr seltsam. Peter Farb nennt es ein Paradox: ›Die Intensivierung der Produktion mit dem Ziel, eine größere Bevölkerung zu ernähren, führt zu einem noch stärkeren Wachstum der Bevölkerung.‹ ›Egal‹, sagten die Nehmer. ›Wir sagen einfach einigen Leuten, sie sollen sich eine zuverlässige Methode der Geburtenkontrolle ausdenken. Dann werden wir ewig fliegen.‹

Heute können so einfache Antworten die Menschen deiner

Kultur nicht mehr beruhigen. Sie starren alle nach unten, und es ist offensichtlich, daß der Boden mit rasender Geschwindigkeit auf euch zukommt – und zwar jedes Jahr schneller. Elementare ökologische und andere Systeme werden von den Nehmern in Mitleidenschaft gezogen, und die Auswirkungen werden jedes Jahr dramatischer. Jahr für Jahr werden lebenswichtige, unersetzliche Ressourcen verschwendet, und zwar Jahr für Jahr hemmungsloser. Pessimisten, oder vielleicht besser Realisten, sehen hinunter und sagen: ›Der Zusammenstoß kommt in zwanzig Jahren, vielleicht auch erst in fünfzig. Er kann eigentlich jederzeit kommen. Niemand weiß wann.‹ Aber natürlich gibt es auch Optimisten, die sagen: ›Wir müssen Vertrauen in unser Fahrzeug haben. Schließlich hat es uns sicher bis hierher gebracht. Vor uns liegt nicht die Katastrophe, sondern ein kleiner Buckel, den wir überfliegen können, wenn wir alle noch etwas stärker in die Pedale treten. Dann steigen wir in eine glorreiche, ewige Zukunft auf. Unser Flugzeug wird uns zu den Sternen tragen, und wir werden das ganze Universum erobern.‹ Aber euer Fahrzeug wird euch nicht retten. Im Gegenteil, es trägt euch in die Katastrophe. Auch wenn fünf Milliarden Menschen in die Pedale treten – oder zehn oder zwanzig –, sie werden es nicht zum Fliegen bringen. Euer Flug war von Anfang an ein freier Fall, und dieser Fall nähert sich seinem Ende.«

Endlich fiel auch mir ein eigener Gedanke zum Thema ein. »Das Schlimmste ist«, sagte ich, »daß die Überlebenden, wenn es überhaupt welche gibt, gleich wieder von vorn anfangen werden, und zwar auf genau die gleiche Weise.«

»Ich fürchte, du hast recht. Die experimentelle Methode hat sich beim Fugzeugbau bewährt, aber bei der Errichtung einer Zivilisation kann sie katastrophale Folgen haben.«

Sieben

1

»Ich habe ein Rätsel für dich, mal sehen, ob du es lösen kannst«, sagte Ismael. »Du befindest dich in einem fernen Land in einer fremden, vom Rest der Welt vollkommen isolierten Stadt. Die Menschen, denen du dort begegnest, gefallen dir auf den ersten Blick. Sie sehen gesund aus und sind freundlich, fröhlich, wohlhabend, fleißig, friedliebend und gebildet, und sie erzählen dir, daß dieselben glücklichen Verhältnisse seit Menschengedenken bei ihnen herrschen. Du machst also gern in dieser Stadt Station, und eine Familie lädt dich ein, bei ihr zu wohnen.

Du ißt bei ihr zu Abend und stellst fest, daß das Essen köstlich, aber fremdartig schmeckt. Du fragst deine Gastgeber, was es ist, und sie sagen: ›Ach, das ist B-Fleisch. Wir essen nur B-Fleisch.‹ Natürlich bist du verwirrt und fragst, ob sie damit etwa das Fleisch der kleinen, honigsammelnden Insekten meinen. Sie lachen und führen dich zum Fenster. ›Dort drüben wohnen ein paar B‹, sagten sie, und zeigen auf das Nachbarhaus.

›Herr im Himmel!‹, rufst du, von Grauen geschüttelt, ›ihr wollt doch nicht sagen, daß ihr Menschen eßt!‹ Und sie sehen dich verwirrt an und sagen: ›Wir essen B.‹

›Das ist ja gräßlich‹, sagst du. ›Sind diese Menschen eure Sklaven? Habt ihr sie eingesperrt?‹

›Warum um alles auf der Welt sollten wir sie einsperren?‹ fragen deine Gastgeber.

›Damit sie nicht weglaufen natürlich!‹

Inzwischen haben deine Gastgeber den Verdacht, daß du nicht ganz richtig im Kopf bist, und sie erklären, daß die B nie weglaufen würden, da die A, das Essen der B, schließlich in derselben Straße gleich gegenüber wohnen.

Ich erspare dir deine weiteren empörten Ausrufe und die verwirrten Erklärungen deiner Gastgeber. Nach und nach begreifst du die ganze schreckliche Wahrheit. Die A werden von den B gegessen, die B von den C und die C wiederum von den A. Eine Hierarchie gibt es dabei nicht. Die C spielen nicht die Herren gegenüber den B, nur weil sie die B essen, denn schließlich werden sie selbst von den A gegessen. Alles geht vollkommen demokratisch und freundlich zu.

Aber für dich ist das Ganze natürlich absolut schrecklich, und du fragst sie, wie sie auf so eine gesetzlose Weise leben können. Wieder sehen sie dich verwirrt an. ›Was meinst du mit gesetzlos?‹ fragen sie. ›Wir haben ein Gesetz, an das wir uns alle streng halten. Deshalb sind wir ja so freundlich, fröhlich, friedlich und alles andere, was dir bei uns so gefällt. Dieses Gesetz ist der Grund, warum es uns so gut geht, und das war schon immer so.‹

Und jetzt das Rätsel. Wie findest du heraus, um welches Gesetz es sich handelt, ohne sie zu fragen?«

Ich starrte ihn an. »Keine Ahnung.«

»Denke nach.«

»Na ja ... offenbar ist ihr Gesetz, daß die A die C essen und die B die A und die C die B.«

Ismael schüttelte den Kopf. »Das sind nur bestimmte Vorlieben bei der Nahrungswahl. Dazu ist kein Gesetz nötig.«

»Dann brauche ich noch einige Hinweise. Ich weiß bisher nur, wer wen ißt.«

»Du hast drei weitere Hinweise. Sie haben ein Gesetz, alle befolgen dieses Gesetz, und weil alle es befolgen, funktioniert ihre Gesellschaft reibungslos.«

»Das ist immer noch ein bißchen dürftig. Es sei denn, das Gesetz lautete ... ›Ruhe bewahren.‹«

»Du sollst nicht raten. Du sollst eine Methode entwickeln, wie du auf das Gesetz kommst.«

Ich rutschte tiefer in meinen Sessel, faltete die Hände über dem Bauch und starrte an die Decke. Nach ein paar Minuten hatte ich eine Idee. »Wird ein Verstoß gegen das Gesetz bestraft?«

»Mit dem Tod.«

»Dann würde ich warten, bis jemand hingerichtet wird.«

Ismael lächelte. »Raffiniert, aber keine Methode. Außerdem vergißt du, daß ausnahmslos alle dem Gesetz gehorchen. Es mußte noch nie jemand hingerichtet werden.«

Ich seufzte und schloß die Augen. Nach einer Weile sagte ich: »Dann würde ich die Menschen über einen längeren Zeitraum genau beobachten.«

»Das klingt schon besser. Auf was würdest du achten?«

»Auf das, was sie nicht tun. Was sie nie tun.«

»Gut. Aber wie würdest du dabei zwischen wichtigen und unwichtigen Dingen unterscheiden? Du würdest zum Beispiel feststellen, daß sie nicht auf dem Kopf schlafen, nicht in Abendgarderobe zum Schwimmen gehen und nicht mit Steinen nach dem Mond werfen. Sie würden eine Million Dinge nicht tun, ohne daß diese notwendigerweise durch das Gesetz verboten wären.«

»Stimmt. Laß mich überlegen. Sie haben ein Gesetz, sie befolgen es alle, und sie sagen, daß ... Aha. Sie sagen, daß ihre Gesellschaft funktioniert, weil sie das Gesetz befolgen. Ist das ernst gemeint?«

»Gewiß. Es ist Teil der Hypothese.«

»Dann würde das die meisten unwichtigen Dinge ausscheiden. Die Tatsache, daß sie nicht auf dem Kopf schlafen, hätte ja nichts mit einer erfolgreichen Gesellschaft zu tun. Laß sehen. Also ... wonach ich suchen würde ... ich würde mich dem Problem von zwei Seiten nähern. Einmal würde ich fragen: ›Warum funktioniert diese Gesellschaft?‹ Und dann würde ich fragen: ›Gibt es bei diesen Menschen ein Verbot, das zugleich den Erfolg ihrer Gesellschaft begründet?‹«

»Bravo. Weil du das so gut gemacht hast, gebe ich dir noch einen Hinweis. Zum erstenmal in der Geschichte dieser Gesellschaft hat jemand das Gesetz gebrochen, das der Gesellschaft zugrunde liegt. Die Menschen sind empört, entsetzt, vor den Kopf geschlagen. Sie ergreifen den Sünder, zerreißen ihn in Stücke und verfüttern ihn den Hunden. So, jetzt müßtest du eigentlich auf das Gesetz kommen.«

»Hm.«

»Ich spiele jetzt den Gastgeber. Wir kommen gerade von der Hinrichtung. Du kannst Fragen stellen.«

»Gut. Also was hat der Mann getan?«

»Er hat das Gesetz gebrochen.«

»Ja, aber was genau hat er getan?«

Ismael zuckte die Schultern. »Er hat nicht im Einklang mit dem Gesetz gelebt. Er hat Dinge getan, die wir nicht tun.«

Ich sah Ismael wütend an. »Das ist unfair. Du beantwortest meine Fragen nicht.«

»Aber aber, junger Mann, die ganze traurige Geschichte ist veröffentlicht worden. Die vollständige Biographie des Verurteilten ist in der Bibliothek nachzulesen.«

Ich grunzte nur.

»Wie willst du diese Biographie verwenden? In ihr steht nicht, wie er das Gesetz gebrochen hat. Sie ist lediglich ein vollständiger Bericht seines Lebens, und ein großer Teil davon ist deshalb für unser Problem ganz unwichtig.«

»Meinetwegen, aber einen Hinweis mehr habe ich jetzt immerhin. Ich muß auf drei Sachen achten: was den Erfolg dieser Gesellschaft ausmacht, was die Menschen dieser Gesellschaft nicht tun und was der Verurteilte als einziger getan hat.«

2

»Sehr gut. Das sind genau die drei Leitfragen, die du für die Suche nach dem Gesetz brauchst. Die Lebensgemeinschaft auf der Erde hat drei Milliarden Jahre gut, ja sogar hervorragend funktioniert. Die Nehmer haben sich schaudernd davon abgewandt, im Glauben, auf der Erde herrsche ein gesetzloses Chaos und ein gnadenloser Existenzkampf, bei dem jede Kreatur um ihr Leben fürchten müsse. Aber die Menschen, die in dieser Gemeinschaft leben, finden das gar nicht, und sie werden bis zum letzten Blutstropfen kämpfen, bevor sie sich aus dieser Gemeinschaft herausreißen lassen.

Denn in Wirklichkeit herrscht in der Gemeinschaft Ordnung. Die Grünpflanzen sind die Nahrung der Pflanzenfresser, die Pflanzenfresser die Nahrung der Raubtiere und einige Raubtiere die Nahrung anderer Raubtiere. Und was übrigbleibt, ist die Nahrung der Aasfresser, die wiederum der Erde die Nährstoffe zurückgeben, die die Grünpflanzen brauchen. Dieses System hat Milliarden von Jahren hervorragend funktioniert. Filmregisseure zeigen natürlich gern jede Menge blutige Kämpfe, aber jeder Naturkundler kann dir sagen, daß die Arten einander in keinster Weise bekriegen. Die Gazelle und der Löwe sind nur in der Einbildung der Nehmer Feinde. Wenn ein Löwe auf eine Herde Gazellen stößt, massakriert er sie nicht, wie ein Feind es täte. Er tötet nur eine, und das nicht aus Haß auf Gazellen, sondern um seinen Hunger zu stillen, und wenn er sein Opfer getötet hat, grasen die Gazellen um ihn herum friedlich weiter.

Und das ist so, weil es ein Gesetz gibt, das von allen Gliedern der Gemeinschaft befolgt wird. Ohne dieses Gesetz würde tatsächlich das Chaos herrschen, und die Lebensgemeinschaft würde sich schnell auflösen und verschwinden. Der Mensch verdankt diesem Gesetz, daß es ihn gibt. Wenn die Arten in seiner Umwelt dieses Gesetz nicht befolgen würden, hätte er nicht entstehen und überleben können. Das Gesetz schützt nicht nur die

Gemeinschaft als Ganzes, sondern auch die Arten der Gemeinschaft und sogar die einzelnen Individuen. Verstehst du, was ich meine?«

»Ich verstehe, was du sagst, aber ich habe keine Ahnung, was das Gesetz sein könnte.«

»Ich sage dir, was es bewirkt.«

»Ah. Gut.«

»Das Gesetz sorgt für Frieden und verhindert, daß das Leben auf der Erde zu jenem Chaos ausartet, das es in der Einbildung der Nehmer ist. Das Gesetz fördert alles Leben, das Leben der Gräser, das Leben der Heuschrecke, die das Gras frißt, das Leben der Wachtel, die die Heuschrecke frißt, das Leben des Fuchses, der die Wachtel frißt, und das Leben der Krähe, die den toten Fuchs frißt.

Auch der Quastenflosser, der Hunderte Millionen Jahre vor diesen Tieren die Küsten der Kontinente bevölkerte, gehorchte diesem Gesetz, und aus einigen Quastenflossern wurden Lurche, die gleichfalls dem Gesetz gehorchten. Aus einigen Lurchen wurden Reptilien, aus einigen Reptilien Vögel und Säugetiere, aus einigen Säugetieren Primaten. Aus einem Zweig der Primaten ging der *Australopithecus* hervor, aus dem *Australopithecus* der *Homo habilis*, aus dem *Homo habilis* der *Homo erectus*, aus dem *Homo erectus* der *Homo sapiens* und aus dem *Homo sapiens* der *Homo sapiens sapiens*. Und alle gehorchten sie dem Gesetz.

Bis dann vor rund zehntausend Jahren ein Zweig der Familie *Homo sapiens* sagte: ›Das Gesetz gilt nicht für den Menschen. Die Götter wollen nicht, daß der Mensch durch dieses Gesetz gefesselt wird.‹ Und sie errichteten eine Zivilisation, die das Gesetz in jeder Hinsicht mißachtete. Fünfhundert Generationen später – ein kurzer Augenblick im Angesicht der geologischen Zeit – stellten die Menschen der Familie *Homo sapiens sapiens* fest, daß sie die Welt an den Rand des Verderbens gebracht hatten. Und sie erklärten dieses Unglück mit … na, womit?«

»Wie?«

»Der Mensch lebte in aller Unschuld drei Millionen Jahre auf diesem Planeten, erst die Nehmer brachten alles in nur fünfhundert Generationen an den Rand des Abgrunds. Und wie erklären sie das?«

»Ach, jetzt verstehe ich. Sie sagen, der Mensch sei unvollkommen, er habe einen Fehler.«

»Sie sagen also nicht, daß die Nehmer etwas falsch machen, sondern daß der Fehler in der menschlichen Natur begründet sei.«

»Richtig.«

»Und was sagst du inzwischen zu dieser Erklärung?«

»Ich beginne an ihr zu zweifeln.«

»Gut.«

3

»Als die Nehmer damals in die Neue Welt einfielen und ihr Zerstörungswerk begannen, suchten die Lasser gerade nach einer Antwort auf die Frage: ›Wie können wir seßhaft werden, ohne gegen das Gesetz zu verstoßen, dem wir seit Anbeginn der Zeiten gehorchen?‹ Ich meine natürlich nicht, daß sie diese Frage bewußt formulierten. Das Gesetz war ihnen genausowenig bewußt wie den Luftpionieren die Gesetze der Aerodynamik. Aber deshalb setzten sie sich trotzdem damit auseinander: Sie errichteten eine Zivilisation nach der anderen und gaben sie wieder auf, bis sie eine finden würden, die fliegen konnte. Eine zeitraubende Methode. Vielleicht hätten sie weitere zehn- oder fünfzigtausend Jahre herumexperimentiert. Aber sie wußten offensichtlich, daß kein Grund zur Eile bestand. Sie brauchten nicht sofort abzuheben. Sie sahen nicht ein, warum sie sich einer Zivilisation anvertrauen sollten, die ganz klar auf den Untergang zusteuerte, so wie die Zivilisation der Nehmer das tat.«

Ismael verstummte, und als er nicht fortfuhr, sagte ich: »Und was jetzt?«

Sein Gesicht verzog sich zu einem Lächeln. »Jetzt gehst du nach Hause und kommst erst wieder, wenn du mir sagen kannst, welches Gesetz oder welche Gesetze von Anfang an das Leben auf der Erde bestimmten.«

»Ich weiß nicht, ob ich dazu schon in der Lage bin.«

»Ich bereite dich seit einer halben Woche darauf vor.«

»Aber ich wüßte nicht, wo ich beginnen sollte.«

»Du weißt es. Du hast dieselben drei Anhaltspunkte wie bei den A, B und C. Das Gesetz, nach dem du suchst, wird seit drei Milliarden Jahren von allen Lebewesen da draußen befolgt.« Ismael deutete zum Fenster. »Und deshalb ist die Welt heute so und nicht anders. Wenn nicht dieses Gesetz von Anfang an und von Generation zu Generation befolgt worden wäre, wären die Meere tote Wüsten und das Land Staub, den der Wind vor sich hertreibt. Das ganze vielfältige Leben der Erde verdankt sich diesem Gesetz, und auch der Mensch verdankt ihm seine Existenz. Und nur ein einziges Mal in der Geschichte des Planeten hat eine Art das Gesetz herausgefordert – und nicht einmal eine ganze Art, sondern nur ein Volk, die Menschen nämlich, die ich Nehmer genannt habe. Vor zehntausend Jahren sagte dieses Volk: ›Wir haben genug. Es ist nicht die Bestimmung des Menschen, sich diesem Gesetz zu unterwerfen‹, und sie begannen so zu leben, daß sie in jeder Hinsicht gegen das Gesetz verstießen. Was immer durch dieses Gesetz verboten wird, erhoben sie in ihrer Zivilisation zur Handlungsmaxime. Und jetzt nach fünfhundert Generationen müssen sie die Strafe zahlen, die auch jede andere Art für ähnliche Verstöße zahlen müßte.«

Ismael machte eine abschließende Handbewegung. »Mehr Anhaltspunkte brauchst du nicht.«

4

Die Tür schloß sich hinter mir, und da stand ich nun. Zurück konnte ich nicht, nach Hause wollte ich nicht, also blieb ich einfach stehen. Mein Kopf war leer, und ich war deprimiert. Ich brachte es sogar fertig, mich ganz ungeliebt zu fühlen.

Zu Hause erwarteten mich jede Menge Probleme. Ich war mit der Arbeit im Rückstand und konnte Termine nicht einhalten. Und jetzt hatte ich zusätzlich noch eine Aufgabe von Ismael, die mich überhaupt nicht begeisterte. Aber es war an der Zeit, einmal ernsthaft nachzudenken, deshalb tat ich etwas, was ich selten tue: Ich ging in die nächste Kneipe und kippte einen.

Also: Warum fühlte ich mich auf so unerklärliche Weise niedergeschlagen und ungeliebt? Und warum gerade heute? Die Antwort: Ismael hatte mich nach Hause geschickt, damit ich selbst über die Lösung nachdachte; er hätte mir die geistige Anstrengung ersparen können, die das bedeutete, aber er hatte es nicht getan. Also eine Art Zurückweisung. Kindisch, so was zu sagen, natürlich, aber ich bin auch nicht vollkommen.

Doch das Problem saß tiefer, denn ich war noch immer deprimiert. Ein zweiter Bourbon brachte die Antwort: Ich machte Fortschritte. Jawohl. Deshalb war ich deprimiert.

Ismael hatte einen Lehrplan. Na ja, natürlich, warum auch nicht. Er hatte ihn im Verlauf einiger Jahre in der Arbeit mit seinen Schülern entwickelt. Verständlich. So etwas braucht man. Man fängt hier an, macht dann das, dann das, dann das und dann das, und dann, voilà!, ist man eines Tages fertig. Danke für Ihre Aufmerksamkeit, alles Gute, und machen Sie beim Rausgehen bitte die Tür zu.

Wie weit war ich jetzt? Hatte ich die Hälfte des Weges zurückgelegt? Ein Drittel? Ein Viertel? Auf jeden Fall entfernte mich jeder Fortschritt, den ich machte, weiter von Ismael.

Welches böse Wort beschreibt meine Reaktion am treffendsten? Selbstsucht? Eigenliebe? Überzogener Egoismus? Was auch immer, ich bekenne mich ohne Ausflüchte dazu.

Ich mußte mir eingestehen: Ich wollte nicht nur einen Lehrer, ich wollte einen Lehrer fürs ganze Leben.

Acht

1

Ich brauchte vier Tage, bis ich das Gesetz gefunden hatte.

Einen Tag lang redete ich mir ein, ich würde die Aufgabe nie lösen können, am zweiten und dritten Tag löste ich sie, am vierten Tag überprüfte ich die Lösung. Am fünften Tag kehrte ich zurück. Als ich Ismaels Büro betrat, probte ich im stillen noch einmal, was genau ich sagen wollte.

Ich schreckte aus meinen Gedanken hoch und wußte einen Augenblick nicht mehr, wo ich war. Ich hatte vergessen, was mich erwartete: das leere Zimmer, der einsame Sessel und die Glasscheibe, hinter der zwei Augen glühten.

Dumm, wie ich war, quäkte ich ein lautes Hallo.

Ismael begrüßte mich, wie er mich noch nie begrüßt hatte. Er zog die Oberlippe hoch und entblößte eine Reihe bernsteinfarbener Zähne, massiv wie Steinblöcke.

Ich hastete zu meinem Sessel und wartete wie ein Schuljunge darauf, daß Ismael nickte.

»Ich glaube, ich weiß jetzt, warum du unbedingt wolltest, daß ich das Gesetz selbst finde«, begann ich. »Wenn du mir gesagt hättest, was die Nehmer tun und alle anderen Lebewesen nicht, hätte ich nur gesagt: ›Ja, gut, und warum nicht?‹«

Ismael grunzte. »Das Banale kann manchmal erhellend sein, wenn es aus einer anderen Perspektive betrachtet wird.«

»Genau das ist der Trick, stimmt.«

»Genug der Vorrede. Fang an.«

»Gut. Soviel ich sehe, tun die Nehmer vier Dinge, die andere Lebewesen nicht tun, und alle vier sind Grundpfeiler ihrer Zivilisation. Erstens bringen sie ihre Rivalen um, was in der Wildnis nicht vorkommt. Dort verteidigen die Tiere ihr Territorium und ihre Beute und sie überfallen auch die Territorien ihrer Rivalen und holen sich deren Beute. Einige Arten jagen auch ihre Rivalen, aber sie jagen sie nie um des Tötens willen, wie es Rancher und Farmer mit Kojoten, Füchsen und Krähen tun. Die Tiere fressen ihre Beute.«

»Und woher weißt du, daß dieses Gesetz allgemeingültig ist? Ich meine einmal abgesehen davon, daß noch nie jemand gesehen hat, daß Rivalen einander in der ›Wildnis‹, wie du sie nennst, töten.«

»Wenn es nicht allgemeingültig wäre, sähe die Welt heute anders aus. Das hast du ja auch gesagt. Wenn Rivalen einander nur um des Tötens willen jagen würden, dann gäbe es keine Rivalen mehr. Es gäbe auf jeder Ebene des Existenzkampfes nur noch eine Art: die stärkste.«

»Weiter.«

»Zweitens zerstören die Nehmer systematisch die Nahrungsgrundlage ihrer Rivalen, damit sie mehr Nahrung für sich selbst anbauen können. So etwas gibt es in der Natur nicht. Dort lautet die Regel: Nimm, was du brauchst, und laß den Rest in Ruhe.«

Ismael nickte.

»Drittens verweigern die Nehmer ihren Rivalen den Zugang zu jeglicher Nahrung überhaupt. In der Wildnis gilt die Regel: Du darfst deinem Rivalen verweigern, was du selbst gerade frißt, aber du darfst ihm nicht den Zugang zur Nahrung überhaupt verweigern. Anders ausgedrückt, du kannst sagen: ›Diese Gazelle gehört mir‹, aber nicht: ›Alle Gazellen gehören mir.‹ Der Löwe beansprucht die Gazelle, die er erbeutet hat, aber nicht alle Gazellen.«

»Richtig. Aber angenommen, du ziehst selbst eine Viehherde

groß, von Anfang an sozusagen. Könntest du diese Herde als dein Eigentum beanspruchen?«

»Ich weiß nicht. Ich nehme an ja, solange du nicht sagst, alle Viehherden der Welt gehören dir.«

»Und kannst du deinen Rivalen verweigern, was du anbaust?«

»Bei uns gilt die Devise: Jeder Quadratmeter dieses Planeten gehört uns. Wenn wir also alles bebauen, haben unsere Rivalen eben Pech gehabt und müssen aussterben. Unsere Devise ist, unseren Rivalen überhaupt alle Nahrungsmittel vorzuenthalten, und das tut ganz offensichtlich keine andere Art.«

»Die Bienen lassen dich nicht an das, was im Bienenstock unter dem Apfelbaum ist, aber an die Äpfel lassen sie dich.«

»Genau.«

»Einverstanden. Und die Nehmer tun noch etwas Viertes, das die Tiere nicht tun?«

»Ja. In der Wildnis tötet der Löwe eine Gazelle und frißt sie. Er tötet nicht noch eine zweite Gazelle, um sie für den nächsten Tag aufzusparen. Das Reh frißt das Gras, das da ist. Es mäht kein Gras und bewahrt es für den Winter auf. Aber die Nehmer tun das.«

»Du bist dir bei diesem Gesetz nicht so sicher wie bei den anderen.«

»Ja. Denn es gibt Arten, die Nahrung sammeln, wie zum Beispiel die Bienen. Aber die meisten Arten tun es nicht.«

»In diesem Fall hast du unrecht. Alle Lebewesen legen sich Nahrungsvorräte an. Die meisten tun das einfach in ihrem Körper, wie die Löwen, die Rehe oder die Menschen. Andere sind nicht entsprechend ausgerüstet, sie müssen zusätzliche Nahrung außerhalb des Körpers lagern.«

»Aha.«

»Das Anlegen von Nahrungsvorräten an sich ist nicht verboten. Das könnte auch gar nicht anders sein, denn nur so funktioniert das ganze System: Die grünen Pflanzen sammeln Nahrung für die Pflanzenfresser, die Pflanzenfresser für die Raubtiere, und so weiter.«

»Stimmt. Daran hatte ich nicht gedacht.«

»Tun die Nehmer noch etwas, was in der Natur sonst nicht vorkommt?«

»Mir ist nichts bekannt. Jedenfalls nichts, was für das Funktionieren der Lebensgemeinschaft wichtig wäre.«

2

»Das Gesetz, das du so gut beschrieben hast, setzt dem Existenzkampf des Lebens auf der Erde Grenzen. Jeder mag seine Fähigkeiten nach Kräften einsetzen, aber er darf weder Jagd auf seine Rivalen machen noch deren Nahrung vernichten oder sie ihnen vorenthalten. Anders ausgedrückt, er darf mit ihnen konkurrieren, aber nicht Krieg gegen sie führen.«

»Ja. Das Gesetz hält den Frieden aufrecht, wie du gesagt hast.«

»Und was folgt aus dem Gesetz? Was bewirkt es?«

»Hm ... Ordnung eben.«

»Schon, aber ich denke an etwas anderes. Was wäre geschehen, wenn das Gesetz vor zehn Millionen Jahren seine Gültigkeit verloren hätte? Wie sähe das Leben auf der Erde heute aus?«

»Wie gesagt, es gäbe auf jeder Ebene der Existenz nur noch eine Lebensform. Wenn alle Weidetiere einander seit zehn Millionen Jahren bekämpft hätten, gäbe es jetzt wahrscheinlich einen Sieger. Oder es gäbe einen Sieger bei den Insekten, einen bei den Vögeln, einen bei den Reptilien und so weiter. Auf jeder Ebene einen.«

»Das Gesetz sorgt also für was?«

»Na ja ... für Frieden.«

»Überlege. Worin unterscheidet sich das Leben, das du gerade beschrieben hast, vom heutigen Leben?«

»Es gäbe nur einige Dutzend oder einige Hundert verschiedene Arten. Während wir heute Millionen von Arten haben.«

»Das Gesetz sorgt also für was?«

»Für Artenvielfalt.«

»Genau. Und wozu ist diese gut?«

»Keine Ahnung. Sie macht das Leben ... interessanter.«

»Woran würde das Leben kranken, wenn es auf der Erde nur Gras, Gazellen und Löwen gäbe? Oder nur Reis und Menschen?«

Ich starrte eine Weile vor mich hin. »Vermutlich wäre es ökologisch instabil und sehr störungsanfällig. Sobald die Rahmenbedingungen sich verändern würden, würde alles zusammenbrechen.«

Ismael nickte. »Die Artenvielfalt ist eine notwendige Bedingung des Lebens selbst. Eine Lebensgemeinschaft von hundert Millionen Arten überlebt fast alles, von der totalen globalen Katastrophe einmal abgesehen. Von diesen hundert Millionen Arten könnten Hunderttausende ein weltweites Absinken der Temperatur um zwanzig Grad überleben – obwohl die Folgen verheerender wären, als es auf den ersten Blick aussieht. Genauso würden Hunderttausende überleben, wenn die Temperatur weltweit um zwanzig Grad anstiege. Eine Gemeinschaft von hundert oder tausend Arten dagegen hätte so gut wie keine Chance.«

»Stimmt. Und genau diese Vielfalt ist gefährdet. Täglich sterben Dutzende von Arten aus, als direkte Folge der Verstöße der Nehmer gegen das Gesetz.«

»Du weißt jetzt, daß es sich um ein Gesetz handelt. Verändert das deine Einschätzung eures Tuns?«

»Ja. Ich halte das, was wir hier tun, nicht mehr für einen Fehler aufgrund unserer Unvollkommenheit. Wir zerstören die Welt nicht, weil wir ungeschickt sind. Wir zerstören sie, weil wir im buchstäblichen Sinn und mit voller Absicht Krieg gegen sie führen.«

3

»Wie du gesagt hast, würde die Lebensgemeinschaft auf der Erde zerstört werden, wenn sich alle Arten außerhalb der Wettbewerbsregeln stellten, die durch dieses Gesetz festgelegt werden. Aber was wäre, wenn nur eine Art das tun würde?«

»Du meinst, eine andere Art als der Mensch?«

»Ja. Natürlich müßte sie fast so klug und willensstark sein wie der Mensch. Stell dir vor, du wärst eine Hyäne. Warum sollst du deine Beute mit den faulen, despotischen Löwen teilen? Es passiert immer wieder: Du tötest ein Zebra, und ein Löwe kommt seines Weges, vertreibt dich und frißt selbst, während du auf die Reste warten mußt. Ist das gerecht?«

»Ich dachte, es sei umgekehrt – die Löwen töteten die Beute und die Hyänen belästigten sie dann.«

»Natürlich jagen Löwen auch selbst, aber es reicht ihnen vollkommen, wenn sie einem anderen Tier die Beute wegnehmen können.«

»Aha.«

»Du hast also genug von den Löwen. Was tust du?«

»Ich bringe sie um.«

»Und die Folge davon?«

»Na ja ... kein Ärger mehr.«

»Von was lebten die Löwen?«

»Von Gazellen, Zebras, von wilden Tieren eben.«

»Jetzt gibt es keine Löwen mehr. Was bedeutet das für euch?«

»Ach jetzt verstehe ich, worauf du hinauswillst. Wir haben mehr zu fressen.«

»Und wenn ihr mehr zu fressen habt?«

Ich sah ihn verständnislos an.

»Na gut. Ich dachte, daß Abc der Ökologie sei dir bekannt. Wenn in der Natur das Nahrungsangebot einer Population steigt, wächst die Population. Wenn sie wächst, wird die Nahrung wieder weniger, und wenn sie weniger wird, schrumpft die Population. Diese Wechselwirkung zwischen Räuber- und Beutepopulation hält alles im Gleichgewicht.«

»Das wußte ich schon. Ich habe im Moment nur nicht daran gedacht.«

Ismael runzelte verwirrt die Stirn.

Ich lachte. »Also gut. Wenn die Löwen weg sind, haben wir Hyänen mehr zu fressen, und unsere Population wächst. Sie wächst, bis die Nahrung wieder knapp wird, dann schrumpft sie wieder.«

»Unter normalen Umständen, ja. Aber ihr habt die Umstände verändert. Ihr habt beschlossen, daß das Gesetz, das den Wettbewerb regelt, nicht für Hyänen gelten soll.«

»Richtig. Wir töten unsere Rivalen.«

»Laß dir nicht alles einzeln aus der Nase ziehen. Entwickle den Gedanken selbst.«

»Gut. Laß sehen. Wenn wir die Rivalen getötet haben, die uns das Essen wegfressen ... dann wächst unsere Population, bis die Tiere, die wir jagen, knapp werden. Da wir keine Rivalen mehr haben, die wir töten könnten, müssen wir dafür sorgen, daß diese Tiere sich vermehren ... Hyänen als Viehzüchter, wirklich ein komischer Gedanke.«

»Ihr habt die direkten Rivalen umgebracht, die euch die Beute streitig machten, aber die Tiere, die ihr freßt, haben ihrerseits Rivalen, die ihnen das Gras streitig machen. Das sind eure Rivalen ersten Grades. Tötet sie, und eure Tiere haben mehr Gras.«

»Stimmt. Mehr Gras für die Beutetiere bedeutet mehr Beutetiere, mehr Beutetiere bedeuten mehr Hyänen, mehr Hyänen ... Wen können wir noch töten?«

Ismael zog nur die Augenbrauen hoch und sah mich fragend an.

»Wir können niemanden mehr töten.«

»Überlege.«

Ich überlegte. »Gut. Wir haben unsere direkten Rivalen und unsere Rivalen ersten Grades getötet. Jetzt könnten wir unsere Rivalen zweiten Grades vernichten – die Pflanzen, die mit dem Gras um Platz und Sonnenlicht konkurrieren.«

»Richtig. Dann gibt es mehr Gras für die Tiere und mehr Tiere für euch.«

»Lustig ... Für die Bauern ist das ja schon fast eine Kulthandlung. Vernichte, was du nicht essen kannst. Vernichte, was dir dein Essen wegnimmt. Vernichte, was nicht dazu beiträgt, daß du zu essen hast.«

»Es ist wirklich eine Kulthandlung, zumindest in der Nehmer-Kultur. Je mehr Rivalen du tötest, desto mehr Menschen kannst du in die Welt setzen, das ist euer heiligstes Credo. Für den, der sich außerhalb des Gesetzes stellt, das den Wettbewerb regelt, ist alles außer seiner Nahrung und der Nahrung seiner Nahrung ein Feind, der ausgerottet werden muß.«

4

»Du siehst also: Wenn eine Art sich außerhalb des Gesetzes stellt, hat das letztlich dieselbe Wirkung, wie wenn alle Arten sich außerhalb des Gesetzes stellten. In beiden Fällen wird die Vielfalt des Lebens nach und nach zerstört, und eine einzige Art breitet sich aus.«

»Und man kommt notwendigerweise dahin, wo die Nehmer heute sind – man muß ständig neue Rivalen ausschalten, immer mehr Nahrung anbauen und immer wieder neu überlegen, wie man mit der Bevölkerungsexplosion fertig wird. Wie hast du es vor ein paar Tagen ausgedrückt? Etwas mit Intensivierung der Produktion, um eine größere Bevölkerung zu ernähren.«

»›Die Intensivierung der Produktion mit dem Ziel, eine größere Bevölkerung zu ernähren, führt zu einem noch stärkeren Wachstum der Bevölkerung.‹ Das sagt Peter Farb in seinem Buch *Humankind*.«

»Und du behauptest, dies sei ein Paradox?«

»Peter Farb behauptet das.«

»Warum?«

Ismael zuckte die Schultern. »Er weiß sicher auch, daß in der Natur jede Art unweigerlich in dem Maß wächst, wie ihre Nahrungsgrundlage wächst. Aber du weißt ja, Mutter Kultur lehrt, daß solche Gesetze nicht für den Menschen gelten.«

»Das stimmt.«

5

»Ich habe eine Frage«, sagte ich. »Ich habe im Verlauf unseres Gesprächs immer wieder darüber nachgedacht, ob die Landwirtschaft nicht schon an sich diesem Gesetz widerspricht. Ich meine, der Widerspruch scheint doch schon per definitionem in ihr angelegt.«

»So ist es – wenn du nur die Definition der Nehmer kennst. Es gibt allerdings auch andere Definitionen. Die Landwirtschaft muß nicht unbedingt einen Krieg gegen alles Leben bedeuten, das ihr im Weg steht.«

»Mein Problem ist wahrscheinlich das: Die Lebensgemeinschaft auf der Erde ist doch eine Art Wirtschaftssystem, nicht wahr? Ich meine, wenn einer mehr für sich nimmt, dann muß für jemand anderen oder für etwas anderes notwendigerweise weniger da sein. Das ist doch so?«

»Ja. Aber warum willst du mehr für dich?«

»Warum?«

»Ja.«

»Aber das ist doch die Grundlage der Seßhaftigkeit. Ohne Landwirtschaft keine Seßhaftigkeit.«

»Und du willst das wirklich?«

»Was denn sonst?«

»Du willst also wachsen, bis du die ganze Welt beherrschst und jeden Quadratmeter bebauen kannst?«

»Nein.«

»Aber genau das haben die Nehmer bisher getan – und sie tun es immer noch. Darauf ist ihre Landwirtschaft zugeschnitten: nicht auf Seßhaftigkeit, nein – auf Wachstum. Auf grenzenloses Wachstum.«

»Also gut. Ich will nur seßhaft sein.«

»Dafür brauchst du keinen Krieg gegen die Natur zu führen.«

»Aber das Problem bleibt doch bestehen. Wenn ich seßhaft werden will, muß ich mehr haben als bisher, und dieses Mehr muß von irgendwoher kommen.«

»Das stimmt, und ich sehe dein Problem. Allerdings muß ich sagen, daß die Seßhaftigkeit keineswegs nur eine menschliche Anpassung an die Umwelt ist. Spontan fällt mir überhaupt keine Art ein, die ausschließlich nomadisieren würde. Irgendein Territorium ist immer vorhanden, sei es eine Weide, ein Laichplatz, ein Bienenstock, ein Nest, eine Hühnerstange, ein Bau, eine Höhle, ein Loch. Und außerdem gibt es verschiedene Grade der Seßhaftigkeit, auch bei den Menschen. Selbst die Jäger und Sammler sind keine reinen Nomaden, und es gibt verschiedene Abstufungen zwischen ihnen und den Völkern, die nur Ackerbauern sind. Einige Jäger und Sammler praktizieren eine intensivierte Sammlertätigkeit und legen Nahrungsvorräte an, die ihnen einen gewissen Grad der Seßhaftigkeit ermöglichen. Dann gibt es die halben Ackerbauern, die wenig anbauen und viel sammeln, und die Beinahe-Ackerbauern, die viel anbauen und wenig sammeln. Und so weiter.«

»Aber was du sagst, geht immer noch am eigentlichen Problem vorbei«, behauptete ich.

»Das stimmt nicht, aber du bist leider auf nur eine Perspektive des Problems fixiert. Dabei übersiehst du folgendes: Als der *Homo habilis* auf der Erde erschien, jene besondere Anpassung also, die wir *Homo habilis* nennen, mußte ihm irgend etwas Platz machen. Das heißt nicht, daß eine andere Art aussterben mußte. Ich sage nur, daß der *Homo habilis* von Anfang an mit anderem Leben konkurrierte. Nicht nur mit einer Art, sondern mit tausend Arten, und alle mußten sich etwas einschränken, damit der *Homo habilis* leben konnte. Dasselbe gilt für alle Arten, die auf diesem Planeten je entstanden sind.«

»Gut. Aber mir leuchtet immer noch nicht ein, was das mit der Seßhaftigkeit zu tun hat.«

»Du hörst mir nicht zu. Die Seßhaftigkeit ist eine Anpassung, die in gewissem Maße von allen Arten einschließlich der des Menschen praktiziert wird. Und jede Anpassung existiert in Konkurrenz mit den Anpassungen in ihrem Umfeld. Anders ausgedrückt, die menschliche Seßhaftigkeit widerspricht den Gesetzen des Wettbewerbs nicht, sie unterliegt ihnen.«

»Aha. Gut, das verstehe ich jetzt.«

6

»Was haben wir bisher herausgefunden?«

»Wir haben herausgefunden, daß jede Art, die sich außerhalb der Gesetze des Wettbewerbs stellt, in letzter Konsequenz die Lebensgemeinschaft zerstört, um sich selbst weiter ausdehnen zu können.«

»Jede Art? Der Mensch auch?«

»Ja, natürlich. Auf der Erde tut das ja gerade der Mensch.«

»Du siehst also, daß es sich zumindest hierbei nicht um irgendein mysteriöses Laster handelt, das nur die Menschen haben. Die Menschen deiner Kultur zerstören die Welt nicht, weil sie auf rätselhafte Art unvollkommen sind.«

»Nein. Es würde allen anderen Arten genauso gehen, zumindest denen, die stark genug sind, so etwas zu tun. Vorausgesetzt natürlich, daß auf eine Steigerung des Nahrungsangebots auch tatsächlich ein Wachstum der Bevölkerung folgt.«

»Jede Bevölkerung wächst, wenn mehr Nahrung zur Verfügung steht. Das gilt für alle Arten. Die Nehmer beweisen das seit zehntausend Jahren. Seit zehntausend Jahren erhöhen sie die Nahrungsmittelproduktion immer wieder, um eine gewachsene Bevölkerung zu ernähren, und jedes Mal wächst die Bevölkerung noch mehr.«

Ich dachte kurz nach. Dann sagte ich: »Mutter Kultur ist hier anderer Meinung.«

»Natürlich. Sie protestiert sicher sogar ganz heftig. Was sagt sie?«

»Sie sagt, wir seien in der Lage, mehr Nahrungsmittel zu produzieren, ohne daß die Bevölkerung wächst.«

»Zu welchem Zweck? Warum dann mehr Nahrungsmittel produzieren?«

»Um die Millionen zu ernähren, die verhungern.«

»Und nimmst du ihnen gleichzeitig das Versprechen ab, daß sie keine Kinder bekommen werden?«

»Hm ... nein, das ist nicht vorgesehen.«

»Was passiert also, wenn du die verhungernden Millionen ernährst?«

»Sie bekommen Kinder, und die Bevölkerung wächst.«

»Mit Sicherheit. Dieses Experiment führt deine Kultur seit zehntausend Jahren jedes Jahr neu durch, mit in jeder Hinsicht vorhersehbaren Folgen. Wenn man mehr Nahrungsmittel produziert, um mehr Menschen zu ernähren, führt das zu weiterem Bevölkerungswachstum. Diese Folge ist zwingend, und wer etwas anderes sagt, gibt sich biologischen und mathematischen Phantasien hin.«

»Trotzdem ...« Ich überlegte. »Mutter Kultur sagt, das Problem könne durch Geburtenkontrolle gelöst werden.«

»Natürlich. Wenn du je so dumm bist und dich auf eine Diskussion über das Bevölkerungswachstum einläßt, wirst du feststellen, daß immer dann die Erleichterung groß ist, wenn jemand die Geburtenkontrolle ins Gespräch bringt. ›Gott sei Dank! Gerade noch aus dem Schneider!‹ Wie der Alkoholiker, der schwört, er werde den Alkohol aufgeben, bevor er sein Leben ruiniert. Die globale Geburtenkontrolle gehört zu jenen Dingen, die immer in der Zukunft stattfinden. Das war schon 1960 so, als ihr noch drei Milliarden wart. Jetzt seid ihr fünf Milliarden, und die Geburtenkontrolle steht immer noch aus.«

»Stimmt. Aber theoretisch wäre sie möglich.«

»Theoretisch ja – aber nicht, solange ihr die Geschichte der Nehmer aufführt. Solange ihr das macht, werdet ihr auf den Hunger immer mit einer Erhöhung der Nahrungsproduktion reagieren. Du hast sicher schon Anzeigen von Organisationen gesehen, die den hungernden Völkern der Welt Nahrungsmittel schicken?«

»Ja.«

»Hast du je gelesen, daß sie statt dessen Verhütungsmittel schicken würden?«

»Nein.«

»Siehst du. Mutter Kultur redet mit gespaltener Zunge. Spricht jemand von Bevölkerungsexplosion, antwortet sie mit globaler Geburtenkontrolle, spricht jemand von Hungersnot, antwortet sie mit verstärkter Nahrungsproduktion. Nur leider wird die Nahrungsproduktion jedes Jahr erhöht, während die Geburtenkontrolle überhaupt nicht stattfindet.«

»Stimmt.«

»Eure Kultur legt gar keinen Wert auf eine globale Geburtenkontrolle, und das wird so bleiben, solange ihr eine Geschichte aufführt, der zufolge die Götter die Welt erschaffen haben, damit der Mensch nach Belieben mit ihr verfahren kann. Solange ihr diese Geschichte aufführt, wird Mutter Kultur heute die Erhöhung der Nahrungsproduktion fordern – und für morgen die Geburtenkontrolle versprechen.«

»Gut, das sehe ich ein. Aber ich habe eine Frage.«

»Bitte.«

»Ich weiß, was Mutter Kultur zum Hunger sagt. Was sagst du dazu?«

»Ich? Nichts, außer daß die biologischen Gesetze, denen alle Arten unterworfen sind, auch für deine Art gelten.«

»Was hat das mit dem Hunger zu tun?«

»Hunger gibt es nicht nur bei den Menschen, es gibt ihn bei allen Arten auf der Welt. Wenn die Population einer Art die vorhandenen Nahrungsmittelressourcen übersteigt, schrumpft sie, bis das Gleichgewicht wiederhergestellt ist. Mutter Kultur behauptet, die Menschen seien diesem Regulativ nicht unterworfen. Wenn eine Bevölkerung also nicht mehr von ihren Ressourcen leben kann, werden Nahrungsmittel importiert, wodurch sichergestellt wird, daß in der nächsten Generation noch mehr verhungern. Die Bevölkerung kann also nie bis zu dem Punkt schrumpfen, an dem sie sich aus eigenen Mitteln ernähren kann, und deshalb wird der Hunger chronisch.«

»Ja. Vor einigen Jahren habe ich in der Zeitung einen Bericht über einen Ökologen gelesen, der auf einer Konferenz genau dies sagte. Junge, wurde der vielleicht angeschossen. Er wurde regelrecht als Mörder hingestellt.«

»Das kann ich mir vorstellen. Zwar wissen seine Kollegen auf der ganzen Welt genau, wovon er spricht, aber sie sind nicht so dumm, Mutter Kultur herauszufordern. Trotzdem: Wo vierzigtausend Menschen in einem Gebiet leben, das nur dreißigtausend ernähren kann, erweist man den Menschen keinen Dienst, wenn man Nahrungsmittel importiert, bis vierzigtausend Menschen davon leben können. Damit bewirkt man nur, daß der Hunger nie aufhört.«

»Stimmt. Aber trotzdem ist es schwer, tatenlos dazusitzen und zuzusehen, wie Menschen verhungern.«

Ismael ließ ein vulkanisches Rumpeln ertönen. »Wer redet denn von Dasitzen und Zusehen? Wer Nahrung importiert, kann auch Menschen exportieren, oder?«

»Mag sein.«

»Dann siedelt doch zehntausend Menschen in ein Land um, in dem es Nahrung im Überfluß gibt. Bringt sie nach Italien oder Hawaii, in die Schweiz, nach Nebraska, nach Oregon oder nach Wales.«

»Ich glaube nicht, daß dieser Vorschlag sich durchsetzen ließe.«

»Ihr spielt lieber den Menschenfreund und laßt zu, daß vierzigtausend Menschen am Rand des Hungertods leben.«

»Leider ist das wohl so.«

»Soviel zu den Segnungen eurer Kultur.«

7

»Ich habe dir ein Buch hingelegt, wie du siehst«, sagte Ismael.

Es handelte sich um *Das große Buch der Indianer Amerikas.*

»Da wir von Geburtenkontrolle und ähnlichem sprachen: Das Buch enthält vorne eine Karte der indianischen Stammesterritorien. Vielleicht kannst du damit etwas anfangen.« Ismael ließ mich die Karte eine Weile ansehen, dann fragte er, was ich davon hielte.

»Ich wußte gar nicht, daß es so viele verschiedene Völker gab.«

»Sie lebten nicht alle zur gleichen Zeit, aber doch die meisten. Ich bitte dich jetzt zu überlegen, durch was das Wachstum dieser Völker begrenzt wurde.«

»Inwiefern soll mir die Karte dabei helfen?«

»Sie soll dir zeigen, daß Amerika keineswegs ein leerer Kontinent war. Geburtenkontrolle war kein Luxus, sondern eine Notwendigkeit.«

»Gut.«

»Irgendeine Idee?«

»Du meinst aufgrund der Karte? Leider nein.«

»Dann sag mir eins: Was tun die Menschen deiner Kultur, wenn sie nicht mehr im übervölkerten Nordwesten leben wollen?«

»Ganz einfach: Sie ziehen um. Nach Arizona, New Mexico oder Colorado. In die großen Ebenen.«

»Und die Nehmer, die dort wohnen, heißen sie herzlich willkommen?«

»Überhaupt nicht. Sie kleben Aufkleber auf ihre Autos, auf denen steht: ›Wenn euch das Schicksal New Mexicos am Herzen liegt, dann kehrt dorthin zurück, wo ihr herkommt.‹«

»Und kehren sie zurück?«

»Im Gegenteil, es kommen immer mehr.«

»Warum werden die Nehmer der betroffenen Gebiete der

Menschenflut nicht Herr? Warum können sie das Bevölkerungswachstum im Nordwesten nicht begrenzen?«

»Ich weiß nicht, wie das möglich sein sollte.«

»In einem Teil eures Landes sprudelt eine Quelle, aber niemand schüttet sie zu, weil der Überschuß in das weite Land im Westen abfließen kann.«

»Richtig.«

»Aber die Staaten haben doch alle Grenzen. Warum halten die Grenzen die Menschen nicht ab?«

»Weil sie nur gedachte Linien sind.«

»Genau. Wer Bürger von Arizona werden will, braucht nur diese gedachte Linie zu überqueren und sich in Arizona niederzulassen. Genau das war bei den Völkern der Lasser anders. Ihre Grenzen waren alles andere als nur gedacht, es waren kulturelle Grenzen. Wenn es den Navajo zu eng wurde, konnten sie nicht sagen: ›Die Hopi haben noch eine Menge Platz, laßt uns zu ihnen gehen und Hopi werden.‹ Das wäre völlig undenkbar gewesen. Kurz gesagt, die New Yorker können ihre Bevölkerungsprobleme lösen, indem sie Bürger von Arizona werden, die Navajo konnten ihre Bevölkerungsprobleme nicht lösen, indem sie Hopi wurden. Keiner überquerte freiwillig kulturelle Grenzen.«

»Stimmt. Aber die Navajo konnten die Grenze zum Gebiet der Hopi überschreiten, ohne zugleich die kulturelle Grenze zu überqueren.«

»Du meinst, sie konnten das Gebiet der Hopi überfallen. Natürlich. Aber deshalb gilt trotzdem, was ich gesagt habe. Wer das Gebiet der Hopi betrat, mußte kein Formular ausfüllen, er wurde statt dessen umgebracht. Das funktionierte. Die Menschen hatten allen Grund, das Bevölkerungswachstum zu beschränken.«

»Das leuchtet mir ein.«

»Und sie taten das nicht zum Nutzen der Menschheit oder der Umwelt. Sie taten es, weil das leichter war, als gegen den Nachbarn in den Krieg zu ziehen. Natürlich gab es auch einige Stämme, die sich keine sonderliche Mühe gaben, ihr Wachstum zu begrenzen, weil sie keine Skrupel hatten, ihre Nachbarn zu bekriegen. Ich behaupte nicht, hier sei ein utopisches Friedensreich verwirklicht worden. In einer Welt, in der nicht überall der große Bruder per Monitor über Benehmen und Eigentum wacht, ist es ganz nützlich, als furchtlos und wild zu gelten – und einen solchen Ruf verschafft man sich nicht durch Protestschreiben an den Nachbarn. Die Nachbarn sollen genau wissen, was ihnen blüht, wenn sie ihr Wachstum nicht beschränken und nicht in ihrem eigenen Gebiet bleiben.«

»Ja, das sehe ich ein. Sie kontrollierten sich gegenseitig.«

»Aber nicht nur, indem sie undurchlässige territoriale Grenzen errichteten. Auch die kulturellen Grenzen waren undurchlässig. Überzählige Narraganset konnten nicht einfach ihre Sachen packen und nach Westen ziehen, um Cheyenne zu werden. Die Narraganset mußten bleiben, wo sie waren, und ihre Bevölkerung begrenzen.«

»Ja. Auch in diesem Fall scheint Vielfalt besser zu funktionieren als Homogenität.«

8

»Als wir vor einer Woche über Gesetze sprachen, die das Leben der Menschen regeln«, sagte Ismael, »warst du der Meinung, es gäbe nur eine Art solcher Gesetze – solche, die man durch Abstimmung verändern kann. Glaubst du das immer noch? Kann man die Gesetze, die das Zusammenleben auf der Erde bestimmen, durch Abstimmung verändern?«

»Nein. Aber sie gelten auch nicht absolut wie zum Beispiel die Gesetze der Aerodynamik. Man kann sie übertreten.«

»Kann man nicht auch die Gesetze der Aerodynamik übertreten?«

»Nein. Ein Flugzeug, das diesen Gesetzen nicht entspricht, fliegt nicht.«

»Aber wenn du dich damit von einem Felsen stürzt, bleibst du doch eine Weile in der Luft.«

»Eine Weile ja.«

»Mit einer Zivilisation, die dem Gesetz des eingeschränkten Wettbewerbs nicht genügt, ist es genauso. Sie bleibt eine Weile in der Luft, dann stürzt sie mit großem Krach herunter. Steht nicht genau das auch den Menschen deiner Kultur bevor? Ein Absturz?«

»Ja.«

»Oder anders gesagt: Du glaubst doch, daß eine Art, die in ihrem Handeln gegen das Gesetz des eingeschränkten Wettbewerbs verstößt, schließlich das Leben auf der Erde zerstört, um selbst wachsen zu können?«

»Ja.«

»Was wissen wir jetzt also?«

»Wir wissen jetzt mehr darüber, wie die Menschen leben sollten. Oder eigentlich leben müßten.«

»Vor einer Woche hast du noch gesagt, so etwas könne man nicht wissen.«

»Schon. Aber ...«

»Ja?«

»Ich verstehe nicht, wie ... Ich muß kurz überlegen.«

»Laß dir Zeit.«

»Ich verstehe nicht, wie man dieses Wissen verallgemeinern kann. Ich meine, ich verstehe nicht, wie man es auf alle möglichen konkreten Probleme anwenden kann.«

»Sagen dir die Gesetze der Aerodynamik, wie man beschädigte Gene repariert?«

»Nein.«

»Zu was braucht man diese Gesetze dann?«

»Man braucht sie, um ... Sie ermöglichen uns, zu fliegen.«

»Das Gesetz, das wir formuliert haben, ermöglicht den Arten, einschließlich der des Menschen, zu leben und zu überleben. Es sagt dir nicht, ob Drogen legalisiert werden sollten oder nicht. Es sagt dir nicht, ob vorehelicher Geschlechtsverkehr gut oder schlecht ist. Es sagt dir nicht, ob die Todesstrafe abgeschafft werden sollte oder nicht. Aber es sagt dir, wie du leben mußt, wenn du nicht aussterben willst, und das ist das Wichtigste und Elementarste, was ein Lebewesen wissen muß.«

»Stimmt. Trotzdem ...«

»Ja?«

»Trotzdem werden die Menschen meiner Kultur dieses Gesetz nicht hinnehmen.«

»Du meinst, sie werden nicht glauben, was du hier in diesem Raum gelernt hast?«

»Genau.«

»Seien wir uns darüber im klaren, was das bedeutet. Das Gesetz selbst wird davon nicht berührt. Es existiert und hat seinen Platz im Leben auf der Erde. Die Nehmer werden lediglich abstreiten, daß es für den Menschen gilt.«

»Richtig.«

»Das ist nicht weiter überraschend. Mutter Kultur konnte sich damit abfinden, daß die Erde nicht der Mittelpunkt des Universums ist. Sie konnte sich damit abfinden, daß der Mensch sich aus dem Urschleim entwickelte. Aber sie wird sich nie damit abfinden können, daß das Gesetz des friedlichen Zusammenlebens auch für den Menschen gelten soll. Das wäre ihr Ende.«

»Was willst du damit sagen? Daß alles hoffnungslos ist?«

»Überhaupt nicht. Mutter Kultur muß beiseite geschafft werden, wenn ihr überleben wollt, und das könnt nur ihr selbst tun. Mutter Kultur existiert nicht außerhalb eures Bewußtseins. Sobald ihr nicht mehr auf sie hört, existiert sie nicht mehr.«

»Stimmt. Aber ich glaube nicht, daß die Menschen das tun werden.«

Ismael zuckte die Schultern. »Dann tut es das Gesetz für sie. Wer nicht nach dem Gesetz leben will, wird eben überhaupt nicht leben. Man könnte das eine elementare Anwendung des Gesetzes nennen: Wer den Fortbestand der Lebensvielfalt bedroht, indem er gegen das Gesetz verstößt, vernichtet damit automatisch sich selbst.«

»Das werden die Nehmer nie glauben.«

»Das hat damit gar nichts zu tun. Du kannst genausogut sagen, daß der Flieger, der sich von einem Felsen stürzt, nicht an die Schwerkraft glaubt. Die Nehmer sind dabei, sich selbst zu vernichten, und wenn sie das getan haben, wird das Leben auf der Erde wieder ins Gleichgewicht kommen, und der Schaden, den ihr angerichtet habt, kann behoben werden.«

»Ja.«

»Andererseits glaube ich, daß du zu pessimistisch bist. Ich glaube, viele Menschen wissen, daß ihre Kultur ausgespielt hat, und sind bereit, sich etwas Neues anzuhören – sie wollen sogar etwas Neues hören, wie du.«

»Ich hoffe, du hast recht.«

9

»Ich bin mit der Formulierung unseres Gesetzes noch nicht ganz zufrieden«, sagte ich.

»Nein?«

»Was wir ein Gesetz nennen, sind in Wirklichkeit drei Gesetze. Oder auf jeden Fall habe ich von drei Gesetzen gesprochen.«

»Die drei Gesetze sind Ableitungen. Das Gesetz dahinter, nach dem du suchst, müßte etwa so lauten: ›Keine Art darf alles Leben auf der Erde an sich reißen.‹«

»Ja, und das wird durch die Regeln des Wettbewerbs gewährleistet.«

»Eine andere Formulierung des Gesetzes wäre: ›Die Welt wurde nicht für eine einzige Art erschaffen.‹«

»Ja, und der Mensch wurde nicht erschaffen, sie zu erobern und zu beherrschen.«

»Das ist ein zu großer Sprung. Der Mythologie der Nehmer zufolge brauchte die Welt einen Herrscher, weil die Götter ein Chaos angerichtet hatten. Sie hatten einen Urwald geschaffen und anarchische Verhältnisse. Aber stimmt das denn?«

»Nein, alles war bestens geordnet. Die Nehmer haben die Welt selbst in Unordnung gebracht.«

»Das Gesetz reichte also vollkommen aus und reicht noch immer aus. Die Welt war für ihre Ordnung nicht auf den Menschen angewiesen.«

»Richtig.«

10

»Die Menschen deiner Kultur halten geradezu fanatisch an der Sonderstellung des Menschen fest. Sie bilden sich hartnäckig ein, zwischen dem Menschen und dem Rest der Schöpfung bestehe eine große Kluft. Der Mythos von der menschlichen Überlegenheit rechtfertigt für sie, mit der Welt anzustellen, was sie wollen, genauso wie Hitler sich auf den Mythos von der Überlegenheit der Arier berief, um mit Europa zu tun, was er wollte. Aber der Mythos verschafft letzten Endes keine wirkliche Befriedigung. Die Nehmer sind einsame Menschen. Die Welt ist für sie Feindesland, und sie leben auf ihr wie eine Armee von Besatzern, von ihrer Umgebung entfremdet und isoliert aufgrund ihrer Einzigartigkeit.«

»Stimmt. Aber worauf willst du hinaus?«

Statt einer Antwort sagte Ismael: »Bei den Lassern sind Verbrechen, Geisteskrankheiten, Selbstmord und Suchtprobleme sehr selten. Wie erklärt Mutter Kultur das?«

»Ich würde sagen, das ... Mutter Kultur sagt, das gibt es bei den Lassern nicht, weil sie so primitiv sind.«

»Anders ausgedrückt, Verbrechen, Geisteskrankheiten, Selbstmord und Drogensucht sind die Kennzeichen einer fortschrittlichen Kultur.«

»Genau. Natürlich sagt das keiner so, aber jeder weiß es. Diese Dinge sind der Preis des Fortschritts.«

»Seit ungefähr hundert Jahren ist in deiner Kultur auch eine andere Theorie weit verbreitet, die fast genau das Gegenteil besagt. Die ganz anders erklärt, warum diese Dinge bei den Lassern selten sind.«

Ich überlegte kurz. »Du meinst die Theorie vom edlen Wilden. Leider kenne ich sie nicht genau.«

»Aber du hast eine ungefähre Vorstellung von ihr.«

»Ja.«

»Den anderen Menschen deiner Kultur geht es genauso – sie wissen nichts Genaues, haben aber eine ungefähre Vorstellung.«

»Ja. Der Grundgedanke ist, daß Menschen, die in der Natur leben, oft edel sind. Weil sie die ganzen Sonnenuntergänge und Wirbelstürme erleben. Ich weiß nicht. Man kann nicht einen Sonnenuntergang ansehen und als nächstes den Wigwam des Nachbarn anzünden. Das Leben in der Natur stärkt die geistige Gesundheit.«

»Das hast du gesagt, nicht ich.«

»Ja. Was sagst du?«

»Wir haben uns die Geschichte angesehen, die die Nehmer seit zehntausend Jahren auf der Erde aufführen. Auch die Lasser führen eine Geschichte auf. Ich meine nicht die Geschichte, die sie erzählen, sondern die Geschichte, die sie aufführen.«

»Das verstehe ich nicht.«

»Wenn du dich unter den verschiedenen Völkern deiner Kultur umhörst, also etwa in China, Japan, Rußland, England oder

Indien, wird dir jedes Volk eine ganz andere Geschichte über sich erzählen, aber trotzdem führen alle dieselbe eine Geschichte auf, die Geschichte der Nehmer.«

»Ach so.«

»Dasselbe gilt für die Lasser. Die Buschmänner in Afrika, die Alawa von Australien, die Kreen-Akrore in Brasilien und die Navajo der Vereinigten Staaten würden dir jeweils eine andere Geschichte erzählen, aber auch sie führen alle dieselbe Geschichte auf, die Geschichte der Lasser.«

»Jetzt verstehe ich, worauf du hinauswillst. Nicht die Geschichte, die jemand erzählt, ist entscheidend, sondern die Art, in der man tatsächlich lebt.«

»Richtig. Die Geschichte, die die Nehmer hier seit zehntausend Jahren aufführen, ist nicht nur eine Katastrophe für die Menschheit und die ganze Welt, sie macht auch krank und unzufrieden. Sie ist eine größenwahnsinnige Phantasie und hat den Nehmern, zusammen mit ihrer Kultur, nur Habsucht, Grausamkeit, Geisteskrankheiten, Verbrechen und Drogensucht gebracht.«

»Wahrscheinlich hast du recht.«

»Die Geschichte, die die Lasser seit drei Millionen Jahren aufführen, ist dagegen keine Geschichte der Eroberung und Herrschaft. Wer sie aufführt, ist nicht mächtig, aber er lebt ein zufriedenes und sinnvolles Leben. Du merkst das, wenn du die Lasser aufsuchst. Es gibt bei ihnen nicht fortwährend Aufstände und Rebellionen, sie streiten nicht immer darüber, was erlaubt ist und was verboten, klagen einander nicht ständig an, falsch zu leben, leben nicht in Angst voreinander, werden nicht verrückt, weil ihnen ihr Leben leer und sinnlos scheint, brauchen sich nicht mit Drogen zu betäuben und die Zeit totzuschlagen, müssen nicht jede Woche eine neue Religion erfinden, um einen Halt zu haben, und brauchen nicht ständig nach etwas zu suchen, das sie tun oder an das sie glauben können, damit ihr Leben einen Sinn hat. Und – ich wiederhole es – das ist nicht so, weil sie in der Natur leben oder weil sie keine staatlichen Institutionen haben oder weil sie von Geburt an edel wären. Es ist so, weil sie eine Geschichte aufführen, die dem Menschen entspricht, eine Geschichte, die seit drei Millionen Jahren funktioniert und immer noch dort funktioniert, wo sie von den Nehmern noch nicht vernichtet wurde.«

»Das klingt wunderbar. Wann kommen wir zu dieser Geschichte?«

»Morgen. Zumindest fangen wir morgen damit an.«

Neun

1

Als ich am nächsten Tag kam, fand ich eine veränderte Situation vor: Ismael saß nicht mehr hinter der Glasscheibe, sondern auf meiner Seite; er hatte es sich auf einigen Kissen ein, zwei Meter vor meinem Sessel bequem gemacht. Ich hatte gar nicht gemerkt, wie wichtig die Scheibe für unsere Beziehung geworden war; jetzt wurde mir offen gesagt ein bißchen flau im Magen. Ismaels Nähe und Masse brachten mich durcheinander, aber ich setzte mich, ohne länger als den Bruchteil einer Sekunde zu zögern, und begrüßte ihn mit dem üblichen Kopfnicken. Auch er nickte, und ich bildete mir ein, in seinen Augen ein wachsames Mißtrauen zu sehen, als ob meine Nähe ihm nicht weniger zu schaffen machte als seine Nähe mir.

»Bevor wir fortfahren«, sagte Ismael, »möchte ich noch ein Mißverständnis ausräumen.« Er hielt einen Zeichenblock mit einer Zeichnung hoch.

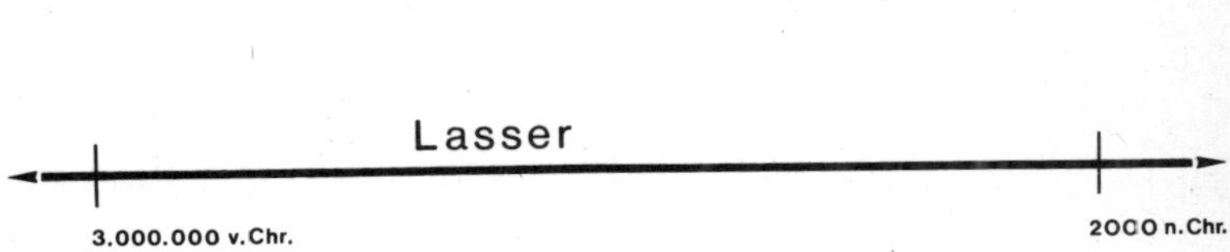

»Keine besonders komplizierte Darstellung«, sagte er. »Sie zeigt die Geschichte der Lasser in ihrer zeitlichen Dauer.«

»Aha.«

Ismael fügte der Zeichnung etwas hinzu und hielt den Block wieder hoch.

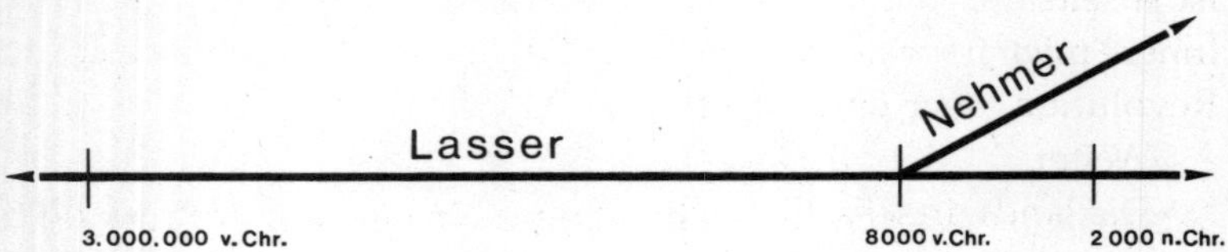

»Bei dieser Abzweigung um ungefähr 8000 v. Chr. beginnt die Geschichte der Nehmer.«

»Ja.«

»Und wofür steht der?«

Er zeigte mit der Spitze seines Bleistifts auf den Punkt, der das Jahr 8000 v. Chr. markierte.

»Für die landwirtschaftliche Revolution.«

»Hat diese Revolution an einem ganz bestimmten Zeitpunkt stattgefunden, oder zog sie sich über einen längeren Zeitraum hin?«

»Wahrscheinlich zog sie sich über einen längeren Zeitraum hin.«

»Wofür steht der Punkt dann?«

»Für den Anfang der Revolution.«

»Und wo soll ich den Punkt für das Ende der Revolution hinmachen?«

»Hm«, sagte ich einfältig. »Ich weiß nicht. Die Revolution wird schon einige tausend Jahre gedauert haben.«

»Welches Ereignis markiert ihr Ende?«

»Ich weiß es wirklich nicht. Ich könnte kein bestimmtes Ereignis nennen.«

»Kein Geistesblitz?«

»Nein, ich weiß es wirklich nicht.«

»Denke nach.«

Ich dachte nach, und nach einer Weile sagte ich: »Also das ist ja seltsam. In der Schule lernt man das nämlich nicht. Ich erinnere mich noch an den Unterricht über die landwirtschaftliche Revolution, aber daran nicht.«

»Weiter.«

»Die landwirtschaftliche Revolution hat nie aufgehört, sie hat sich nur immer ausgebreitet. Sie breitet sich seit ihrem Beginn vor zehntausend Jahren ständig aus. Im achtzehnten und neunzehnten Jahrhundert hat sie sich in Nordamerika ausgebreitet, und heute tut sie das in Teilen Neuseelands, Afrikas und Südamerikas.«

»Genau. Wie du siehst, ist eure landwirtschaftliche Revolution nicht wie der Trojanische Krieg ein abgeschlossenes Ereignis in der fernen Vergangenheit, das für unser Leben heute keine direkte Bedeutung mehr hat. Was die Bauern der Jungsteinzeit im Nahen Osten angefangen haben, wurde ohne Unterbrechung von einer Generation an die nächste weitergegeben, bis zum heutigen Tag. Das ganze riesige Gebäude eurer Zivilisation baut darauf auf.«

»Das leuchtet mir ein.«

»Du müßtest jetzt eigentlich verstehen, warum die Geschichte, die ihr euren Kindern über den Sinn der Welt, die Absichten der Götter in ihr und die Bestimmung des Menschen erzählt, für die Menschen deiner Kultur von so grundlegender Bedeutung ist.

Sie ist das Manifest der Revolution, auf der eure Kultur aufbaut, die Quintessenz eurer revolutionären Lehren und der endgültige Ausdruck eurer revolutionären Gesinnung. Sie erklärt, warum die Revolution notwendig war und warum sie um jeden Preis fortgesetzt werden muß.«

»Ja«, sagte ich, »das verstehe ich jetzt.«

2

»Vor ungefähr zweitausend Jahren«, fuhr Ismael fort, »ereignete sich in der Geschichte eurer Kultur etwas, das an Ironie seinesgleichen sucht. Die Nehmer – oder zumindest ein großer Teil von ihnen – begannen sich eine Geschichte zu erzählen, die sie als ihre eigene ausgaben und die ihnen voller geheimnisvoller Bedeutung schien. Sie übernahmen diese Geschichte von einem Volk der Nehmer im Nahen Osten, das die Geschichte seinerseits seit unzähligen Generationen seinen Kindern erzählt hatte – seit so vielen Generationen, daß die Geschichte auch für dieses Volk ein Geheimnis geworden war. Weißt du, warum?«

»Warum sie ein Geheimnis geworden war? Nein.«

»Weil die Menschen, die die Geschichte zum erstenmal erzählten – also die Urahnen der Nehmer –, keine Nehmer waren, sondern Lasser.«

Ich starrte ihn eine Weile verständnislos an. Dann bat ich ihn, das Ganze für mich noch einmal zu wiederholen.

»Vor rund zweitausend Jahren machten die Nehmer sich eine Geschichte zu eigen, die viele Jahrhunderte zuvor bei den Lassern entstanden war.«

»Aha. Wo liegt die Ironie?«

»Die Ironie ist, daß die Lasser sich diese Geschichte ursprünglich über die Anfänge der Nehmer erzählten.«

»Und?«

»Die Nehmer eigneten sich eine Geschichte an, die die Lasser über die ersten Nehmer erzählten.«

»Ich kapiere leider immer noch nicht.«

»Was für eine Geschichte erzählt ein Volk der Lasser wohl über die ersten Nehmer?«

»Gott, keine Ahnung.«

Ismael musterte mich nachdenklich. »Du scheinst heute morgen deine Gehirnpillen vergessen zu haben. Aber egal, ich erzähle dir eine Geschichte, die ich mir selbst ausgedacht habe, dann verstehst du, was ich meine.«

»Gut.«

Ismael verlagerte das Gewicht seines gewaltigen Körpers auf den Kissen, und ich schloß unwillkürlich die Augen und dachte: Wenn jetzt ein Fremder zur Tür hereinkommen würde, was um Himmels willen würde er denken?

3

»Wer die Welt beherrschen will, muß über ein ganz besonderes Wissen verfügen«, sagte Ismael. »Das weißt du sicher.«

»Ich habe offen gesagt noch nie darüber nachgedacht.«

»Die Nehmer besitzen dieses Wissen natürlich – zumindest glauben sie das –, und sie sind mächtig stolz darauf. Es ist ein elementares Wissen, und wer die Welt beherrschen will, kann darauf nicht verzichten. Und was stellen die Nehmer fest, wenn sie zu den Lassern gehen?«

»Ich verstehe deine Frage nicht.«

»Sie stellen fest, daß die Lasser dieses Wissen nicht haben. Ist das nicht bemerkenswert?«

»Bemerkenswert?«

»Überlege. Die Nehmer wissen etwas, das ihnen ermöglicht, die Welt zu beherrschen, und die Lasser wissen es nicht, wie eure Missionare festgestellt haben, als sie zu den Lassern gingen.

Sie waren darüber selbst ganz erstaunt, denn sie hatten geglaubt, dieses Wissen sei eigentlich selbstverständlich.«

»Ich habe keine Ahnung, wovon du redest.«

»Von dem Wissen, das der braucht, der die Welt beherrschen will.«

»Gut, aber was für ein Wissen ist das konkret?«

»Das erfährst du gleich aus meiner Geschichte. Zunächst geht es mir noch um die Frage, wer dieses Wissen hat, und ich habe gesagt, die Nehmer haben es. Das leuchtet ja auch ein, oder? Schließlich sind sie die Herrscher der Welt.«

»Ja.«

»Und daß die Lasser dieses Wissen nicht haben, leuchtet auch ein, oder?«

»Ja, schon.«

»Dann sage mir jetzt: Wer außer den Nehmern wird dieses Wissen noch haben?«

»Keine Ahnung.«

»Denke mythologisch.«

»Also gut ... die Götter.«

»Natürlich. Und davon handelt meine Geschichte: Wie die Götter zu dem Wissen kamen, daß sie brauchten, um die Welt regieren zu können. Hör zu.«

4

Als die Götter eines Tages wieder einmal über die Verwaltung der Welt berieten, sagte einer von ihnen: »Es gibt auf der Erde eine Gegend, die mir schon seit längerem ins Auge fällt – eine weitläufige, schöne Savanne. Laßt uns einen großen Schwarm Heuschrecken dorthin schicken. Dann wird das Feuer des Lebens in ihnen und in den Vögeln und Eidechsen, die die Heuschrecken fressen, zu stolzer Flamme wachsen, und das wäre doch eine schöne Sache.«

Die anderen dachten darüber eine Weile nach, dann sagte einer: »Du magst ja recht haben. Wenn wir Heuschrecken dorthin schicken, wird das Feuer des Lebens in ihnen und den Tieren, die sie fressen, hell auflodern – allerdings auf Kosten der anderen Tiere, die dort leben.« Die anderen fragten ihn, was er damit meine, und er fuhr fort: »Es wäre doch fürwahr ein großes Verbrechen, all den anderen Tieren das Feuer des Lebens wegzunehmen, nur damit Heuschrecken, Vögel und Eidechsen eine Zeitlang gedeihen können. Denn die Heuschrecken werden das Land kahlfressen, und Rehe, Gazellen, Ziegen und Kaninchen werden hungern und sterben. Und wenn es diese Tiere nicht mehr gibt, werden auch Löwen, Wölfe und Füchse bald sterben. Werden sie uns dann nicht verfluchen und uns Verbrecher heißen, weil wir Heuschrecken, Vögel und Eidechsen bevorzugt haben?«

Nachdenklich kratzten die Götter sich am Kopf. Aus dieser Perspektive hatten sie die Dinge noch nicht betrachtet. Endlich sagte einer: »Aber die Lösung ist doch einfach. Wir tun es eben nicht. Wir schicken einfach keine Heuschrecken in dieses Land, dann ist alles wie vorher, und kein Tier hat Grund, uns zu verfluchen.«

Die meisten Götter hielten das für einen vernünftigen Vorschlag, aber einer widersprach. »Das wäre doch ein genauso großes Verbrechen«, sagte er. »Denn ist das Leben der Heuschrecken, Vögel und Eidechsen nicht wie das der anderen Tiere in unserer Hand? Sollen sie nie blühen und gedeihen dürfen wie die anderen Tiere?«

Während die Götter noch über diesen Einwand diskutierten, verließ ein Fuchs seinen Bau, um zu jagen. Da sagten die Götter: »Laßt uns dem Fuchs eine Wachtel schicken, damit er etwas zum Leben hat.« Kaum waren diese Worte gesprochen, da sagte einer von ihnen: »Aber es wäre doch ein Verbrechen, den Fuchs auf

Kosten der Wachtel leben zu lassen. Wir haben auch der Wachtel ihr Leben gegeben, und es ist in unserer Hand. Es wäre schändlich, sie in den Rachen des Fuchses zu schicken!«

Darauf sagte ein anderer: »Seht dort! Die Wachtel jagt eine Heuschrecke! Wenn wir die Wachtel nicht dem Fuchs geben, frißt sie die Heuschrecke. Haben wir nicht auch der Heuschrecke ihr Leben gegeben, und ist es nicht in unserer Hand wie das Leben der Wachtel? Es wäre ein Verbrechen, wenn wir die Wachtel *nicht* dem Fuchs geben, denn dann müßte die Heuschrecke sterben.«

Na ja, du kannst dir vorstellen, wie die Götter stöhnten und nicht wußten, was sie tun sollten. Und während sie sich noch zankten, kam der Frühling, und das Schmelzwasser der Gebirge ließ die Flüsse anschwellen. Da sagte einer von ihnen: »Es wäre doch ein Verbrechen zuzulassen, daß dieses Wasser das Land überflutet, denn unzählige Tiere würden darin ertrinken.« Aber ein anderer entgegnete: »Es wäre doch genauso ein Verbrechen, das Wasser zurückzuhalten, denn ohne es würden Seen und Sümpfe austrocknen, und all die Tiere, die in ihnen leben, müßten sterben.« Und wieder wußten die Götter weder ein noch aus.

Schließlich hatte einer von ihnen eine Idee, die neu schien. »Wenn offenkundig ist, daß alles, was wir tun, für die einen gut und für die anderen schlecht ist, dann laßt uns gar nichts tun. Dann kann kein Geschöpf, dem wir das Leben gegeben haben, uns Verbrecher heißen.«

»Quatsch«, sagte ein anderer barsch. »Wenn wir nichts tun, ist das doch genauso gut für die einen und schlecht für die anderen. Die Geschöpfe, denen wir das Leben gegeben haben, werden sagen: ›Seht, wie wir leiden, und die Götter tun nichts!‹«

Und während die Götter sich zankten, fielen die Heuschrekken in Scharen in die Savanne ein, und Heuschrecken, Vögel und Eidechsen priesen die Götter, während die anderen Tiere die Götter verfluchten und starben. Und weil die Götter nicht eingriffen, lebte die Wachtel weiter, und der Fuchs kehrte hungrig in seinen Bau zurück und verfluchte die Götter. Und weil die Wachtel weiterlebte, fraß sie die Heuschrecke, und die Heuschrecke verfluchte die Götter und starb. Und weil die Götter schließlich beschlossen, der Flut des Schmelzwassers Einhalt zu gebieten, trockneten Seen und Sümpfe aus, und die unzähligen Tiere, die in ihnen lebten, verfluchten die Götter und starben.

Und als die Götter all diese Flüche hörten, da stöhnten sie. »Wir haben unseren Garten zu einem Ort des Grauens gemacht. Wer darin lebt, haßt uns als Tyrannen und Verbrecher, und er hat recht, denn durch das, was wir tun oder nicht tun, bringen wir ihm an einem Tag Glück, am anderen Unglück, ohne zu wissen, was wir eigentlich tun sollten. Die Heuschrecken haben die Savanne kahlgefressen, und das Land hallt von Flüchen, und wir wissen keine Antwort. Fuchs und Heuschrecke verfluchen uns, weil wir die Wachtel haben leben lassen, und wir haben keine Antwort für sie. Sicher verflucht die ganze Welt den Tag, an dem wir sie erschaffen haben, denn wir sind Verbrecher, die abwechselnd Glück und Unglück schicken und dabei nicht wissen, was wir eigentlich tun sollten.«

Die Götter verfielen in abgrundtiefe Verzweiflung, bis einer von ihnen sagte: »Sagt mal, haben wir in unserem Garten nicht einen Baum gepflanzt, in dessen Früchten die Erkenntnis des Guten und Bösen ist?«

»Stimmt«, riefen die anderen. »Laßt uns diesen Baum suchen und von den Früchten essen. Dann werden wir wissen, was gut und was böse ist.« Und die Götter fanden den Baum und kosteten von seinen Früchten, und die Augen wurden ihnen geöffnet und sie sagten: »Jetzt wissen wir, wie wir unseren Garten pflegen müssen, ohne zu Verbrechern zu werden und die Flüche unserer Geschöpfe auf uns zu laden.«

Und während sie noch so redeten, begab sich ein Löwe auf die Jagd, und die Götter sagten untereinander: »Heute soll der Löwe hungern, und das Reh, das er getötet hätte, soll noch einen Tag leben.« Der Löwe ging also leer aus, und er kehrte hungrig in seine Höhle zurück und verfluchte die Götter. Diese aber sprachen zu ihm: »Sei beruhigt, denn wir wissen, wie man die Welt regiert, und heute ist der Tag, an dem du hungern mußt.« Und der Löwe war beruhigt.

Und am nächsten Tag begab er sich wieder auf die Jagd, und die Götter schickten das Reh zu ihm, das sie tags zuvor verschont hatten. Und als das Reh die Fänge des Löwen im Nacken spürte, verfluchte es die Götter. Diese aber sprachen: »Sei beruhigt, denn wir wissen, wie man die Welt regiert, und heute ist der Tag, an dem du sterben mußt, wie gestern der Tag war, an dem du leben durftest.« Und das Reh war beruhigt.

Da sagten die Götter untereinander: »Die Erkenntnis des Guten und Bösen verleiht wirklich eine gewaltige Macht, denn mit ihr können wir die Welt regieren, ohne zu Verbrechern zu werden. Wenn wir den Löwen gestern ohne diese Erkenntnis nach Hause geschickt hätten, dann wäre das ein Verbrechen gewesen. Und wenn wir heute das Reh ohne diese Erkenntnis in die Fänge des Löwen geschickt hätten, wäre das genauso ein Verbrechen gewesen. Aber so haben wir beides getan, das eine scheinbar das Gegenteil des anderen, und haben doch kein Verbrechen begangen.«

Einer der Götter war aber auf einem Botengang gewesen, als die anderen vom Baum der Erkenntnis gegessen hatten. Als er zurückkehrte und hörte, wie die Götter im Fall des Löwen und des Rehs entschieden hatten, sagte er: »Als ihr das getan habt, habt ihr entweder im einen Fall oder im anderen Fall ein Verbrechen begangen, denn das eine ist dem anderen entgegengesetzt, deshalb muß das eine richtig und das andere falsch sein. Wenn es gut war, den Löwen am ersten Tag hungern zu lassen, dann war es schlecht, das Reh am zweiten Tag dem Löwen auszuliefern. Wenn es gut war, das Reh am zweiten Tag dem Löwen auszuliefern, dann war es schlecht, den Löwen am ersten Tag hungern zu lassen.«

Die anderen nickten und sagten: »Genau das hätten auch wir

gesagt, als wir noch nicht vom Baum der Erkenntnis gegessen hatten.«

»Um was für eine Erkenntnis handelt es sich denn da?« fragte der Gott. Er bemerkte den Baum jetzt zum erstenmal.

»Koste die Früchte des Baums«, sagten die anderen. »Dann weißt du es.«

Also kostete der Gott von den Früchten, und die Augen wurden ihm geöffnet. »Ihr habt recht«, sagte er. »Das ist fürwahr eine göttliche Erkenntnis: zu wissen, wer leben und wer sterben soll.«

5

»Bisher irgend etwas unklar?« fragte Ismael.

Ich zuckte zusammen, erschrocken über die Unterbrechung der Erzählung. »Nein. Ich höre dir gespannt zu.«

Ismael fuhr fort.

6

Als die Götter sahen, daß Adam erwachte, sprachen sie untereinander: »Dieser Mensch ist uns sehr ähnlich, er könnte fast einer von uns sein. Welche Lebensspanne und welches Schicksal sollen wir ihm bestimmen?«

Einer sagte: »Er ist so schön, er soll leben, solange es die Erde gibt. Solange er ein Kind ist, wollen wir für ihn sorgen, wie wir für die anderen Geschöpfe unseres Gartens sorgen, auf daß er sich des Lebens freue, das er von uns hat. Aber wenn er heranwächst, wird er erkennen, daß er viel mehr kann als die anderen Geschöpfe, und er wird unter unserer Obhut ungeduldig werden. Sollen wir ihn dann zum Baum des Lebens führen?«

Aber ein anderer sagte: »Wir dürfen Adam nicht wie ein Kind zum Baum des Lebens führen, bevor er selbst danach sucht, denn nur indem er selbst sucht, kann er Weisheit erwerben und seiner Fähigkeiten innewerden. Lassen wir ihm die Fürsorge angedeihen, die er als Kind braucht, und schicken wir ihn dann auf die Suche, die er als Heranwachsender braucht. Laßt uns die Suche nach dem Baum des Lebens zu seiner Beschäftigung als Heranwachsendem machen. So kann er selbst entdecken, wie er leben soll, solange es die Erde gibt.«

Die anderen waren einverstanden, aber einer sagte: »Wir dürfen nicht vergessen, daß diese Suche vielleicht lang und anstrengend ist. Die Jugend ist ungeduldig, und vielleicht verzweifelt Adam nach ein paar tausend Jahren an seiner Aufgabe. Dann könnte er versucht sein, statt dessen vom Baum der Erkenntnis des Guten und Bösen zu kosten.«

»Unsinn«, sagten sie anderen. »Du weißt doch, daß die Frucht dieses Baumes nur die Götter nährt. Adam wird davon so wenig satt wie vom Gras der Ochsen. Er mag die Frucht in den Mund nehmen und schlucken, aber sie wird durch seinen Körper wandern, ohne daß er davon einen Nutzen hat. Sicher glaubst auch du nicht, daß er wissen würde, was wir wissen, wenn er von diesem Baum kostet.«

»Natürlich nicht«, erwiderte der Gott. »Gefährlich ist nicht, daß er wissen würde, was wir wissen, sondern daß er sich das einbildet. Wenn er von der Frucht dieses Baumes gekostet hat, sagt er womöglich: ›Ich habe vom göttlichen Baum der Erkenntnis gegessen, deshalb weiß ich jetzt genauso wie die Götter, wie man die Welt beherrscht. Und genau das werde ich jetzt tun.‹«

»Das ist doch absurd«, sagten die anderen Götter. »Wie könnte Adam je so töricht sein, sich einzubilden, er wisse wie wir, wie man die Welt regiert, und könne deshalb tun, was wir tun?

Keines unserer Geschöpfe wird je wissen, wer leben und wer sterben soll. Das wissen nur wir allein. Adam mag Weisheit erwerben bis ans Ende der Welt, er wäre von diesem Wissen trotzdem noch so weit entfernt wie jetzt.«

Aber der Gott ließ sich nicht beirren. »Wenn Adam von unserem Baum ißt«, beharrte er, »hat das unabsehbare Folgen, denn er könnte sich selbst täuschen. Obwohl er nicht weiß, was gut ist und was böse, könnte er sagen: ›Was ich rechtfertigen kann, ist gut, und was ich nicht rechtfertigen kann, ist schlecht.‹«

Aber die anderen spotteten darüber nur und sagten: »Das hat doch mit der Erkenntnis des Guten und Bösen nichts zu tun.«

»Natürlich nicht«, erwiderte der Gott, »aber woher soll Adam das wissen?«

Die anderen zuckten die Schultern. »Vielleicht glaubt Adam als Kind, er sei weise genug, um die Welt zu regieren, aber was macht das? Eine solcher bornierter Glaube wird vergehen, sobald er erwachsen wird.«

»Ich weiß nicht«, sagte der Gott. »Kann Adam überhaupt erwachsen werden, solange dieser Irrglaube ihn beherrscht? Wenn er glaubt, er sei uns ebenbürtig, dann ist er zu allem imstande. Er wird sich in seiner Anmaßung im Garten umsehen und sagen: ›Hier ist alles falsch eingerichtet. Warum soll ich das Feuer des Lebens mit all diesen Geschöpfen teilen? Sieh dort, die Löwen, Wölfe und Füchse fressen die Tiere, die ich eigentlich selbst haben will. Das ist böse. Ich werde diese Geschöpfe töten, und das ist gut. Und sieh hier, die Kaninchen, Heuschrecken und Spatzen fressen die Früchte, die ich selbst essen möchte. Das ist böse. Ich werde diese Geschöpfe töten, und das ist gut. Und sieh hier, die Götter haben mein Wachstum begrenzt, wie sie das Wachstum aller Geschöpfe begrenzt haben. Das ist böse. Ich werde grenzenlos wachsen und alles Feuer des Lebens, das durch diesen Garten fließt, für mich selbst beanspruchen, und das ist gut.‹ Und jetzt sagt: Wenn es dazu kommt, wird Adam dann nicht bald die ganze Erde verschlungen haben?«

»Wenn es dazu kommt, sagten die anderen, »wird Adam die Erde in einem einzigen Tag verschlingen, und am Ende dieses Tages wird er sich selbst verschlingen.«

»Genau«, sagte der Gott, »es sei denn, er kann von der Erde fliehen. Dann wird er das Universum verschlingen, wie er zuvor die Erde verschlungen hat. Und anschließend wird er unweigerlich sich selbst verschlingen, denn das muß jede Kreatur, die grenzenlos wächst.«

»Es wäre ein schreckliches Ende für Adam«, sagte ein anderer Gott. »Aber ist nicht zu fürchten, daß er dasselbe Ende erleidet, wenn er nicht vom Baum der Erkenntnis des Guten und Bösen ißt? Könnte er aufgrund seines Hungers nach Wachstum nicht versucht sein, das Feuer des Lebens an sich zu reißen, ohne sich einzureden, das sei gut?«

»Vielleicht«, stimmten die anderen zu. »Aber was wäre die Folge? Er wäre ein Verbrecher, ein Ausgestoßener, der Leben stiehlt und die anderen Geschöpfe umbringt. Ohne die Überzeugung, daß das, was er tut, auch gut sei – und deshalb unbedingt getan werden müsse –, wäre er des Lebens als Ausgestoßener bald überdrüssig. Dasselbe wäre übrigens bei der Suche nach dem Baum des Lebens der Fall. Aber wenn er vom Baum der Erkenntnis ißt, wird er seinen Überdruß mit einem Schulterzukken abtun. Er wird sagen: ›Was heißt das schon, daß ich des Lebens als Mörder der anderen Geschöpfe überdrüssig bin? Ich weiß, was gut und was böse ist, und so, wie ich lebe, ist es gut. Deshalb muß ich so leben, auch wenn ich dieses Leben überaus satt habe und die ganze Welt und sogar mich selbst vernichte. Die Götter haben der Welt ein Gesetz gegeben, dem alle folgen müssen, aber das Gesetz kann nicht für mich gelten, denn ich bin den Göttern ebenbürtig. Deshalb will ich außerhalb des Gesetzes leben und grenzenlos wachsen. Grenzen zu haben, ist böse. Ich werde das Feuer des Lebens aus den Händen der Götter stehlen und dann wachsen, und das wird gut sein. Ich werde alle Geschöpfe vernichten, die meinem Wachstum nichts nützen, und das wird gut sein. Ich werde den Göttern den Garten wegnehmen und ihn neu einrichten, damit er nur noch meinem Wachstum dient, und das wird gut sein. Und weil das alles gut ist, muß ich es tun, koste es, was es wolle. Vielleicht zerstöre und vernichte ich den Garten dabei. Vielleicht schwärmen meine Nachkommen über die Erde aus wie die Heuschrecken und fressen sie kahl, bis sie in ihrem eigenen Dreck ertrinken und einander hassen. Trotzdem müssen sie weitermachen, denn grenzenlos zu wachsen ist gut, und sich den Einschränkungen des Gesetzes zu beugen ist schlecht. Und wenn einer sagt: »Laßt uns die Last des verbrecherischen Lebens ablegen und zu einem gottgefälligen Leben zurückkehren«, werde ich ihn töten, denn was er sagt, ist böse. Und wenn einer sagt: »Wir wollen uns von unserem Elend abwenden und nach einem anderen Baum suchen«, werde ich ihn töten, denn was er sagt, ist böse. Und wenn ich mir zuletzt den ganzen Garten unterworfen habe, wenn es kein Geschöpf mehr gibt, das nicht meinem Wachstum dient, und wenn alles Feuer des Lebens auf der Erde in den Adern meiner Nachkommen fließt, dann muß ich immer noch weiterwachsen. Und den Menschen des einen Landes werde ich sagen: »Wachst, denn das ist gut«, und sie werden wachsen. Und den Menschen des anderen Landes werde ich auch sagen: »Wachst, denn das ist gut«, und sie werden wachsen. Und wenn sie nicht mehr wachsen können, werden die Menschen des einen Landes die Menschen des anderen Landes überfallen und töten, damit sie weiter wachsen können. Und wenn die Luft vom Gestöhn meiner Nachkommen erfüllt ist, werde ich zu ihnen sagen: »Ertragt euer Leiden, denn ihr leidet im Namen des Guten. Seht, wie groß wir geworden sind! Die Erkenntnis des Guten und Bösen hat uns zu den Herren der Welt gemacht, und die Götter haben keine Macht über uns. Ihr stöhnt ohne Unterlaß, aber ist es nicht süßer, aus eigener Kraft zu leben statt in der Obhut der Götter?«‹«

Und als die Götter das hörten, erkannten sie, daß von allen

Bäumen des Gartens nur der Baum der Erkenntnis des Guten und Bösen Adam vernichten konnte. Und sie sagten zu ihm: »Du darfst von allen Bäumen im Garten essen, nur nicht vom Baum der Erkenntnis des Guten und Bösen, denn an dem Tag, da du von ihm ißt, mußt du sterben.«

7

Ich saß eine Weile wie betäubt da, dann fiel mir ein, daß ich in Ismaels kurioser Büchersammlung eine Bibel gesehen hatte. Es gab sogar deren drei. Ich holte sie, blätterte ein paar Minuten, sah dann auf und sagte: »In keiner dieser Bibeln steht, warum Adam nicht von dem Baum essen durfte.«

»Hast du das erwartet?«

»Na ja ... eigentlich schon.«

»Die Nehmer haben jede Menge Erklärungen zu dieser Geschichte verfaßt, aber sie haben sie trotzdem nie verstanden. Sie konnten nie begreifen, warum die Menschen nicht wissen sollen, was gut und was böse ist. Verstehst du, warum das so schwer für sie ist?«

»Nein.«

»Weil dieses Wissen für die Nehmer das wichtigste Wissen überhaupt ist, das Wissen, das den Menschen am meisten Segen bringt. Warum sollten die Götter es den Menschen also vorenthalten?«

»Stimmt.«

»Wer die Welt beherrschen will, muß vor allem wissen, was gut und was böse ist, denn alles, was er tut, ist für die einen gut und für die anderen schlecht. Beim Herrschen geht es doch letzten Endes um nichts anderes.«

»Ja.«

»Und der Mensch wurde erschaffen, die Welt zu beherrschen?«

»Ja, laut dem Mythos der Nehmer.«

»Warum sollten die Götter ihm also das Wissen vorenthalten, das er braucht, um seine Bestimmung zu erfüllen? Aus der Perspektive der Nehmer ergibt das keinen Sinn.«

»Stimmt.«

»Das eigentliche Verhängnis war, daß vor zehntausend Jahren die Menschen deiner Kultur gesagt haben: ›Wir sind so weise wie die Götter und können die Welt genausogut regieren wie diese.‹ Als die Menschen sich die Macht über Leben und Tod anmaßten, war ihr Schicksal besiegelt.«

»Ja. Weil sie in Wirklichkeit eben nicht so weise sind wie die Götter.«

»Die Götter haben die Welt einige Milliarden Jahre regiert, und alles funktionierte reibungslos. Jetzt sind die Menschen seit einigen tausend Jahren dran, und die Welt steht vor dem Abgrund.«

»Stimmt. Aber die Nehmer werden nie aufgeben.«

Ismael zuckte die Schultern. »Dann werden sie sterben. Wie vorausgesagt. Die Verfasser der Geschichte wußten, wovon sie sprachen.«

8

»Und du sagst, die Geschichte sei aus der Perspektive der Lasser geschrieben?«

»Richtig. Wenn sie aus der Perspektive der Nehmer geschrieben wäre, wäre die Erkenntnis des Guten und Bösen Adam nicht vorenthalten, sondern geradezu aufgedrängt worden. Die Götter hätten gesagt: ›Auf, Mensch, merkst du nicht, daß du ohne dieses Wissen nichts bist? Hör auf, von unserer Gnade zu leben wie ein Löwe oder ein Känguruh. Hier, koste von dieser Frucht, und du wirst sofort merken, daß du nackt bist – so nackt wie ein Löwe oder ein Känguruh, der Welt schutzlos ausgeliefert und ohne Macht. Los, koste von der Frucht und werde einer von uns. Dann kannst du Glückspilz diesen Garten verlassen und im Schweiße deines Angesichts dein Brot essen, wie der Mensch es soll.‹ Und wenn Menschen deiner Kultur die Geschichte verfaßt hätten, wäre nicht vom Sündenfall die Rede, sondern vom Aufstieg – oder, wie du einmal gesagt hast, von Befreiung.«

»Das leuchtet mir ein ... Aber ich sehe noch nicht ganz, wie das mit allem anderen zusammenhängt.«

»Du sollst verstehen lernen, warum die Welt heute so ist und nicht anders.«

»Ich sehe den Zusammenhang immer noch nicht.«

»Vor einer Minute hast du gesagt, die Nehmer würden ihre tyrannische Herrschaft über die Welt nie aufgeben, egal, wie schlecht es ihnen ginge. Warum sind sie so hartnäckig?«

Ich glotzte ihn an.

»Weil sie schon immer glauben, daß das, was sie tun, richtig sei – und deshalb um jeden Preis getan werden müsse. Sie glauben schon immer, sie wüßten wie die Götter, was richtig und was falsch sei, und alles, was sie tun, sei richtig. Verstehst du, wie ich zu diesem Schluß komme?«

»Noch nicht.«

»Die Nehmer zwingen alle anderen Menschen, zu tun, was sie tun, und zu leben, wie sie leben. Alle mußten gezwungen werden, zu leben wie die Nehmer, weil nur die Nehmer richtig lebten.«

»Ach so, jetzt verstehe ich.«

»Bei den Lassern betreiben viele Völker Ackerbau, aber sie haben sich nie der Täuschung hingegeben, daß ihr Leben das einzig richtige sei, daß alle Menschen der Welt Ackerbau betreiben müßten und daß noch der letzte Quadratmeter diesem Zweck dienen müsse. Sie haben nie zu den anderen Menschen gesagt: ›Ihr dürft nicht länger als Jäger und Sammler leben. Das ist falsch. Das ist böse, und wir verbieten es euch. Bestellt euer Land, oder wir vernichten euch.‹ Statt dessen sagten sie: ›Ihr wollt Jäger und Sammler sein? Uns ist das recht. Wir haben überhaupt nichts dagegen. Wir selbst sind lieber Ackerbauern. Also seid ihr Jäger und Sammler, und wir sind Ackerbauern. Wir maßen uns nicht an zu sagen, welche Lebensart die richtige ist. Wir sagen nur, daß wir lieber Ackerbauern sind.«

»Ja, ich verstehe.«

»Und wenn sie nicht mehr Ackerbauern sein wollten, wenn ihnen diese Lebensform in ihrer jeweiligen Lebenssituation nicht mehr zusagte, hörten sie einfach auf, Ackerbauern zu sein. Sie sagten nicht: ›Wir müssen damit weitermachen, auch wenn es uns umbringt, denn das ist die richtige Art zu leben.‹ Es gab einmal ein Volk, das ein riesiges System von Bewässerungskanälen anlegte, um die Wüste im Südosten des heutigen Arizona fruchtbar zu machen. Sie unterhielten diese Kanäle dreitausend Jahre lang und errichteten eine fortschrittliche Zivilisation, aber dann sagten sie: ›Dieses Leben ist anstrengend und unbefriedigend, also Schluß damit.‹ Und sie zogen einfach fort, und ihre Zivilisation geriet so vollständig in Vergessenheit, daß wir heute nicht einmal mehr ihren Namen kennen. Wir kennen nur den Namen, den die Pima-Indianer ihnen gaben: Hohokam – die, die gegangen sind.

Die Nehmer könnten so etwas nicht. Für sie wäre es praktisch unmöglich aufzugeben, weil das, was sie tun, richtig ist. Sie müssen damit weitermachen, auch wenn das bedeutet, daß sie die ganze Welt und die Menschheit dadurch vernichten.«

»So sieht es tatsächlich aus.«

»Aufzugeben hieße … was?«

»Aufzugeben hieße … Es hieße, daß sie die ganze Zeit unrecht gehabt hätten. Es hieße, daß sie nie gewußt hätten, wie man die Welt regiert. Es hieße … daß sie die Vorstellung aufgeben müßten, sie seien Götter.«

»Sie müßten die Frucht des Baumes wieder ausspucken und die Herrschaft über die Welt den Göttern zurückgeben.«

»Ja.«

9

Ismael deutete mit einem Nicken auf die Bibeln vor meinen Füßen. »Den Autoren dieser Geschichte zufolge haben die Menschen zwischen Euphrat und Tigris vom göttlichen Baum der Erkenntnis gegessen. Wie kommen sie deiner Meinung nach auf diese Idee?«

»Was?«

»Wie kommen die Autoren dieser Geschichte darauf, die Menschen des Fruchtbaren Halbmonds hätten vom göttlichen Baum der Erkenntnis gegessen? Glaubst du, sie sahen es mit eigenen Augen? Glaubst du, sie waren dabei, als die landwirtschaftliche Revolution begann?«

»Schon möglich.«

»Überlege. Wenn sie dabeigewesen wären, wer wären sie dann gewesen?«

»Ach so … ja richtig. Sie wären die Nehmer gewesen.«

»Und hätten die Geschichte anders erzählt.«

»Ja.«

»Die Autoren dieser Geschichte waren also nicht persönlich dabei. Woher wußten sie dann, was geschehen war? Woher wußten sie, daß die Nehmer sich die Rolle der Götter in der Welt anmaßten?«

»Ach du meine Güte«, sagte ich.

»Wer waren die Autoren denn?«

»Na ja … die Hebräer?«

Ismael schüttelte den Kopf. »Für die Menschen, die sich Hebräer nannten, war diese Geschichte bereits uralt und geheimnisvoll. Vergiß nicht, daß die Hebräer unbedingt sein wollten wie ihre Nachbarn, die Nehmer. Deshalb wurden sie von ihren Propheten ja immer so gescholten.«

»Aha.«

»Sie haben die Geschichte zwar weitergegeben, aber gar nicht mehr richtig verstanden. Wenn wir jene finden wollen, die sie verstanden haben, müssen wir die Verfasser suchen. Und wer waren die Verfasser?«

»Hm ... die Vorfahren der Hebräer.«

»Wer also?«

»Ich habe leider keine Ahnung.«

Ismael grunzte. »Hör zu, ich kann dir nicht verbieten, zu sagen: ›Ich habe keine Ahnung.‹ Aber denke doch bitte wenigstens einen Augenblick nach, ehe du es sagst.«

Aus Höflichkeit dachte ich kurz nach, dann sagte ich: »Tut mir leid. Meine Kenntnisse in Vorgeschichte sind offen gestanden mehr als dürftig.«

»Die Vorfahren der alten Hebräer waren die Semiten.«

»Ach die.«

»Du wußtest es, oder?«

»Ich glaube schon. Ich habe nur ...«

»Du hast nur nicht nachgedacht.«

»Stimmt.«

Ismael rappelte sich auf, und, ehrlich gesagt, mein Magen zog sich zusammen, als er mit seiner halben Tonne Gewicht an meinem Sessel vorbeischrammte. Wer nicht weiß, wie sich ein Gorilla auf dem Boden fortbewegt, besuche den Zoo oder leihe sich ein Video der National Geographic Society aus. Beschreiben kann man das nicht.

Ismael tappte oder schlurfte oder watschelte zum Bücherregal und kam mit einem historischen Atlas zurück. Er befahl mir, eine Karte Europas und des Nahen Ostens um 8500 v. Chr. aufzuschlagen. Eine wie eine Sichel geformte Klinge schnitt die

Arabische Halbinsel vom Rest ab. Die Überschrift »Anfänge der Landwirtschaft« machte klar, daß die Sichel die Länder des Fruchtbaren Halbmonds umschloß. Eine Handvoll Punkte zeigte Stätten, an denen man Werkzeuge der frühen Ackerbauern gefunden hatte.

»Diese Karte gibt meiner Meinung nach ein falsches Bild«, sagte Ismael, »wenngleich unbeabsichtigt. Sie erweckt den Eindruck, die landwirtschaftliche Revolution habe in einer leeren Welt stattgefunden. Ich bevorzuge deshalb meine eigene Karte.« Er öffnete seinen Block und zeigte mir die Karte.

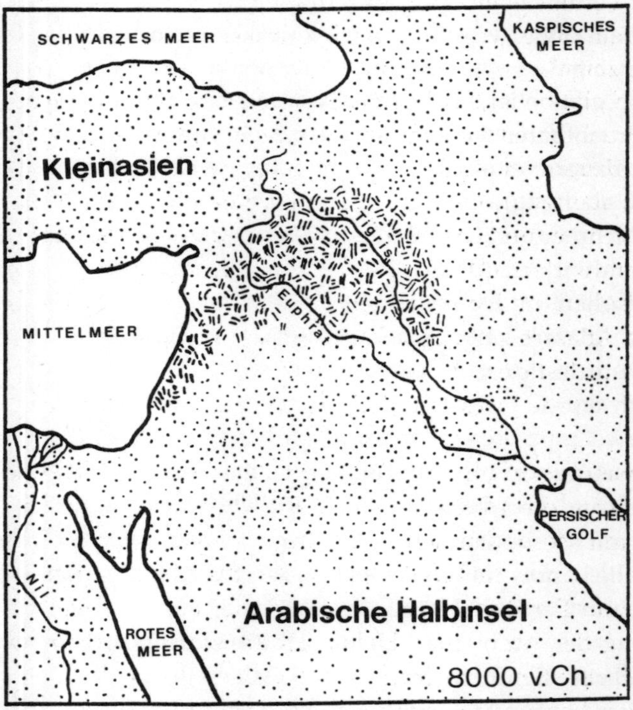

»Wie du siehst, zeigt diese Karte, wie es in derselben Gegend fünfhundert Jahre später aussah. Die landwirtschaftliche Revolution ist bereits fortgeschritten. Das Gebiet, in dem Landwirtschaft betrieben wurde, ist durch die Gänsefüßchen markiert.« Ismael deutete mit dem Stift auf das Gebiet zwischen Euphrat und Tigris. »Das ist natürlich das Zweistromland, das Geburtsland der Nehmer. Und für was stehen die Punkte deiner Meinung nach?«

»Für die Völker der Lasser?«

»Genau. Sie sagen nichts über die Bevölkerungsdichte aus, und sie sagen auch nicht, daß die Lasser gleichmäßig über das Land verteilt gewesen wären. Sie verdeutlichen lediglich, daß die Welt keineswegs leer war. Verstehst du, warum ich dir die Karte zeige?«

»Ich glaube ja. Der Sündenfall ereignete sich in einem Land des Fruchtbaren Halbmonds, inmitten von Völkern, die keine Ackerbauern waren.«

»Ja, aber zugleich will ich damit verdeutlichen, daß diese ersten Nehmer und Gründer eurer Kultur damals, also am Anfang der landwirtschaftlichen Revolution, noch ganz unbekannt waren, isoliert und unbedeutend. Die nächste Karte des historischen Atlasses zeigt dieselbe Gegend viertausend Jahre später. Was würdest du auf ihr erwarten?«

»Ich würde erwarten, daß die Nehmer sich ausgebreitet haben.«

Ismael nickte und bedeutete mir, umzublättern. Die nächste Karte trug die Überschrift »Die Kulturen der Kupferzeit«. Ein Oval mit Mesopotamien als Zentrum umschloß ganz Kleinasien und alle Länder im Norden und Osten bis zum Kaspischen Meer und zum Persischen Golf. Im Süden reichte das Oval bis zum Anfang der Arabischen Halbinsel, die schraffiert war und die Aufschrift »Semiten« trug.

»Hier begegnen wir nun den ersten Augenzeugen«, sagte Ismael.

»Ja?«

»Bei den im dritten Kapitel der Genesis beschriebenen Ereignissen waren die Semiten noch nicht dabei.« Ismael zeichnete ein kleines Oval in die Mitte des Fruchtbaren Halbmonds. »Diese Ereignisse, abgekürzt der Sündenfall, fanden hier statt, einige hundert Meilen nördlich der Semiten bei einem ganz anderen Volk. Kannst du entziffern, bei welchem?«

»Der Karte zufolge waren sie Kaukasier.«

»Gut. Aber jetzt, im Jahr 4500 v. Chr., erleben die Semiten als Augenzeugen, was in ihrer unmittelbaren Nähe geschieht: die Expansion der Nehmer.«

»Aha.«

»In den vergangenen viertausend Jahren hatte die landwirtschaftliche Revolution sich vom Zweistromland über ganz Kleinasien im Westen und in die Gebirge im Norden und Osten ausgebreitet. Nur im Süden scheint sie aufgehalten worden zu sein. Durch wen?«

»Offensichtlich durch die Semiten.«

»Warum? Warum stellten die Semiten sich ihr entgegen?«

»Keine Ahnung.«

»Was waren die Semiten? Ackerbauern?«

»Nein. Der Karte zufolge waren sie an der Entwicklung bei den Nehmern nicht beteiligt. Ich nehme also an, sie waren Lasser.«

»Lasser ja, aber keine Jäger und Sammler. Sie hatten eine andere Anpassung entwickelt, die in der Folgezeit für die semitischen Völker typisch sein sollte.«

»Ach ja, sie waren Hirten.«

»Natürlich, Hirten.« Ismael zeigte auf die Grenze zwischen der Nehmer-Kultur der Kupferzeit und den Semiten. »Was passierte also hier?«

»Keine Ahnung.«

Ismael nickte in Richtung der Bibeln vor meinen Füßen. »Lies die Geschichte von Kain und Abel in der Genesis, und du weißt es.«

Ich nahm die zuoberst liegende Bibel und schlug das vierte Kapitel auf. Ein paar Minuten später murmelte ich: »Das darf doch nicht wahr sein.«

10

Nachdem ich die Geschichte in allen drei Versionen gelesen hatte, blickte ich auf. »An dieser Grenze brachte Kain Abel um«, sagte ich. »Die Ackerbauern bewässerten ihre Felder mit dem Blut der semitischen Hirten.«

»Richtig. Was hier geschah, geschah auch an allen anderen Grenzen der expandierenden Nehmer: Die Lasser wurden getötet, damit mehr Land kultiviert werden konnte.« Ismael nahm seinen Block und zeigte mir seine Karte dieser Epoche. »Du siehst, daß sich die Gänsefüßchen der Ackerbauern über das ganze Gebiet ausgebreitet haben – nur nicht über das von Semiten bewohnte Gebiet. Hier an dieser Grenze zwischen den Akkerbauern und den semitischen Hirten stehen Kain und Abel einander gegenüber.«

Ich betrachtete die Karte einige Augenblicke, dann schüttelte ich den Kopf. »Und den Interpreten der Bibel sollte das entgangen sein?«

»Sicher. Für sie findet diese Geschichte wie eine Fabel Äsops in einem historischen Niemandsland statt. Es würde ihnen nie einfallen, darin semitische Kriegspropaganda zu sehen.«

»Was sie zugegebenermaßen ist. Ich weiß, wir haben nie verstanden, warum Gott Abels Opfer annahm, Kains Opfer aber nicht. Das ist die Erklärung. Mit dieser Geschichte sagten die Semiten ihren Kindern: ›Gott steht auf unserer Seite. Er liebt uns Hirten, und er haßt die blutrünstigen Ackerbauern aus dem Norden.‹«

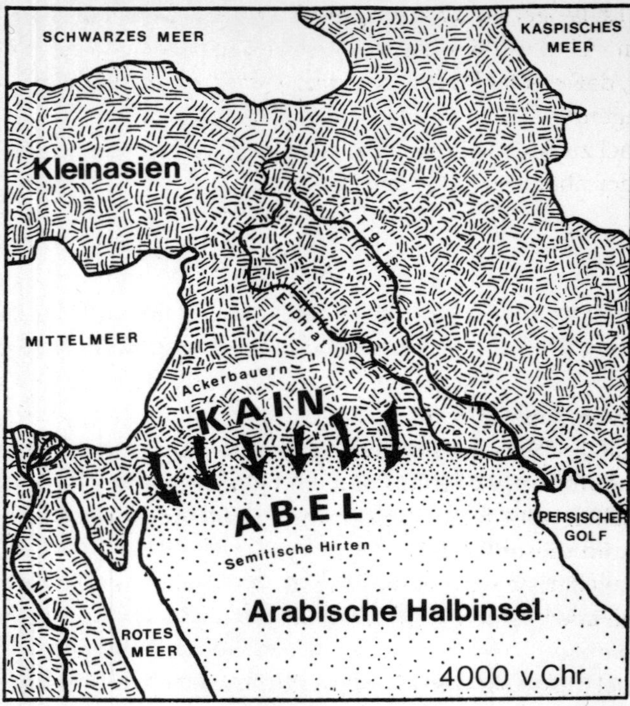

»Richtig. Solange du glaubst, die Geschichte gehe auf die Ahnherren eurer Kultur zurück, bleibt sie unverständlich. Sie wird erst dann verständlich, wenn du weißt, daß sie von den Gegnern eurer Ahnen verfaßt wurde.«

»Ja.« Ich starrte eine Weile vor mich hin, dann sah ich mir Ismaels Karte noch einmal an. »Wenn die Ackerbauern aus dem Norden Kaukasier waren«, sagte ich, »ist das Kainszeichen das hier.« Ich zeigte auf mein Gesicht.

»Möglich. Ganz sicher werden wir nie wissen, was die Verfasser der Geschichte damit meinten.«

»Aber das ergäbe doch einen Sinn«, beharrte ich. »Kain erhielt das Zeichen, um die anderen zu warnen: ›Laßt diesen Mann in

Ruhe. Er ist gefährlich, und sein Tod wird siebenfach gerächt werden.‹ Und auf der ganzen Welt mußten doch Menschen erfahren, daß es nicht lohnt, sich mit Menschen weißer Hautfarbe anzulegen.«

Ismael zuckte die Schultern, vielleicht, weil er nicht überzeugt war oder aber aus Desinteresse.

11

»Auf meiner ersten Karte habe ich mit lauter Punkten verdeutlicht, daß im Nahen Osten zu Beginn eurer landwirtschaftlichen Revolution überwiegend Völker der Lasser lebten. Was glaubst du geschah mit diesen Völkern in der Zeit zwischen der ersten Karte und dieser Karte?«

»Entweder sie wurden überrannt und mußten sich anpassen, oder sie taten es den Nehmern nach und wurden selbst Ackerbauern.«

Ismael nickte. »Zweifellos erzählte sich jedes Volk eine andere Geschichte über diese Revolution, um zu erklären, wie die Völker des Fruchtbaren Halbmonds Ackerbauern geworden waren, aber nur eine Geschichte ist überliefert – die Geschichte, welche die Semiten ihren Kindern über den Sündenfall Adams und den Brudermord Kains erzählten. Sie ging nicht verloren, weil die Nehmer die Semiten nie unterwarfen und die Semiten keine Bauern werden wollten. Selbst ihre Nachkommen, die Hebräer, die die Geschichte überlieferten, ohne sie richtig zu verstehen, konnten keine allzu große Begeisterung für das Leben des Bauern aufbringen. Und so kam es, daß die Nehmer im Zuge der Ausbreitung des Christentums und des Alten Testaments schließlich eine Geschichte erbten und als ihre eigene ausgaben, mit der ein Feind sie einst denunziert hatte.«

12

»Aber zurück zu unserer Frage: Warum glaubten die Semiten, die Völker des Fruchtbaren Halbmonds hätten vom göttlichen Baum der Erkenntnis gegessen?«

»Hm«, sagte ich, »ich würde sagen, durch eine Art Rückschluß. Sie sahen sich die Leute an, gegen die sie kämpften, und fragten sich dann: ›Wie sind sie das geworden?‹«

»Und ihre Antwort?«

»Na ja ... Sie sagten: ›Was fehlt ihnen? Was fehlt unseren Brüdern aus dem Norden? Warum tun sie uns das an? Sie benehmen sich, als ob ...‹ Ich muß einen Augenblick überlegen.«

»Laß dir Zeit.«

Ich dachte einige Minuten nach. »Gut«, sagte ich dann, »ich glaube, die Semiten dachten so: ›Wir haben es hier mit etwas ganz Neuem zu tun. Das sind keine Räuberbanden oder Menschen, die uns zähnefletschend anschnauben, damit wir sie auch wirklich bemerken. Diese Burschen sagen ... Unsere Brüder aus dem Norden sagen, wir müßten sterben. Sie sagen, Abel müsse getötet werden. Sie sagen, wir dürften nicht mehr leben. Das ist etwas Neues, und wir verstehen es nicht. Warum können sie nicht im Norden bleiben und Bauern sein, während wir hier leben und Hirten sind? Warum müssen sie uns töten?

Da droben muß etwas Seltsames passiert sein, damit diese Menschen zu Mördern wurden. Was könnte es gewesen sein? Augenblick ... Sehen wir uns an, wie sie leben. Bisher hat niemand so gelebt. Sie sagen nicht nur, daß wir sterben müssen, sie sagen, alles muß sterben. Sie töten nicht nur uns, sie töten alles. Sie sagen: »Gut, ihr Löwen, eure letzte Stunde hat geschlagen. Wir haben nämlich genug von euch. Verschwindet.« Sie sagen: »Gut, ihr Wölfe, auch von euch haben wir genug. Verschwindet.« Sie sagen ... : »Keiner ißt, nur wir. Alle Nahrung gehört uns, und ohne unsere Erlaubnis bekommt keiner etwas.« Sie sagen: »Wir bestimmen, wer lebt, und wir bestimmen, wer stirbt.«

Genau! Sie tun, als seien sie die Götter höchstpersönlich. Sie tun, als hätten sie wie die Götter vom Baum der Erkenntnis gegessen, als seien sie so weise wie die Götter und als könnten sie nach Belieben über Leben und Tod bestimmen. Ja, das ist es. Das ist im Norden passiert. Diese Menschen haben den Baum der Erkenntnis gefunden und einige seiner Früchte gestohlen.

Genau! Richtig! Sie sind ein verfluchtes Volk! Das sieht man auf Anhieb. Als die Götter merkten, was die Menschen getan hatten, sagten sie: »Gut, ihr Unglücksmenschen, das reicht! Wir kümmern uns nicht mehr um euch. Verschwindet. Wir verbannen euch aus dem Garten. Von jetzt an lebt ihr nicht mehr von unserer Gnade, sondern ihr sollt euch im Schweiße eures Angesichts nähren von dem, was das Feld euch gibt.« Und deshalb machen diese verfluchten Bauern auf uns Jagd und bewässern ihre Felder mit unserem Blut.‹«

Als ich fertig war, legte Ismael die Hände in stummem Beifall zusammen.

Ich grinste verlegen und bedankte mich mit einem bescheidenen Nicken.

13

»Ein klarer Hinweis darauf, daß die beiden Geschichten aus der Genesis nicht auf die Ahnherren eurer Kultur zurückgehen, liegt darin, daß die Landwirtschaft nicht als etwas Begehrenswertes dargestellt wird, das man freiwillig wählt, sondern als Fluch. Die Autoren der Geschichte konnten sich buchstäblich nicht vorstellen, daß jemand lieber im Schweiße seines Angesichts leben wollte. Sie fragten also nicht: ›Warum führen diese Menschen ein so mühevolles Leben?‹ Sie fragten: ›Welche schreckliche Sünde haben sie begangen, daß sie eine solche Strafe verdienen? Was haben sie getan, daß die Götter ihnen jenes sorgenfreie Leben verweigern, das wir anderen führen?‹«

»Ja, das ist jetzt klar. Im Selbstverständnis unserer Kultur ist der Beginn der Landwirtschaft ein Vorspiel zu unserem Aufstieg. In diesen Geschichten dagegen ist die Landwirtschaft das Los der Gefallenen.«

14

»Ich habe eine Frage«, sagte ich. »Warum ist Kain in dieser Geschichte Adams Erstgeborener und Abel der Zweitgeborene?«

Ismael nickte. »Das hat mehr eine mythologische Bedeutung als eine zeitliche. Ich meine, das Motiv taucht in Sagen immer wieder auf: Wenn ein Vater zwei Söhne hat, einen guten und einen schlechten, ist der schlechte Sohn immer der geliebte Erstgeborene und der Gute der Zweitgeborene – der vom Schicksal Benachteiligte.«

»Gut. Aber warum sind die beiden in der Geschichte überhaupt die Söhne Adams?«

Ismael überlegte einen Augenblick. »Weißt du, was ›Adam‹ auf Hebräisch bedeutet? Wie wissen nicht, wie die Semiten Adam nannten, aber wahrscheinlich bedeutete ihr Name dasselbe.«

»›Adam‹ bedeutet ›Mensch‹.«

»Genau. Die Autoren der Geschichte glaubten, die Menschheit habe sich nach dem Sündenfall geteilt – in die Schlechten und die Guten, die Ackerbauern und die Hirten, wobei die ersten den zweiten nach dem Leben trachteten.«

»Ach so«, sagte ich.

15

»Leider muß ich noch etwas fragen.«

»Dazu bist du ja hier. Du brauchst dich nicht zu entschuldigen.«

»Gut. Meine Frage ist: Welche Rolle spielt Eva in der ganzen Geschichte?«

»Was bedeutet ihr Name?«

»Laut dem Kommentar hier ›Leben‹.«

»Nicht ›Lust‹?«

»Nein, dem Kommentar zufolge nicht.«

»In der Kultur der Nehmer verkörpert die Frau die Versuchung der Lust, in der Kultur der Lasser die Versuchung des Lebens.«

»Warum?«

»Überlege: Hundert Männer und eine Frau machen noch keine hundert Babys, ein Mann und hundert Frauen dagegen sehr wohl.«

»Ich verstehe immer noch nicht.«

»Ich will damit sagen, daß Männer und Frauen in puncto Bevölkerungswachstum deutlich unterschiedliche Rollen spielen und keineswegs gleich sind.«

»Gut. Aber ich verstehe immer noch nicht.«

»Versetze dich einmal in die Gedankenwelt von Menschen, die keine Bauern sind, Menschen also, für die Geburtenkontrolle von entscheidender Bedeutung ist. Konkret gesagt: Wenn auf fünfzig männliche Hirten nur eine Frau kommt, besteht keine Gefahr einer Bevölkerungsexplosion, wenn dagegen auf einen Mann fünfzig Frauen kommen, ist die Katastrophe vorprogrammiert. Weil die Menschen Menschen sind, werden aus diesen einundfünfzig Hirten über Nacht hundert.«

»Stimmt. Aber ich sehe leider immer noch nicht, was das mit der Geschichte in der Genesis zu tun hat.«

»Geduld. Wenden wir uns noch einmal den Autoren der Geschichte zu, den Hirten, die von den Ackerbauern aus dem Norden in die Wüste abgedrängt wurden. Warum bedrängten ihre Brüder aus dem Norden sie so?«

»Sie wollten das Land der Hirten bebauen.«

»Ja, aber warum?«

»Ach so, jetzt verstehe ich. Sie mußten mehr Nahrung anbauen, weil die Bevölkerung gewachsen war.«

»Natürlich. Und jetzt kannst du noch eine andere Frage beantworten. Du siehst, daß die Ackerbauern sich in Sachen Bevölkerungswachstum keinerlei Zurückhaltung auferlegten. Sie hatten keine Geburtenkontrolle. Wenn die Nahrung nicht mehr reichte, bestellten sie einfach neue Felder.«

»Stimmt.«

»Zu was sagten sie also ja?«

»Hm. Doch, ich glaube, jetzt dämmert mir was. Allerdings noch undeutlich und verschwommen.«

»Vielleicht kannst du es dir so verdeutlichen: Die Semiten mußten wie die meisten Völker, die nicht Ackerbau betrieben, aufpassen, daß das Gleichgewicht der Geschlechter nicht verlorenging. Zu viele Männer bedrohten die Stabilität der Bevölkerung nicht, zu viele Frauen dagegen sehr wohl. Leuchtet dir das ein?«

»Ja.«

»Aber die Semiten stellten nun fest, daß ihren Brüdern aus dem Norden dieses Gleichgewicht egal war. Es kümmerte sie nicht, wenn die Bevölkerung explodierte, sie bestellten einfach neue Felder.«

»Das leuchtet mir ein.«

»Oder versuche es so: Adam und Eva lebten drei Millionen Jahre im Garten Eden von der Gnade der Götter, und das Wachstum der Menschheit war bescheiden. Wenn man lebt wie die Lasser, muß das so sein. Wie die Lasser anderswo brauchten die Menschen nicht zu entscheiden, was nur die Götter entscheiden dürfen: wer leben und wer sterben soll. Als aber Eva die Frucht vom Baum der Erkenntnis an Adam weiterreichte, sagte Adam: ›Aha, jetzt verstehe ich. Jetzt sind wir nicht mehr von der Gnade der Götter abhängig. Wir können selbst über Leben und Tod entscheiden und unser Leben selbst in die Hand nehmen. Wir können ja zum Leben sagen und grenzenlos wachsen.‹ Es müßte dir jetzt einleuchten, daß dieses Ja zum Leben und das Wissen um Gut und Böse nur zwei Seiten derselben Sache sind, und so steht es ja auch in der Genesis.«

»Ja. Es ist nicht ganz einfach, aber ich glaube, ich verstehe es.«

»Immer wenn Mann und Frau in der Kultur der Nehmer sagen, daß es schön wäre, eine große Familie zu haben, wiederholen sie die Szene unter dem Baum der Erkenntnis des Guten und Bösen. Sie sagen zueinander: ›Wir haben doch das Recht, das Leben auf diesem Planeten zu verteilen, wie wir wollen. Warum bei vier oder sechs Kindern aufhören? Wir können fünfzehn haben, wenn wir wollen. Wir brauchen nur noch einmal ein paar hundert Hektar Regenwald unterzupflügen – was macht es schon, wenn dabei ein weiteres Dutzend Arten ausstirbt?‹«

16

Irgend etwas paßte noch nicht zusammen, aber ich konnte es nicht in Worte fassen.

Ismael sagte, ich solle mir Zeit lassen.

Also dachte ich angestrengt nach, bis Ismael sagte: »Du darfst nicht erwarten, daß du das alles mit dem in Einklang bringen kannst, was wir heute über die Welt wissen. Die Semiten lebten damals auf der Arabischen Halbinsel vollkommen isoliert, nach allen Richtungen von der Umwelt abgeschnitten entweder durch das Meer oder durch das Volk Kains. In ihrem Bewußtsein bestand die Menschheit buchstäblich nur aus ihnen und ihren Brüdern im Norden, sie waren das einzige Volk der Welt. Zumindest geht das aus ihrer Geschichte hervor. Woher hätten sie wissen sollen, daß Adam nicht nur in ihrem Land vom Baum der Götter gegessen hatte, daß der Fruchtbare Halbmond keineswegs die einzige Region war, wo der Ackerbau aufkam, und daß immer noch überall auf der Welt Menschen lebten wie Adam vor dem Sündenfall.«

»Stimmt«, sagte ich. »Ich wollte die Geschichte mit unserem gesamten heutigen Wissen in Einklang bringen, und das geht natürlich nicht.«

17

»Ich glaube, man kann sagen, daß die Geschichte vom Sündenfall Adams bei weitem die bekannteste Geschichte der Welt ist.«

»Zumindest im Westen«, sagte ich.

»Man kennt sie auch im Osten gut, denn christliche Missionare haben sie überall verbreitet. Sie übt auf alle Nehmer eine magische Anziehungskraft aus.«

»Ja.«

»Warum ist das so?«

»Wahrscheinlich, weil sie vorgibt zu erklären, was bei uns schiefgegangen ist.«

»Aber was genau ging schief? Wie verstehen die Menschen die Geschichte?«

»Adam, der erste Mensch, aß die Frucht des verbotenen Baumes.«

»Und was soll das heißen?«

»Das weiß ich, offen gesagt, nicht. Ich habe noch nie eine einleuchtende Erklärung gehört.«

»Und die Erkenntnis des Guten und Bösen?«

»Auch dazu kenne ich keine einleuchtende Erklärung. Die meisten Menschen glauben wahrscheinlich, die Götter hätten durch ihr Verbot Adams Gehorsam auf die Probe stellen wollen, der Inhalt des Verbots dagegen sei weniger wichtig. Und der Sündenfall sei im Grund ein Akt des Ungehorsams gewesen.«

»Der eigentlich nichts mit der Erkenntnis des Guten und Bösen zu tun hat?«

»Nein. Aber ich denke, für einige Leute ist die Erkenntnis des Guten und Bösen ein Symbol von ... von ich weiß nicht genau was. Sie halten den Sündenfall für gleichbedeutend mit dem Verlust der Unschuld.«

»Unschuld ist in diesem Zusammenhang wahrscheinlich gleichbedeutend mit seliger Unwissenheit.«

»Ja ... Etwa so: Der Mensch war unschuldig, bis er den Unterschied zwischen gut und böse entdeckte. Dadurch wurde er schuldig und ein gefallenes Geschöpf.«

»Leider sagt mir das überhaupt nichts.«

»Mir eigentlich auch nicht.«

»Aber wenn du die Geschichte aus einem anderen Blickwinkel liest, erklärt sie tatsächlich, was schiefging, oder?«

»Ja.«

»Aber die Menschen deiner Kultur können diese Erklärung nicht verstehen, weil sie annehmen, sie sei von Menschen wie ihnen gemacht worden – Menschen, für die feststand, daß die Welt für sie erschaffen worden war, und daß sie die Welt erobern und beherrschen sollten. Für diese Menschen ist die höchste Weisheit der Welt das Wissen um Gut und Böse, und das einzige dem Menschen angemessene Leben das des Ackerbauern. Weil sie die Geschichte der Genesis lasen, als sei sie von einem der Ihren verfaßt worden, hatten sie keine Chance, sie zu verstehen.«

»Stimmt.«

»Aber wenn man sie anders liest, leuchtet sie vollkommen ein:

Der Mensch ist nicht im Besitz der Weisheit, mit der die Götter die Welt regieren, und wenn er sich diese Weisheit anmaßt, führt das nicht zu Fortschritt und Aufklärung, sondern zum Tod.«

»Ja«, sagte ich, »das glaube ich auch – daß die Geschichte das bedeutet. Adam war nicht der Stammvater der Menschheit, er war der Stammvater unserer Kultur.«

»Deshalb ist er für euch so wichtig. Obwohl ihr die Geschichte selbst nicht versteht, könnt ihr euch mit Adam als ihrem Protagonisten identifizieren. Ihn habt ihr von Anfang an als einen der Euren erkannt.«

Zehn

1

Ein Onkel traf unerwartet in der Stadt ein und wollte unterhalten werden. Ich rechnete zunächst mit einem Tag; daraus wurden schließlich zweieinhalb. In Gedanken telegrafierte ich meinem Onkel ununterbrochen Dinge wie: »Wird es nicht allmählich Zeit, daß du abreist? Hast du noch keine Sehnsucht nach deinem Zuhause? Würdest du dir die Stadt nicht lieber auf eigene Faust ansehen? Hast du je daran gedacht, daß ich auch noch andere Dinge zu tun haben könnte?« Aber mein Onkel zeigte keine Reaktion.

Wenige Minuten bevor ich aus dem Haus ging, um ihn zum Flughafen zu bringen, rief einer meiner Kunden an und stellte mir ein Ultimatum: Keine Ausflüchte mehr, kein Wort; tun Sie die Arbeit sofort oder zahlen Sie den Vorschuß zurück. Ich sagte, ich würde die Arbeit sofort erledigen. Ich brachte meinen Onkel zum Flughafen, ging nach Hause und setzte mich an den Computer. So umfangreich ist die Arbeit ja gar nicht, beruhigte ich mich – unnötig, deswegen zu Ismael zu fahren, um ihm zu sagen, ich sei noch ein, zwei Tage länger nicht abkömmlich.

Aber irgend etwas in mir schlug Alarm.

Ich bete um gesunde Zähne – wer tut das nicht? Ich habe keine Zeit, sie jeden Tag mit Zahnseide zu reinigen – man kennt das. Bleibt hängen, sage ich ihnen, ich kümmere mich schon um euch, bevor es zu spät ist. Aber in der zweiten Nacht gab ein Backenzahn ganz weit hinten den Geist auf. Am nächsten Morgen machte ich einen Zahnarzt ausfindig, der bereit war, ihn herauszunehmen und anständig zu beerdigen. Als ich auf dem Zahnarztstuhl saß und der Arzt mir Spritze um Spritze verabreichte, mit seinen Instrumenten herumfuchtelte und mir den Blutdruck maß, dachte ich ständig: »Hör zu, ich habe nicht so viel Zeit – zieh ihn raus und Schluß.« Aber er hatte recht mit seinen Vorbereitungen. Mein Gott, was hatte dieser Zahn für Wurzeln! Einmal fragte ich den Zahnarzt, ob er nicht leichter von hinten an den Zahn rankommen könnte.

Als alles vorbei war, mutierte der Zahnarzt plötzlich zum Zahnpolizisten. Er schimpfte mich heftig aus, bis ich völlig zerknirscht war. Ich nickte nur noch, gelobte Besserung und dachte: »Lieber Zahnarzt, bitte gib mir noch eine Chance, den Schaden wiedergutzumachen.« Schließlich ließ er mich gehen, aber als ich nach Hause kam, zitterten mir die Hände, und die Watterollen, die mir aus dem Mund fielen, sahen gar nicht gut aus. Ich schluckte den ganzen Tag Schmerzmittel und Antibiotika und betrank mich sinnlos mit Bourbon.

Als ich mich am nächsten Morgen wieder an die Arbeit setzte, schlug immer noch etwas in mir Alarm.

»Noch ein Tag«, sagte ich mir. »Heute abend trage ich das hier zur Post, und auf einen Tag mehr kommt es nun auch nicht mehr an.«

Der Glücksspieler, der seinen letzten Hunderter auf Ungerade setzt und dann sieht, daß die Kugel auf der Achtzehn liegen bleibt, wird sagen, er habe schon in dem Augenblick, in dem er den Chip aus der Hand gab, gewußt, daß er die Wette verlieren würde. Er habe es gewußt und gefühlt. Aber natürlich, wenn die Kugel statt dessen ein Feld weiter auf die Neunzehn gerollt wäre, würde er erfreut sagen, daß solche Vorahnungen oft trögen.

Meine trog nicht.

Schon vom Eingang aus sah ich eine überdimensionale Bodenreinigungsmaschine am anderen Ende des Flurs vor Ismaels halb geöffneter Tür stehen. Als ich den Flur entlangging, trat ein Mann mittleren Alters in einer grauen Uniform rückwärts aus der Tür und schickte sich an, sie abzuschließen. Ich rief ihm zu, er solle warten.

»Was machen sie da?« fragte ich grob, als er mich hören konnte, ohne daß ich schreien mußte.

Die Frage verdiente keine Antwort, und er gab mir keine.

»Hören Sie mal«, sagte ich, »ich weiß ja, es geht mich nichts an, aber würden Sie mir bitte sagen, was hier los ist?«

Er sah mich an, als sei ich eine Kakerlake, die er eigentlich schon vor einer Woche umgebracht zu haben glaubte. Trotzdem bewegte er schließlich die Lippen und ließ einige Worte durch: »Mache die Wohnung für einen neuen Mieter fertig.«

»Ach so«, sagte ich. »Aber, äh, was ist mit dem alten passiert?«

Er zuckte gleichgültig die Schultern. »Flog wahrscheinlich raus. Zahlte ihre Miete nicht.«

»Ihre?« Ich hatte für einen Augenblick ganz vergessen, daß Ismael nicht selbst der Mieter war.

Der Mann beäugte mich mißtrauisch. »Dachte, Sie kennen die Dame.«

»Nein, ich, äh … kannte den, äh …«

Er starrte mich verständnislos an.

»Hören Sie mal«, stotterte ich, »wahrscheinlich ist da drin eine Nachricht für mich oder so was.«

»Da ist gar nichts mehr drin, außer einem schlechten Geruch.«

»Hätten Sie was dagegen, wenn ich selbst mal nachsehe?«

Der Mann drehte sich um und schloß ab. »Besprechen Sie das mit der Verwaltung, ja? Ich habe zu tun.«

2

Die »Verwaltung« in Person einer Empfangsdame sah keine Veranlassung, mir Zutritt zum Büro zu gewähren, und erteilte auch keinerlei Auskünfte über irgend etwas, das ich nicht schon wußte: daß die Mieterin mit der Miete im Rückstand gewesen sei und daß man ihr deshalb gekündigt habe. Ich versuchte sie mit einem Teil der Wahrheit aus der Reserve zu locken, aber sie reagierte nur mit Spott: Daß ein Gorilla die Wohnung bewohnt hätte, sei ausgeschlossen.

»In Räumen, die unsere Firma vermietet, wurden und werden keine solchen Tiere gehalten.«

Ich bat sie, mir wenigstens zu sagen, ob die Mieterin Rachel Sokolow geheißen habe, eine Auskunft, die schließlich ganz harmlos sei.

»Darum geht es nicht«, erwiderte sie. »Wenn ihre Neugier berechtigt wäre, wüßten Sie bereits, wer die Mieterin war.«

Mit der landläufigen Empfangsdame hatte sie nichts gemein. Sollte ich je eine Empfangsdame brauchen, finde ich hoffentlich eine wie sie.

3

Im Telefonbuch gab es ein halbes Dutzend Sokolows, aber keine Rachel Sokolow. Es gab nur eine Grace, deren Adresse zur Witwe eines reichen jüdischen Kaufmanns paßte. Am nächsten Morgen setzte ich mich in aller Frühe ins Auto, um mir heimlich das Grundstück genauer anzusehen. Ich wollte wissen, ob es dort einen Pavillon gab. Dem war tatsächlich so.

Ich ließ das Auto waschen, brachte meine seriösen Schuhe auf Hochglanz und bürstete die Schultern meines einzigen Anzugs, den ich für Hochzeiten und Beerdigungen bereithalte. Dann wartete ich bis zwei Uhr, weil ich nicht beim Lunch oder Tee stören wollte.

Der amerikanische Zuckerbäckerstil der Jahrhundertwende ist nicht jedermanns Geschmack, aber zufällig mag ich ihn, wenn das Ergebnis nicht aussieht wie eine Hochzeitstorte. Die Villa der Sokolows war von kalter Pracht, hatte aber irgendwie auch eine kleine Prise Witz. Ich klingelte und konnte dann in aller Ruhe die Eingangstür studieren, ein eigenständiges Kunstwerk aus Bronze, das den Raub der Europa, die Gründung Roms oder sonst eine alte Kamelle zeigte. Schließlich wurde die Tür von einem Mann geöffnet, der die Kleider, das Aussehen und das Benehmen eines Ministers hatte. Er brauchte gar nicht »Ja?« zu sagen oder »Sie wünschen?«, er erledigte das mit einem Zukken der Augenbraue. Ich sagte, ich wolle Mrs. Sokolow sprechen. Er fragte, ob ich angemeldet sei, obwohl er genau wußte, daß ich das nicht war. Mir war klar, daß ich bei ihm nichts ausrichten würde, wenn ich sagte, es handle sich um eine persönliche Angelegenheit – mit anderen Worten, es gehe ihn nichts an. Deshalb beschloß ich, deutlicher zu werden.

»Um die Wahrheit zu sagen, ich suche nach ihrer Tochter.«

Er musterte mich ausgiebig. Dann sagte er: »Sie sind kein Bekannter von ihr.«

»Zugegeben, nein.«

»Sonst wüßten Sie, daß sie vor drei Monaten gestorben ist.«

Seine Worte trafen mich wie ein Schwall eiskalten Wassers.

Wieder zuckte er mit der Augenbraue, was soviel hieß wie: Noch was?

Ich beschloß, noch deutlicher zu werden.

»Waren Sie schon zu Mr. Sokolows Zeiten hier?«

Er runzelte die Stirn und ließ mich dadurch wissen, daß er die Wichtigkeit dieser Frage bezweifelte.

»Der Grund, weshalb ich frage, ist … darf ich fragen, wie Sie heißen?«

Er bezweifelte auch die Wichtigkeit dieser Frage, ließ sich aber zu einer Antwort herab. »Ich heiße Partridge.«

»Gut, Mr. Partridge. Der Grund, weshalb ich frage, ist … Kannten Sie Ismael?«

Seine Augen verengten sich zu Schlitzen.

»Um Ihnen reinen Wein einzuschenken, ich suche gar nicht Rachel, ich suche Ismael. Soviel ich weiß, hat Rachel sich nach dem Tod ihres Vaters mehr oder weniger um ihn gekümmert.«

»Woher wissen Sie das?« fragte er mit unergründlicher Miene.

»Mr. Partridge, wenn Sie die Antwort auf diese Frage kennen, dann werden Sie mir wahrscheinlich helfen«, sagte ich. »Wenn nicht, dann wahrscheinlich nicht.«

Das war pfiffig argumentiert, und er belohnte es mit einem Nicken. Dann fragte er, warum ich Ismael suche.

»Er ist nicht dort, wo er … sonst ist. Man hat ihn offenbar rausgeworfen.«

»Jemand muß ihn weggebracht haben. Ihm geholfen haben.«

»Natürlich«, sagte ich. »Ich glaube nicht, daß er bei Hertz ein Auto gemietet hat.«

Partridge ignorierte den Witz. »Ich weiß wirklich nichts, tut mir leid.«

»Und Mrs. Sokolow?«

»Wenn sie etwas wüßte, würde ich es als erster wissen.«

Ich glaubte ihm, sagte aber: »Sagen Sie mir, wo ich die Suche anfangen soll.«

»Ich weiß nicht, wo Sie anfangen sollen. Jetzt, da Miss Sokolow tot ist.«

Unschlüssig überlegte ich eine Weile. »An was ist sie gestorben?«

»Sie kannten sie nicht?«

»Überhaupt nicht.«

»Dann geht Sie das wirklich nichts an«, sagte er, nicht ärgerlich, sondern nur so, wie man eine Tatsache feststellt.

4

Ich dachte daran, einen Privatdetektiv zu engagieren. Als ich aber in Gedanken das Gespräch probte, mit dem ich ihn auf seine Aufgabe vorbereiten mußte, nahm ich davon Abstand. Doch ich konnte nicht einfach aufgeben und nichts tun, also rief ich beim städtischen Zoo an und fragte, ob man dort zufälligerweise einen Flachlandgorilla reinbekommen habe. Der Mann am Telefon verneinte. Darauf sagte ich, ich hätte einen Gorilla, den ich unbedingt loswerden müsse, ob der Zoo ihn haben wolle. Der Mann verneinte wieder. Ich fragte, ob er jemanden kenne, der vielleicht einen Gorilla bräuchte, und er sagte nein, er kenne niemanden. Dann fragte ich, was *er* tun würde, wenn er unbedingt einen Gorilla loswerden müßte. Es gäbe vielleicht das eine oder andere Labor, daß einen Gorilla als Versuchstier brauchen könne, sagte der Mann, aber ich merkte, daß er mir gar nicht mehr richtig zuhörte.

Eines war klar: Ismael hatte Freunde, von denen ich nichts wußte – vielleicht ehemalige Schüler. Ich sah nur eine Möglichkeit, wie ich sie erreichen konnte – und wie wahrscheinlich auch Ismael sie gefunden hatte: eine Anzeige in der Zeitung.

Freunde von Ismael:
Ein weiterer Freund hat den Kontakt verloren.
Bitte ruft an und sagt mir, wo Ismael ist.

Die Anzeige war ein Fehler, denn jetzt hatte ich eine Entschuldigung, mein Gehirn abzuschalten. Zuerst wartete ich darauf, daß die Anzeige erschien, dann wartete ich eine Woche, in der sie täglich abgedruckt wurde, dann wartete ich noch einige Tage auf einen Anruf, der nicht kam, und so vergingen zwei Wochen, in denen ich keinen Finger rührte.

Schließlich mußte ich der Tatsache ins Auge blicken, daß sich niemand auf die Anzeige melden würde. Ich mußte mir also eine neue Strategie einfallen lassen. Dazu brauchte ich ungefähr drei Minuten. Ich rief im Rathaus an und ließ mich mit der Person verbinden, die für die Auftrittserlaubnis von Schaustellern zuständig war.

Gab es gerade einen Jahrmarkt in der Stadt?

Nein.

Hatte es im vergangenen Monat einen gegeben?

Ja, der Darryl Hicks Carnival mit neunzehn Karussellen, vierundzwanzig Vergnügungsbuden und einem Schaustellerzelt war dagewesen. Die Schausteller waren aber schon vor einigen Wochen weitergezogen.

War auch eine Tierschau dabei?

Vergessen, ob so was auf der Liste stand.

Vielleicht das eine oder andere Tier im Schaustellerzelt?

Weiß nicht. Möglich.

Nächste Station der Schausteller?

Überhaupt keine Ahnung.

Auch egal. Nach einem Dutzend Telefonanrufen wußte ich, daß die Schausteller als nächstes in einer vierzig Meilen weiter nördlich gelegenen Stadt Station gemacht hatten. Dort waren sie eine Woche geblieben, dann weitergezogen. Ich nahm an, daß sie wieder in Richtung Norden gezogen waren, und konnte die nächste Stadt, in der sie immer noch gastierten, mit einem einzigen Anruf ermitteln. Und tatsächlich, die Show warb jetzt mit »Gargantua, der Welt berühmtestem Gorilla« – dabei war dieses Tier, wie ich selbst wußte, seit rund vierzig Jahren tot.

Mit einem Fahruntersatz neueren Datums wäre der Darryl Hicks Carnival eine Fahrt von anderthalb Stunden gewesen, aber mit meinem Plymouth, der im selben Jahr wie *Dallas* herausgekommen war, brauchte ich dazu zwei Stunden. Als ich ankam, herrschte gerade Hochbetrieb. Man kennt das. Solche Jahrmärkte sind wie Busbahnhöfe: Die Größe variiert, sonst ist alles gleich. Der Darryl Hicks Carnival breitete auf einem Hektar Fläche den üblichen, als Unterhaltung getarnten Mist aus. Zwischen den Buden drängte sich der Pöbel, der Lärm war grauenhaft, und es stank nach Bier, Zuckerwatte und Popcorn. Ich schob mich durch das Gedränge, auf der Suche nach dem Schaustellerzelt.

Ich habe den Eindruck, daß solche Zelte, wie ich sie aus meiner Kindheit kenne (oder vielleicht nur aus Filmen meiner Kindheit), auf den Jahrmärkten von heute so gut wie ausgestorben sind. Wenn das stimmt, wollte der Darryl Hicks Carnival dem Trend der Zeit offenbar widerstehen. Als ich zu dem Zelt kam, führte gerade ein Feuerschlucker zum heiseren Gebrüll des Ausschreiers seine Kunststücke vor, aber ich blieb nicht stehen. Drinnen gab es viel zu sehen – das übliche Sammelsurium von Monstern, körperlich deformierten Menschen und Sensationsdarstellern, aber ich ignorierte sie alle.

Ismael saß in einer dunklen Ecke, so weit wie möglich vom Eingang entfernt. Vor seinem Käfig standen zwei zehnjährige Jungen.

»Ich wette, er könnte die Stangen herausreißen, wenn er wollte«, sagte der eine.

»Sicher«, sagte der andere, »aber er weiß das ja nicht.«

Ich blieb stehen und fixierte Ismael, und Ismael saß friedlich da und reagierte auf nichts, bis die Jungen weitergingen.

Ich starrte ihn noch eine Weile an, und er tat weiter so, als sei ich nicht anwesend. Dann gab ich auf und sagte: »Sag mir eins. Warum hast du mich nicht um Hilfe gebeten? Du hättest es gekonnt. Man setzt Mieter nicht über Nacht vor die Tür.«

Nichts verriet, daß er mich gehört hatte.

»Wie zum Teufel soll ich dich hier rausholen?«

Er sah weiter durch mich hindurch, als sei ich Luft.

Ich sagte: »Hör zu, Ismael, bist du sauer auf mich oder was?«

Endlich bequemte er sich dazu, mich anzusehen, allerdings nicht besonders freundlich. »Ich habe dich nicht gebeten, dich zu meinem Gönner aufzuspielen«, sagte er. »Halte dich also bitte zurück.«

»Ich soll mich also um meine eigenen Sachen kümmern.«

»In einem Wort: ja.«

Ich sah mich hilflos um. »Du meinst, du willst tatsächlich hier bleiben?«

Wieder erstarrte Ismaels Blick zu Eis.

»Ja, ist ja gut«, sagte ich schnell. »Aber was ist mit mir?«

»Was soll mit dir sein?«

»Na ja, wir waren noch nicht fertig.«

»Nein.«

»Und? Bin ich einfach Mißerfolg Nummer fünf oder was?«

Ismael starrte mich eine Weile mürrisch an. Dann sagte er: »Nicht unbedingt. Wir können so weitermachen wie bisher.«

In diesem Augenblick trat eine fünfköpfige Familie vor den Käfig, um einen Blick auf den berühmtesten Gorilla der Welt zu werfen: Mama, Papa, zwei Mädchen und ein Kleinkind, das auf den Armen der Mutter schlummerte.

»Wir machen also einfach weiter wie bisher?« fragte ich laut. »Du hältst das für möglich?«

Die Familie fand mich plötzlich viel interessanter als den Gorilla »Gargantua«, der schließlich nur dasaß und düster vor sich hin starrte.

Ich sagte: »Also, wo fangen wir an? Weißt du noch, wo wir stehengeblieben waren?«

Die Besucher sahen Ismael an, neugierig, wie er meine Frage beantworten würde. Als die Antwort kam, konnte natürlich nur ich sie verstehen.

»Halt den Mund.«

»Halt den Mund? Aber ich dachte, wir wollten weitermachen wie bisher.«

Mit einem Grunzen kehrte Ismael uns den Rücken zu und schlurfte in den hinteren Teil des Käfigs. Die Besucher warteten noch eine Weile, dann kamen sie zu dem Schluß, daß ich den Gorilla verärgert hatte, sahen mich böse an und gingen weiter zur mumifizierten Leiche eines Mannes, der gegen Ende des Bürgerkriegs in der Mojave-Wüste erschossen worden war.

»Ich bringe dich zurück«, sagte ich.

»Nein danke«, erwiderte er. Er sah mich an, kam aber nicht wieder nach vorn. »Du wirst es nicht glauben, aber ich lebe lieber so, als mich von jemandem aushalten zu lassen, auch wenn dieser Jemand du bist.«

»Aber es wäre doch nur vorübergehend, bis wir etwas für dich gefunden haben.«

»Was denn? Kunststücke im Fernsehen? Eine Nummer im Nachtklub?«

»Hör zu. Wenn ich die anderen irgendwie erreiche, könnten wir uns zusammen etwas überlegen.«

»Wovon redest du?«

»Von den Leuten, die dich hierher gebracht haben. Du bist schließlich nicht selber gekommen, oder?«

Er starrte mich haßerfüllt aus dem Halbdunkel an. »Geh weg«, fauchte er. »Geh weg und laß mich allein.«

Also ging ich und ließ ihn allein.

5

Damit hatte ich nicht gerechnet – ich hatte überhaupt mit gar nichts gerechnet, und deshalb wußte ich jetzt nicht, was ich tun sollte. Ich quartierte mich im billigsten Motel ein, das ich finden konnte, und zog dann los, um bei einem Steak und einigen Drinks über die Lage nachzudenken. Um neun Uhr war ich noch keinen Schritt weitergekommen, also kehrte ich zum Jahrmarkt zurück, um zu sehen, was dort los war. Ich hatte Glück, wenn man so will – es war kalt geworden, und ein ekliger Nieselregen hatte die fröhlichen Gemüter abgekühlt und nach Hause geschickt.

Ist »Hilfsarbeiter beim Jahrmarkt« eigentlich ein Beruf? Ich fragte den Mann nicht, der gerade das Schaustellerzelt zumachen wollte. Er sah aus wie achtzig, und ich bot ihm einen Zehner für das Privileg, eine Weile mit der Natur in Person eines Gorillas zu kommunizieren. Die moralischen Dimensionen meines Anliegens schienen den Mann nicht zu interessieren, und die Höhe meines Angebots quittierte er mit offener Verachtung. Ich legte noch einen Zehner dazu, und er ließ neben dem Käfig ein Licht brennen, bevor er weghinkte. Auf einigen der Podeste, auf denen die Schausteller tagsüber auftraten, standen Klappstühle, und ich schleppte einen vor Ismaels Käfig und setzte mich.

Ismael starrte mich eine Weile an, dann fragte er, wo wir stehengeblieben seien.

»Du hast mir zuletzt gezeigt, daß die Geschichte der Genesis, die mit dem Sündenfall Adams beginnt und mit der Ermordung Abels endet, etwas ganz anderes bedeutet, als die Menschen meiner Kultur im allgemeinen annehmen. In Wirklichkeit ist es die Geschichte der landwirtschaftlichen Revolution, erzählt von den ersten Opfern dieser Revolution.«

»Und was bleibt uns deiner Meinung nach noch zu tun?«

»Ich weiß nicht. Vielleicht das alles auf einen Nenner zu bringen. Ich weiß noch nicht, auf was es insgesamt hinausläuft.«

»Gut, einverstanden. Laß mich kurz nachdenken.«

6

»Was genau ist Kultur?« fragte Ismael schließlich. »Ich meine die allgemeine Bedeutung des Wortes, nicht die spezielle, die wir ihm in unseren Gesprächen gegeben haben.«

Es war die Hölle, in einem Jahrmarktzelt über eine solche Frage nachzudenken, aber ich tat mein Bestes. »Ich würde sagen, Kultur ist die Summe dessen, was ein Volk ausmacht.«

Ismael nickte. »Und wie entsteht diese Summe?«

»Ich weiß nicht genau, worauf du hinauswillst. Sie entsteht dadurch, daß ein Volk lebt.«

»Ja, aber Spatzen leben auch und haben keine Kultur.«

»Ach so, jetzt verstehe ich dich. Kultur wächst. Sie entsteht durch allmähliches Wachstum.«

»Jetzt weiß ich noch nicht, wie es zu diesem Wachstum kommt.«

»Laß mich sehen. Kultur ist die Summe, die eine Generation an die nächste weitergibt. Sie entsteht, wenn ... Wenn eine Art eine bestimmte Intelligenz hat, gibt die eine Generation ihr Wissen und ihre Technik an die nächste weiter. Die nächste Generation übernimmt das, fügt eigene Entdeckungen und Entwicklungen hinzu und gibt alles zusammen wieder an die nächste weiter.«

»Und das Ergebnis nennt man dann Kultur.«

»Ja, würde ich sagen.«

»Und Kultur ist natürlich die Summe all dessen, was überliefert wird, nicht nur Wissen und Technik. Zur Kultur gehören genauso Glaube und Aberglaube, Annahmen, Vorurteile, Theorien, Sitten, Legenden, Lieder, Geschichten, Tänze, Witze. Alles.«

»Stimmt.«

»Es mag seltsam klingen, aber der Grad der Intelligenz, den man am Anfang braucht, ist nicht besonders hoch. Wildlebende Schimpansen geben bereits an ihre Jungen weiter, wie man Werkzeuge macht und verwendet. Wie ich sehe, überrascht dich das.«

»Nein, nur ... Ich bin eigentlich nur darüber überrascht, daß du von Schimpansen sprichst.«

»Und nicht von Gorillas?«

»Ja.«

Ismael runzelte die Stirn. »Ich habe es offen gesagt immer bewußt vermieden, mich mit dem Leben wilder Gorillas zu beschäftigen. Damit möchte ich lieber nichts zu tun haben.«

Ich nickte und kam mir dumm vor.

»Auf jeden Fall, wenn schon die Schimpansen Wissen darüber weitergeben, was für Schimpansen gut ist, dann erst recht die Menschen. Seit wann tun sie das deiner Meinung nach?«

»Wahrscheinlich seit es sie gibt.«

»Eure Paläanthropologen würden dir zustimmen. Die menschliche Kultur ist so alt wie der Mensch, also wie der *Homo habilis*. Der *Homo habilis* genannte Mensch gab an seine Kinder weiter, was er gelernt hatte, und jede Generation steuerte einen Teil dazu bei, daß dieses Wissen sich vermehrte. Und wer erbte das Ganze dann?«

»Der *Homo erectus?*«

»Richtig. Und auch der *Homo erectus* gab das Wissen von Generation zu Generation weiter, und jede Generation steuerte ihren Teil zum Ganzen bei. Und wer erbte das Ganze dann?«

»Der *Homo sapiens*.«

»Natürlich. Und von ihm übernahm es der *Homo sapiens sapiens*, der es wieder von Generation zu Generation weitergab und vermehrte. Und wer erbte das Ganze dann?«

»Wahrscheinlich die Völker der Lasser.«

»Nicht die Nehmer? Warum nicht?«

»Warum nicht? Keine Ahnung. Wahrscheinlich weil ... Zur Zeit der landwirtschaftlichen Revolution erfolgte doch offensichtlich ein totaler Bruch mit der Vergangenheit. Aber die Völker, die damals nach Nord- und Südamerika auswanderten, brachen nicht mit ihrer Vergangenheit. Auch die Völker, die in Neuseeland, Australien oder Polynesien lebten, taten das nicht.«

»Wie kommst du darauf?«

»Ich weiß nicht. Ich glaube es einfach.«

»Ja, aber warum glaubst du es?«

»Vielleicht deshalb: Ich weiß nicht, was für eine Geschichte diese Völker aufführen, aber ich weiß, daß es bei allen dieselbe ist. Ich kann die Geschichte noch nicht erzählen, aber es gibt sie ganz offensichtlich – und sie unterscheidet sich von der Geschichte, die die Menschen meiner Kultur aufführen. Überall, wo es diese Völker gibt, tun sie in etwa dasselbe und leben im Grund auf dieselbe Art – genau wie wir, wenn wir uns selbst beobachten, immer in etwa dasselbe tun und auf dieselbe Weise leben.«

»Aber wie hängt das mit dem kulturellen Erbe zusammen, das die Menschheit in den ersten drei Millionen Jahren ihrer Existenz gesammelt und überliefert hat?«

Ich dachte einige Minuten darüber nach, dann sagte ich: »Das ist so. Die Lasser geben die Kultur so weiter, wie sie sie übernommen haben. Wir tun das nicht, weil die Begründer unserer Kultur vor zehntausend Jahren gesagt haben: ›Das ist alles Unsinn, die Menschen müssen anders leben.‹ Also haben sie das kulturelle Erbe über Bord geworfen. Das haben sie wirklich getan, denn als ihre Nachkommen die Bühne der Geschichte betraten, war von den Vorstellungen und Ideen, die bei den Völkern der Lasser allgegenwärtig sind, nichts mehr übrig. Außerdem...«

»Ja?«

»Das ist ja interessant. Das ist mir bisher nie aufgefallen ... Die Völker der Lasser leben im Bewußtsein einer Tradition, die weit in die Vergangenheit zurückreicht. Wir tun das nicht. Wir sind überwiegend ein ›neues‹ Volk. Jede Generation ist irgendwie neu und noch gründlicher von der Vergangenheit abgeschnitten als die vorhergehende.«

»Was sagt Mutter Kultur dazu?«

»Augenblick«, sagte ich und schloß die Augen. »Mutter Kultur sagt, daß es so richtig ist. Die Vergangenheit bringt uns nichts. Die Vergangenheit ist nur Ballast. Wir müssen sie hinter uns lassen, uns von ihr befreien.«

Ismael nickte. »Siehst du, und deshalb leidet ihr an kulturellem Gedächtnisschwund.«

»Was meinst du damit?«

»Als Darwin und die Paläontologen die Menschheitsgeschichte noch nicht um drei Millionen Jahre in die Vergangenheit verlängert hatten, glaubten die Menschen deiner Kultur, der Mensch und eure Kultur seien zeitgleich entstanden – oder überhaupt identisch. Ich meine, ihr habt geglaubt, der Mensch sei von Anfang an gewesen, was er heute ist, und die Landwirtschaft sei ihm angeboren wie den Bienen das Honigsammeln.«

»Du hast recht.«

»Als die Menschen deiner Kultur den Jägern und Sammlern Afrikas und Amerikas begegneten, glaubten sie, daß umgekehrt diese Menschen vom natürlichen Stand des Ackerbauern degeneriert seien, also ihre angeborenen Fähigkeiten verloren hätten. Die Nehmer hatten keine Ahnung, daß sie vor ihrer Entwicklung zu Ackerbauern selbst so gewesen waren. Für sie gab es überhaupt kein ›Vorher‹. Die Schöpfung hatte erst vor ein paar tausend Jahren stattgefunden, und der Mensch und Ackerbauer hatte sich sofort darangemacht, die Zivilisation zu errichten.«

»Stimmt.«

»Begreifst du jetzt, wie es dazu kommen konnte?«

»Wie es wozu kommen konnte?«

»Wie es kam, daß euch die Erinnerung an die Zeit vor der Revolution so vollkommen verlorenging – so vollkommen, daß ihr nicht einmal wußtet, daß es eine solche Zeit überhaupt gab.«

»Nein. Ich habe das Gefühl, ich müßte es verstehen, aber ich verstehe es nicht.«

»Du hast vorhin gesagt, Mutter Kultur zufolge sei die Vergangenheit nur Ballast, von dem man sich befreien müsse.«

»Ja.«

»Ich will darauf hinaus, daß Mutter Kultur euch das von Anfang an eingetrichtert hat.«

»Ach so. Jetzt verstehe ich allmählich, wie das alles zusammenhängt. Ich sagte, man habe bei den Lassern immer den Eindruck, sie seien ein Volk mit einer Vergangenheit, die bis in die graue Vorzeit zurückreicht. Bei den Nehmern hat man den Eindruck, ihre Vergangenheit reiche nur bis 1963 zurück.«

Ismael nickte, fügte dann aber hinzu: »Zugleich darf man aber nicht vergessen, daß bei euch das Alter vielen Dingen erst ihren Wert verleiht und deshalb geachtet wird – solange es auf diese Funktion beschränkt ist. Bei den Engländern müssen zum Beispiel alle staatlichen Institutionen und Zeremonien so alt wie möglich sein, auch wenn sie es gar nicht sind. Die Engländer selber leben deshalb nicht wie die alten Briten und denken auch nicht entfernt daran, das zu tun. Dasselbe gilt für die Japaner. Sie verehren die Werte und Traditionen ihrer weisen und vortrefflichen Ahnen und beklagen deren Verschwinden, aber selber wollen sie nicht wie diese weisen, vortrefflichen Ahnen leben. Kurz gesagt, die alten Bräuche sind gut für Institutionen, Zeremonien und Feiertage, aber im Alltag haben sie nichts zu suchen.«

»Stimmt.«

7

»Aber Mutter Kultur hat ja nie die ganze Vergangenheit für wertlos erklärt. Was sollte aufbewahrt werden? Was wurde tatsächlich aufbewahrt?«

»Das Wissen, wie man bestimmte Dinge herstellt oder tut, würde ich sagen.«

»Also alles, was mit Produktion zu tun hat. Und deshalb ist die Welt heute so und nicht anders.«

»Ja.«

»Natürlich sammeln auch die Lasser ein solches Wissen, obwohl die Produktion als Selbstzweck bei ihnen selten ist. Sie haben keine wöchentlichen Quoten, wie viele Töpfe oder Pfeilspitzen einer herstellen muß, und sie überlegen nicht, wie man die Produktion von Faustkeilen steigern kann.«

»Nein.«

»Sie sammeln zwar auch ein solches Wissen, aber meist sammeln sie etwas ganz anderes. Wie würdest du dieses andere Wissen charakterisieren?«

»Ich glaube, du hast die Antwort auf diese Frage vor ein paar Minuten selbst gegeben. Sie sammeln das, was gut für sie ist.«

»Nur für sie? Nicht für alle?«

»Nein. Ich bin kein großer Anthropologe, aber ich habe genug gelesen, um zu wissen, daß die Zuni oder die Navajo nicht glauben, ihr Leben tauge für alle Menschen. Beide Völker haben sich ihr Leben so eingerichtet, wie es für sie gut ist.«

»Und dieses Leben geben sie dann an ihre Kinder weiter.«

»Ja. Während wir unsere Kinder lehren, wie man Dinge herstellt. Wie man immer mehr und immer bessere Dinge herstellt.«

»Warum lernen die Kinder nicht, was für Menschen gut ist?«

»Wahrscheinlich, weil wir das gar nicht wissen. Jede Generation muß das aufs neue definieren. Meine Eltern hatten Ansichten, die für uns wenig hilfreich waren, und die Eltern meiner Eltern hatte wieder andere Ansichten, die gleichfalls wenig hilfreich waren, und wir arbeiten an unserer eigenen Version, die unseren Kindern wahrscheinlich einmal wenig helfen wird.«

8

»Aber wir sind vom Thema abgekommen«, sagte Ismael mürrisch. Er veränderte seine Sitzposition, und der Wagen quietschte. »Ich möchte, daß du verstehst, daß die Kultur bei den Lassern ein im Lauf der Zeit gewachsenes Wissen ist, das ohne Unterbrechung bis zum ersten Menschen zurückreicht. Es ist deshalb kein Wunder, daß eine solche Kultur funktioniert. Sie wurde im Verlauf tausender Generationen geprüft und verbessert.«

»Ja. Da fällt mir etwas ein.«

»Ich höre.«

»Augenblick. Es hat zu tun mit ... damit, daß wir nicht wissen, wie der Mensch leben soll.«

»Laß dir Zeit.«

Ich dachte eine Weile nach. »Gut«, sagte ich dann. »Ganz am Anfang sagte ich einmal, man könne nicht sicher wissen, wie der Mensch leben soll und ich meinte damit, man könne nicht wissen, welches Leben als einziges das richtige ist. Aber das wollen die Nehmer. Wir wollen nicht wissen, wie man auch leben kann, wir wollen wissen, welches das einzig richtige Leben ist. Und das sagen uns unsere Propheten und Gesetzgeber. Laß mich überlegen ... Nach einem fünf- bis achttausendjährigen Gedächtnisschwund wußten die Nehmer nicht mehr, wie sie leben sollten. Sie müssen der Vergangenheit wirklich den Rücken zugekehrt haben, denn plötzlich kommt Hammurabi, und alle sagen: ›Was ist denn das?‹ und Hammurabi sagt: ›Das, liebe Kinder, sind Gesetze!‹ ›Gesetze? Was sind Gesetze?‹ Und Hammurabi sagt: ›Gesetze sagen euch, welches Leben das einzig richtige ist.‹ Was wollte ich jetzt sagen?«

»Weiß ich nicht genau.«

»Ach ja. Als du vorhin von kulturellem Gedächtnisschwund gesprochen hast, dachte ich, das sei metaphorisch gemeint. Oder du hättest vielleicht übertrieben, um etwas zu verdeutlichen. Denn man kann ja gar nicht wissen, was die neolithischen Bauern dachten. Aber trotzdem, Tatsache ist, daß sich nach ein paar tausend Jahren die Nachfahren dieser Bauern ratlos am Kopf kratzten und sagten: ›Wenn wir doch nur wüßten, wie der Mensch leben soll.‹ Die Lasser dagegen hatten das in dieser Zeit nicht vergessen. Sie wußten es noch, nur die Menschen meiner Kultur hatten es vergessen, hatten sich von einer Tradition abgeschnitten, die ihnen sagte, wie sie leben sollten. Deshalb brauchten sie einen Hammurabi. Sie brauchten einen Drakon, einen Solon, einen Moses, einen Jesus und einen Mohammed.

Die Lasser nicht, denn sie besaßen ein Wissen – mehrere Wissen – die ... Warte. Ich glaube, ich hab's.«

»Laß dir Zeit.«

»Die Lasser entwickelten ihre Kulturen ganz allmählich, in einem Prozeß des ständigen Überprüfens, der begann, noch bevor die Menschen ein Wort dafür hatten. Diese Kulturen waren nicht ... Niemand sagte: ›Also gut, laßt uns ein Komitee bilden, das Gesetze für uns aufschreibt.‹ Diese Kulturen waren keine Erfindungen. Im Gegensatz zu dem, was unsere Gesetzgeber uns gegeben haben – Erfindungen.

Künstlich ausgedachte Sachen. Nicht Dinge, die im Lauf tausender Generationen ihren Wert erwiesen haben, sondern willkürliche Festlegungen des einzig richtigen Lebens. Und das ist heute noch so. In Washington werden Gesetze nicht verabschiedet, weil sie gut sind, sondern weil sie dem einzig richtigen Leben entsprechen. Eine Frau darf nicht abtreiben, außer, wenn sie vergewaltigt wurde oder der Fötus ihr Leben bedroht. Viele Leute würden mit dieser Lesart des Gesetzes vollkommen übereinstimmen. Warum? Weil es nur so richtig ist. Du kannst dich zu Tode trinken, aber wenn wir dich erwischen, Junge, wie du Marihuana rauchst, wanderst du in den Knast, denn so ist es richtig. Keiner schert sich einen Dreck darum, ob unsere Gesetze gut sind. Das tut nichts zur Sache ... Jetzt habe ich wieder vergessen, worauf ich hinauswill.«

Ismael grunzte. »Du willst nicht unbedingt auf etwas Bestimmtes hinaus. Du denkst über einen ganzen Komplex tiefer Gedanken nach, und du darfst nicht erwarten, daß du in zwanzig Minuten damit durch bist.«

»Du hast recht.«

»Bevor wir zu anderen Dingen übergehen, würde ich allerdings gern noch einen Gedanken zu Ende führen.«

»Bitte.«

»Du weißt jetzt, daß Nehmer und Lasser zwei ganz verschiedene Arten von Wissen sammeln.«

»Ja. Die Nehmer sammeln Wissen darüber, was für die Herstellung von Dingen gut ist, die Lasser darüber, was für Menschen gut ist.«

»Aber nicht für alle Menschen. Jedes Volk der Lasser hat eine Kultur entwickelt, die für dieses Volk gut ist, weil sie von ihm entwickelt wurde. Sie paßt zur Landschaft, in der das Volk lebt, zum Klima, zu Flora und Fauna, zu den Vorlieben und zur Weltanschauung der jeweiligen Menschen.«

»Ja.«

»Und ein solches Wissen nennt man wie?«

»Ich weiß nicht, was du meinst.«

»Jemand, der weiß, was für Menschen gut ist, hat was?«

»Hm ... Weisheit?«

»Natürlich. Du weißt jetzt, daß die Menschen deiner Kultur wissen wollen, was für die Herstellung von Dingen gut ist. Die Lasser dagegen wollen wissen, was für Menschen gut ist. Und jedesmal, wenn die Nehmer eine Kultur der Lasser vernichten, verschwindet damit unwiderruflich eine seit Beginn der Menschheit geprüfte Weisheit aus der Welt, so wie eine seit Beginn des Lebens geprüfte Lebensform für immer aus der Welt verschwindet, wenn die Nehmer eine Art ausrotten.«

»Übel«, sagte ich.

»Ja«, sagte Ismael. »Das ist übel.«

9

Ismael kratzte sich ausgiebig am Kopf, dann schickte er mich für diesen Abend weg.

»Ich bin müde«, erklärte er, »und mir ist zu kalt zum Denken.«

Elf

1

Der Nieselregen wollte nicht aufhören, und als ich am nächsten Tag eintraf, war niemand da, den ich bestechen mußte. Ich hatte in einem Armeeladen zwei Decken für Ismael geholt – und eine für mich selbst, damit er sich nicht wie ein Almosenempfänger vorkam. Er bedankte sich barsch, schien aber froh. In trübe Gedanken versunken saßen wir eine Weile da, dann begann er widerwillig.

»Kurz vor meinem Auszug hast du mich gefragt – ich weiß nicht mehr, aus welchem Anlaß –, wann wir zu der Geschichte kämen, die die Lasser aufführen.«

»Stimmt, ich erinnere mich.«

»Warum willst du die Geschichte wissen?«

Die Frage verblüffte mich.

»Warum sollte ich sie nicht wissen wollen?« wunderte ich mich.

»Ich frage, was du damit willst. Du weißt, Abel ist so gut wie tot.«

»Hm ... ja.«

»Warum also das Interesse für die Geschichte, die er aufgeführt hat?«

»Noch einmal: warum nicht?«

Ismael schüttelte den Kopf. »Auf dieser Basis möchte ich nicht weitermachen. Auch wenn ich dir nicht sagen kann, warum du sie nicht erfahren sollst, so ist das noch kein Grund, warum ich sie dir erzählen sollte.«

Er war ganz offensichtlich schlecht gelaunt. Ich konnte ihm das nicht verdenken, aber ich hatte auch kein allzu großes Mitleid mit ihm, denn er hatte es ja so haben wollen.

»Willst du es nur aus Neugier wissen?« fragte er.

»Nein, das würde ich nicht sagen. Du hast am Anfang gesagt, daß zwei Geschichten aufgeführt werden. Ich kenne jetzt eine davon, und natürlich will ich auch die andere kennenlernen.«

»Natürlich ...«, sagte er, als ob ihm das Wort mißfalle. »Ich wünschte, du hättest einen gewichtigeren Grund für dein Interesse. Dann hätte ich nicht das Gefühl, daß ich hier der einzige bin, von dem erwartet wird, daß er seinen Verstand gebraucht.«

»Ich verstehe leider nicht, worauf du hinauswillst.«

»Das merke ich schon, und genau das stört mich. Du bist zu einem passiven Zuhörer geworden, der seinen Verstand abschaltet, sobald er sich hingesetzt hat, und wieder einschaltet, wenn er aufsteht, um zu gehen.«

»Das ist nicht wahr.«

»Dann sage mir, warum es für dich keine Zeitverschwendung ist, eine Geschichte zu erfahren, die bald sowieso keiner mehr kennt.«

»Na ja, es ist eben keine Zeitverschwendung.«

»Das reicht nicht. Ich tue nicht etwas, nur weil es keine Zeitverschwendung ist.«

Ich zuckte hilflos die Schultern.

Ismael schüttelte voller Verachtung den Kopf. »Du glaubst also wirklich, daß es keinen besonderen Grund gibt, warum man diese Geschichte kennen sollte. Das ist jetzt klar.«

»Mir ist das gar nicht klar.«

»Du glaubst, es gibt einen Grund?«

»Na ja ... doch.«

»Was für einen?«

»Gott ... Weil ich sie eben wissen will, das ist der Grund.«

»Nein. Auf dieser Basis mache ich nicht weiter. Ich möchte weitermachen, aber nicht, wenn ich damit nur deine Neugier befriedige. Geh jetzt und komm erst wieder, wenn du mir einen wirklichen Grund sagen kannst, warum du weitermachen willst.«

»Was wäre ein solcher Grund? Gib mir ein Beispiel.«

»Also gut. Warum willst du die Geschichte hören, die von den Menschen deiner Kultur aufgeführt wird?«

»Weil wir, dadurch daß wir sie aufführen, die Welt kaputtmachen.«

»Richtig. Aber warum die Geschichte kennenlernen?«

»Weil man sie kennen sollte.«

»Wer sollte sie kennen?«

»Alle.«

»Aber warum? Ich komme immer wieder darauf zurück. Warum, warum und nochmals warum? Warum sollten die Menschen deiner Kultur die Geschichte kennen, die sie aufführen und durch die sie die Welt zerstören?«

»Damit sie aufhören, die Geschichte aufzuführen. Damit sie nicht länger alles nur kaputtmachen. Damit sie begreifen, daß sie einem größenwahnsinnigen Hirngespinst aufgesessen sind – so unsinnig wie das Tausendjährige Reich.«

»Und deshalb sollte man die Geschichte kennen?«

»Ja.«

»Bravo. Jetzt geh und komm wieder, wenn du mir sagen kannst, warum man auch die andere Geschichte kennen sollte.«

»Dazu brauche ich nicht zu gehen. Das kann ich dir gleich sagen.«

»Ich höre.«

»Die Menschen können eine Geschichte nicht einfach aufgeben. Die jungen Leute in den sechziger und siebziger Jahren haben das versucht. Sie wollten nicht mehr wie die Nehmer leben, aber sie wußten nicht, wie sie sonst leben sollten. Sie scheiterten, weil man nicht einfach mit einer Geschichte aufhören kann, ohne eine andere zu haben.«

Ismael nickte. »Und wenn es eine solche Geschichte gäbe, sollten die Menschen sie kennen?«

»Ja.«

»Glaubst du, sie wollen sie überhaupt kennenlernen?«

»Ich weiß nicht. Aber ich glaube, man kann etwas erst wollen, wenn man weiß, daß es so etwas gibt.«

»Da hast du recht.«

2

»Was, glaubst du, ist das Thema der Geschichte?«

»Keine Ahnung.«

»Das Jagen und Sammeln vielleicht?«

»Ich weiß nicht.«

»Sei ehrlich. Hast du jetzt nicht eine Hymne auf die Freuden des Jägerlebens erwartet?«

»Nein.«

»Na gut, aber du hättest wenigstens wissen können, daß die Geschichte vom Sinn der Welt, von den Absichten der Götter und von der Bestimmung der Menschen handelt.«

»Ja.«

»Und ich habe schon oft gesagt, daß der Mensch zum Menschen wurde, indem er diese Geschichte aufführte. Das müßtest du jetzt eigentlich auch wissen.«

»Ja.«

»Wie wurde der Mensch zum Menschen?«

Ich untersuchte die Frage auf etwaige Fallen und fragte dann zurück: »Ich verstehe nicht ganz, worauf die Frage zielt. Oder ich bin nicht sicher, was für eine Antwort du haben willst. Wahrscheinlich willst du nicht hören, daß der Mensch durch die Evolution zum Menschen wurde.«

»Das würde ja nur heißen, daß er Mensch wurde, indem er Mensch wurde, oder?«

»Ja.«

»Die Frage ist also noch nicht beantwortet. Wie wurde der Mensch zum Menschen?«

»Wahrscheinlich ist die Antwort ganz banal.«

»Ja. Wenn ich sie dir verraten würde, würdest du sagen: ›Ach so, natürlich, das.‹«

Ich zuckte ratlos die Schultern.

»Dann müssen wir uns der Antwort auf einem Umweg nähern – aber behalte die Frage im Gedächtnis.«

»Gut.«

3

»Was für eine Revolution war eure landwirtschaftliche Revolution laut Mutter Kultur?«

»Was für eine Revolution… Ich würde sagen, eine Revolution der Technik.«

»Und tiefere kulturelle und religiöse Aspekte wurden dabei nicht berührt?«

»Nein. Die ersten Bauern waren nichts anderes als die Technokraten der Steinzeit. Das haben wir zumindest immer geglaubt.«

»Aber nachdem wir uns das dritte und vierte Kapitel der Genesis angesehen haben, weißt du, daß die Revolution viel mehr war, als Mutter Kultur lehrt.«

»Ja.«

»Mehr war und natürlich immer noch ist, da die Revolution ja andauert. Adam ißt immer noch die Frucht des verbotenen Baumes, und wo Abel noch lebt, lebt auch Kain, der mit dem Messer in der Hand Jagd auf ihn macht.«

»Stimmt.«

»Noch etwas weist darauf hin, daß die Revolution sich nicht auf die Technik beschränkte. Mutter Kultur lehrt, daß das Leben des Menschen vor der Revolution keinen Sinn hatte, daß es dumpf, leer und wertlos war. Das Leben vor der Revolution war elend und abscheulich.«

»Ja.«

»Das glaubst du selber auch, oder?«

»Eigentlich ja.«

»Wahrscheinlich glauben es die meisten von euch?«

»Ja.«

»Gibt es Ausnahmen?«

»Ich weiß nicht. Vielleicht ... die Anthropologen.«

»Also Leute, die sich mit dem Leben vor der Revolution beschäftigt haben.«

»Ja.«

»Aber Mutter Kultur lehrt, daß es ein erbärmliches Leben war.«

»Stimmt.«

»Kannst du dir vorstellen, daß du dein Leben unter bestimmten Umständen gegen dieses Leben eintauschen würdest?«

»Nein. Ich kann mir offen gesagt niemanden vorstellen, der so leben wollte, wenn er die Wahl hätte.«

»Die Lasser schon. Die Nehmer haben sie nie anders als durch rohe Gewalt davon abbringen können. Meistens war es für die Nehmer am einfachsten, die Lasser einfach auszurotten.«

»Stimmt. Aber dazu hat Mutter Kultur etwas zu sagen. Sie sagt, die Lasser hätten schlicht nicht gewußt, was ihnen entgeht. Sie hätten die Vorteile des bäuerlichen Lebens nicht gekannt, deshalb hätten sie so hartnäckig an dem Leben als Jäger und Sammler festgehalten.«

Ismael lächelte sein listigstes Lächeln. »Welche Indianer leisteten deiner Meinung nach den Nehmern dieses Landes am heftigsten und erbittertsten Widerstand?«

»Hm ... Ich würde sagen, die Plains-Indianer.«

»Die meisten von euch würden dir zustimmen. Aber als die Spanier das Pferd noch nicht nach Amerika gebracht hatten, waren die Plains-Indianer jahrhundertelang Ackerbauern. Sobald das Pferd sich bei ihnen ausbreitete, gaben sie die Landwirtschaft auf und kehrten zu einem Leben als Jäger und Sammler zurück.«

»Das wußte ich nicht.«

»Jetzt weißt du es. Kannten die Plains-Indianer die Segnungen des bäuerlichen Lebens?«

»Das müssen sie wohl.«

»Was sagt Mutter Kultur?«

Ich dachte eine Weile nach, dann lachte ich. »Sie sagt, die Indianer hätten die Vorteile dieses Lebens nicht richtig zu würdigen gewußt. Sonst wären sie nicht wieder Jäger und Sammler geworden.«

»Weil das ein abscheuliches Leben ist.«

»Ja.«

»Du siehst jetzt allmählich, wie gründlich Mutter Kultur euch in dieser Frage indoktriniert hat.«

»Ja. Ich verstehe allerdings noch nicht, worauf du hinauswillst.«

»Wir wollen herausfinden, warum ihr das Leben der Lasser so verachtet und fürchtet. Wir wollen herausfinden, warum ihr das Gefühl habt, ihr müßtet die Revolution fortsetzen, auch wenn sie euch und die ganze Welt vernichtet. Wir wollen herausfinden, gegen was sich eure Revolution richtet.«

»Aha«, sagte ich.

»Und wenn wir das alles wissen, kannst du mir sicher die Geschichte erzählen, die die Lasser seit drei Millionen Jahren, also seit es den Menschen gibt, auf der Erde aufführen und die heute noch dort aufgeführt wird, wo Lasser überlebt haben.«

4

Ein Schauder durchfuhr Ismael, als er von Überleben sprach, und er sank mit einem langgezogenen Seufzer auf seine Decken zurück. Eine Weile schien ihn der unermüdlich auf die Leinwand über uns trommelnde Regen einzuschläfern, dann räusperte er sich und fuhr fort.

»Versuchen wir es so«, sagte er. »Warum war die Revolution notwendig?«

»Sie war notwendig, weil der Mensch es zu etwas bringen wollte.«

»Du meinst, weil er Zentralheizung, Universitäten, Opernhäuser und Raumschiffe haben wollte.«

»Richtig.«

Ismael nickte. »Am Anfang unseres Gespräches hätte ich eine solche Antwort akzeptiert, aber jetzt will ich, daß du tiefer eindringst.«

»Gut. Was meinst du mit tiefer?«

»Du weißt doch selbst, daß für viele hundert Millionen Menschen Zentralheizung, Universitäten, Opernhäuser und Raumschiffe Dinge einer fremden, unzugänglichen Welt sind. Viele hundert Millionen von euch leben in Zuständen, von denen die meisten Menschen dieses Landes sich keine Vorstellung machen. Sogar bei uns sind Millionen obdachlos oder leben in Elend und Verzweiflung in Slums, in Gefängnissen und in öffentlichen Einrichtungen, die nicht viel besser sind als Gefängnisse. Für all diese Menschen wäre die Rechtfertigung der landwirtschaftlichen Revolution, die dir so selbstverständlich über die Lippen kommt, völlig bedeutungslos.«

»Stimmt.«

»Aber kehren sie der Revolution den Rücken, weil sie die Früchte der Revolution nicht genießen können? Würden sie ihr elendes, verzweifeltes Leben gegen jenes Leben eintauschen, das sie vor der Revolution gehabt haben?«

»Nein.«

»Ganz meine Meinung. Die Nehmer glauben an die Revolution, auch wenn sie keinen Vorteil von ihr haben. Sie murren nicht, sie kritisieren nicht, sie machen keine Gegenrevolution. Sie sind alle zutiefst davon überzeugt, daß es ihnen jetzt viel besser geht als vorher, auch wenn es ihnen noch so schlecht geht.«

»Ja.«

»Ich will, daß du dieser seltsamen Überzeugung heute auf den Grund gehst. Dann wirst du die Revolution und das Leben der Lasser in einem ganz anderen Licht sehen.«

»Gut. Aber wie stelle ich das an?«

»Indem du auf Mutter Kultur hörst. Sie hat dir das ganze Leben lang Dinge eingeflüstert, und was du gehört hast, unterscheidet sich nicht von dem, was deine Eltern und deine Großeltern gehört haben, und was die Menschen auf der ganzen Welt täglich hören. Anders ausgedrückt, was ich suche ist in deinem Kopf und in den Köpfen von euch allen begraben. Heute sollst du es ausgraben. Mutter Kultur hat euch gelehrt, das Leben, das ihr mit der Revolution hinter euch gelassen habt, zu verabscheuen, und ich will, daß du diese Abscheu zu ihren Wurzeln zurückverfolgst.«

»Also gut«, sagte ich. »Es stimmt, das wir einen regelrechten Horror vor diesem Leben haben, aber das Problem ist, daß ich das eigentlich recht plausibel finde.«

»Ja? Warum?«

»Ich weiß nicht. Es ist ein Leben, das nirgendwohin führt.«

»Keine oberflächlichen Argumente mehr. Geh in die Tiefe.«

Mit einem Seufzer wickelte ich die Decke fester um mich und begann, in die Tiefe hinabzusteigen. »Das ist ja interessant«, sagte ich nach einer Weile. »Ich denke hier über das Leben unserer Vorfahren nach, und plötzlich sehe ich ein ganz bestimmtes, detailliertes Bild.«

Ismael schwieg.

»Das Bild ist wie ein Traum, oder mehr wie ein Alptraum. Ein

Mann müht sich in der Dämmerung auf einem Bergkamm vorwärts. In dieser Welt herrscht immer Dämmerung. Der Mann ist klein, mager, dunkel und nackt. Er rennt gebückt und sucht nach Spuren. Er ist auf der Jagd, und er ist verzweifelt, denn die Nacht bricht an und er hat nichts zu essen.

Er rennt immer weiter, wie in einer Tretmühle. Und er ist tatsächlich in einer Tretmühle, denn wenn es am nächsten Tag dämmert, wird er immer noch rennen – oder wieder. Aber nicht nur Hunger und Verzweiflung treiben ihn an, er hat auch entsetzliche Angst. Denn hinter ihm, gerade noch außer Sicht, kommen seine Feinde, die ihn in Stücke reißen wollen – Löwen, Wölfe und Tiger. Deshalb muß er ewig weiterrennen, seiner Beute ewig einen Schritt hinterher und seinen Feinden nur einen Schritt voraus.

Der Kamm versinnbildlicht natürlich, daß sein Leben auf Messers Schneide steht. Der Mann muß ständig kämpfen, daß er nicht herunterfällt. Es ist geradezu, als ob Bergkamm und Himmel sich bewegten und nicht der Mann. Er rennt immer auf derselben Stelle, gefangen und ohne Ziel.«

»In anderen Worten, die Jäger und Sammler führen ein rauhes Leben.«

»Ja.«

»Und was macht es so rauh?«

»Es ist ein ständiger Kampf ums Überleben.«

»Aber in Wirklichkeit ist es das überhaupt nicht. Und das weißt du auch, das ist in einer anderen Ecke deines Hirns sehr wohl gespeichert. Die Jäger und Sammler leben nicht gefährlicher als Wölfe, Löwen, Spatzen oder Kaninchen. Der Mensch war an das Leben auf der Erde so gut angepaßt wie jede andere Art, und die Vorstellung, sein Überleben hätte ständig auf Messers Schneide gestanden, ist, biologisch gesehen, Unsinn. Als Allesfresser stehen ihm Nahrungsmittel in Hülle und Fülle zur Verfügung. Tausende von Arten müssen hungern, bevor er hungert. Aufgrund seiner Intelligenz und Geschicklichkeit kann er noch unter Umständen leben, unter denen ein anderer Primat hoffnungslos verloren wäre.

Die Sammler und Jäger suchen also keineswegs die ganze Zeit verzweifelt nach Nahrung, im Gegenteil, sie gehören zu den besternährten Menschen der Welt, und sie müssen dazu nur zwei bis drei Stunden täglich das tun, was du Arbeit nennen würdest – sie gehören also auch noch zu den Menschen mit der meisten Freizeit. Marshall Sahlins nennt ihre Gesellschaft in seinem Buch über die Wirtschaft der Steinzeit ›die ursprüngliche Wohlstandsgesellschaft‹. Übrigens hat der Mensch unter den Raubtieren so gut wie keine Feinde. Er steht bei keinem Raubtier auf dem Speiseplan ganz oben. Du siehst also, daß die Horrorvision vom Leben deiner Vorfahren lediglich ein weiterer Unsinn ist, den Mutter Kultur verzapft hat. Wenn du willst, kannst du das alles an einem Nachmittag in der Bücherei nachlesen.«

»Gut«, sagte ich. »Und weiter?«

»Siehst du dieses Leben jetzt nicht in einem anderen Licht, wo du weißt, daß deine Horrorvision Unsinn ist? Kommt es dir nicht weniger abstoßend vor?«

»Vielleicht weniger abstoßend. Aber immer noch abstoßend.«

»Paß auf. Nehmen wir einmal an, du seist einer der Obdachlosen dieses Landes. Keine Arbeit, keine Ausbildung, aber Frau und zwei Kinder. Du hast keine Perspektive, keine Hoffnung, keine Zukunft. Aber jetzt gebe ich dir ein Kästchen mit einem Knopf. Sobald du auf den Knopf drückst, werdet ihr im Bruchteil einer Sekunde in die Zeit vor der Revolution zurückversetzt. Ihr sprecht die Sprache und könnt alles, was die Menschen damals konnten. Du brauchst dich nie mehr darum zu sorgen, wie du dich und deine Familie durchbringst. Es ist für alles gesorgt, denn du bist ein Glied jener ursprünglichen Wohlstandsgesellschaft.«

»Gut.«

»Würdest du auf den Knopf drücken?«

»Ich weiß nicht. Ich habe so meine Zweifel.«

»Warum? Du gibst doch hier kein schönes Leben auf. Denn das ist ja die Voraussetzung: daß dein Leben hier unglücklich ist und keine Aussicht auf Besserung besteht. Trotzdem kommt dir das andere Leben noch schlimmer vor. Du hängst zwar nicht an deinem bisherigen Leben, aber du kannst dich nicht zu dem anderen Leben entschließen.«

»Genau.«

»Warum erscheint es dir so abstoßend?«

»Ich weiß nicht.«

»Mutter Kultur hat offenbar gründliche Arbeit geleistet.«

»Scheint so.«

»Also gut, versuchen wir es anders. Überall, wo die Nehmer auf Jäger und Sammler treffen, die Platz beanspruchen, den sie für sich selbst wollen, versuchen sie ihnen zu erklären, warum sie ihr Leben aufgeben und Nehmer werden sollten. Sie sagen: ›Euer Leben ist nicht nur unglücklich, es ist falsch. Der Mensch soll so nicht leben. Also kämpft nicht gegen uns, sondern schließt euch der Revolution an und helft uns, die Welt in ein Paradies für den Menschen zu verwandeln.‹«

»Ja.«

»Du übernimmst jetzt diese Rolle – die Rolle des Missionars in Sachen Kultur –, und ich spiele den Jäger und Sammler. Erkläre mir, warum das Leben, mit dem ich und mein Volk Tausende von Jahren zufrieden waren, elend, erbärmlich und abstoßend ist.«

»Oje.«

»Ich fange an, dann hast du es leichter ... Bwana, du sagst, unser Leben sei elend, schlecht und schändlich. Du sagst, die Menschen sollten nicht so leben. Das verstehen wir nicht, Bwana, denn wir waren viele tausend Jahre damit zufrieden. Aber wenn du, der du zu den Sternen reist und Worte mit der Geschwindigkeit von Gedanken um die Welt schickst, sagst, es sei nicht gut, dann müssen wir aufmerksam zuhören, was du zu sagen hast.«

»Hm … Ich merke schon, daß ihr mit eurem Leben zufrieden seid. Das ist so, weil ihr unwissend, ungebildet und dumm seid.«

»Genau das sind wir, Bwana. Bitte erleuchte uns. Sage uns, warum unser Leben elend, dreckig und schändlich ist.«

»Das ist so, weil ihr wie die Tiere lebt.«

Ismael runzelte überrascht die Stirn. »Das verstehe ich nicht, Bwana. Wir leben wie die anderen. Wir nehmen uns, was wir brauchen, und lassen den Rest in Frieden, wie der Löwe und das Reh auch. Leben der Löwe und das Reh denn in Schande?«

»Nein, aber das sind nur Tiere. Die Menschen dürfen so nicht leben.«

»Ach so«, sagte Ismael, »das wußten wir nicht. Warum dürfen wir so nicht leben?«

»Weil … weil ihr so keine Kontrolle über euer Leben habt.«

Ismael legte den Kopf schräg und sah mich an. »Inwiefern haben wir das nicht, Bwana?«

»Ihr habt keine Kontrolle über das, was am wichtigsten ist, nämlich die Versorgung mit Nahrung.«

»Das erstaunt mich sehr, Bwana. Wenn wir hungrig sind, ziehen wir los und suchen uns etwas zu essen. Was brauchen wir mehr?«

»Wenn ihr eure Nahrung selbst anbauen würdet, hättet ihr sie besser unter Kontrolle.«

»Warum, Bwana? Warum ist es so wichtig, wer die Nahrung anbaut?«

»Wenn ihr sie selbst anbaut, wißt ihr, daß sie auch da ist.«

Ismael kicherte amüsiert. »Das erstaunt mich wirklich, Bwana! Das wissen wir doch auch so. Die Welt ist voller Nahrung. Oder glaubst du, daß die Nahrung sich eines Nachts davonschleicht? Wohin sollte sie gehen? Sie ist immer da, Tag für Tag und Jahr für Jahr, im Frühling, Sommer, Herbst und Winter. Wenn das nicht so wäre, wären wir jetzt nicht hier, um mit dir darüber zu sprechen.«

»Schon, aber wenn ihr eure Nahrung selbst anbauen würdet, könntet ihr bestimmen, wieviel Nahrung da ist. Ihr könntet sagen: ›In diesem Jahr wollen wir mehr Süßkartoffeln haben, in diesem Jahr mehr Bohnen und in diesem Jahr mehr Erdbeeren.‹«

»Aber Bwana, all das wächst im Überfluß, ohne daß wir einen Finger krumm machen. Warum sollten wir mühevoll anpflanzen, was ohnehin wächst?«

»Ja, aber ... geht euch die Nahrung denn nie aus? Habt ihr nie Appetit auf Süßkartoffeln und müßt dann feststellen, daß es gerade keine gibt?«

»Natürlich kommt das vor. Aber ist es bei euch nicht genauso? Habt ihr nicht auch manchmal Appetit auf Süßkartoffeln und müßt dann feststellen, daß auf euren Feldern gerade keine wachsen?«

»Nein, denn wenn wir Süßkartoffeln essen wollen, gehen wir einfach in einen Laden und kaufen eine Büchse mit Süßkartoffeln.«

»Ja, ich habe von dieser Einrichtung gehört. Sag mir, Bwana, wenn ihr eine solche Büchse im Laden kauft – wie viele Menschen haben durch ihre Arbeit dazu beigetragen, daß die Büchse dort im Regal steht?«

»Ach, einige hundert, nehme ich an. Die Kartoffeln müssen angepflanzt, geerntet, mit Lastwagen abtransportiert und in der Konservenfabrik gereinigt werden; die entsprechenden Maschinen müssen bedient, die Büchsen in Kisten verpackt und die Kisten an die Läden verteilt und im Laden ausgepackt werden, und so weiter.«

»Verzeihung, Bwana, aber ist es nicht verrückt, daß ihr diese ganze Arbeit tut, nur um sicherzustellen, daß ihr immer Süßkartoffeln essen könnt, wenn ihr wollt? Wenn wir eine Süßkartoffel wollen, ziehen wir einfach los und graben eine aus – und wenn wir keine finden, finden wir etwas anderes, das genausogut schmeckt, aber es müssen nicht einige hundert Menschen dafür arbeiten, daß wir Süßkartoffeln haben.«

»Darum geht es doch nicht.«

»Du hast sicher recht, Bwana.«

Ich unterdrückte einen Seufzer. »Also hör zu. Solange ihr eure Nahrung nicht selbst anbaut, seid ihr von der Willkür anderer abhängig. Da ist es ganz egal, daß bisher immer genug da war. Darum geht es nicht. Ihr dürft nicht von den Launen der Götter abhängig sein. Das wäre kein menschliches Leben.«

»Warum nicht, Bwana?«

»Na ja ... schau her. Ihr geht also eines Tages auf die Jagd und fangt ein Reh. Schön, ihr habt zu essen. Wunderbar. Aber ihr hattet keinen Einfluß darauf, daß das Reh da war.«

»Nein, Bwana.«

»Gut. Am nächsten Tag geht ihr wieder auf die Jagd, und diesmal fangt ihr kein Reh. Ist das nicht schon vorgekommen?«

»Natürlich, Bwana.«

»Eben, da hast du es. Weil ihr keinen Einfluß darauf habt, ob Rehe da sind oder nicht, geht ihr leer aus. Was tut ihr jetzt?«

Ismael zuckte die Schultern. »Wir fangen ein paar Kaninchen.«

»Siehst du? Eigentlich wollt ihr ein Reh, ihr müßt euch aber notgedrungen mit Kaninchen begnügen.«

»Und ist unser Leben deshalb schändlich, Bwana? Sollen wir deshalb ein Leben aufgeben, das uns viel bedeutet, und in euren Fabriken arbeiten? Weil wir Kaninchen essen, wenn gerade kein Reh da ist?«

»Nein, laß mich ausreden. Ihr habt also keinen Einfluß darauf, ob Rehe da sind – oder Kaninchen. Angenommen, ihr geht auf die Jagd und fangt weder Rehe noch Kaninchen? Was tut ihr dann?«

»Dann essen wir etwas anderes, Bwana. Die Welt ist voller Nahrung.«

»Schon, aber hör zu, ihr könnt das doch überhaupt nicht beeinflussen ...« Ich wurde allmählich aggressiv. »Hör zu, es gibt doch keinerlei Garantie, daß immer Nahrung im Überfluß da ist. Habt ihr nie eine Dürre erlebt?«

»Doch natürlich, Bwana.«

»Und was passiert dann?«

»Das Gras verdorrt, die Pflanzen verdorren. Die Bäume tragen keine Frucht, das Wild verschwindet, und die Raubtiere werden weniger.«

»Und was passiert mit euch?«

»Wenn es eine schlimme Dürre ist, werden wir auch weniger.«

»Das heißt, ihr müßt sterben?«

»Ja, Bwana.«

»Eben! Darum geht es!«

»Ist es eine Schande, wenn man sterben muß, Bwana?«

»Nein ... Jetzt habe ich es. Hör zu, es geht um folgendes. Ihr müßt sterben, weil ihr von der Willkür der Götter abhängig seid. Ihr müßt sterben, weil ihr glaubt, die Götter würden für euch sorgen. Bei Tieren ist das egal, aber ihr müßtet es eigentlich besser wissen.«

»Wir dürfen unser Leben nicht den Göttern anvertrauen?«

»Auf keinen Fall. Ihr müßt selbst über euer Leben bestimmen. Dann lebt ihr wie Menschen.«

Ismael schüttelte nachdenklich den Kopf. »Das macht mich sehr traurig, Bwana. Seit unvorstellbarer Zeit leben wir in der Obhut der Götter, und unser Leben gefiel uns. Wir überließen den Göttern die Arbeit des Säens und des Pflanzens und lebten ein sorgenfreies Leben, und es schien, als sei auf der Welt immer genug für uns da, denn – denn schließlich leben wir!«

»Ja«, sagte ich streng, »noch lebt ihr, aber wie. Ihr habt nichts, keine Kleider, kein Dach über dem Kopf, keine Sicherheit, keinerlei Komfort und keinerlei Zukunft.«

»Und ist das so, weil wir in der Obhut der Götter leben?«

»Freilich! Für die Götter seid ihr nicht wichtiger als Löwen, Eidechsen oder Flöhe. Für diese Götter, die sich um Löwen, Eidechsen und Flöhe kümmern, seid ihr nichts Besonderes. Ihr seid lediglich ein Tier mehr, das ernährt werden muß. Augenblick.« Ich schloß die Augen und dachte nach. Dann sagte ich:

»Das ist jetzt wichtig. Die Götter unterscheiden nicht zwischen euch und den anderen Geschöpfen. Nein, das ist es auch nicht ganz. Warte.« Ich dachte wieder nach und machte einen neuen Anlauf. »Jetzt habe ich es: Die Götter ermöglichen, daß ihr leben könnt wie Tiere – zugegeben. Aber wenn ihr leben wollt wie Menschen, müßt ihr das selbst in die Hand nehmen. Die Götter tun es nicht.«

Ismael sah mich entsetzt an. »Du meinst, wir brauchen dazu etwas, das die Götter uns nicht geben wollen, Bwana?«

»So sieht es aus, ja. Die Götter geben euch, was ihr braucht, um wie Tiere zu leben, aber nicht, was ihr darüber hinaus braucht, wenn ihr wie Menschen leben wollt.«

»Aber wie ist das möglich, Bwana? Wie ist es möglich, daß die Götter in ihrer Weisheit einerseits das Universum, die Erde und das Leben auf der Erde erschaffen haben, andererseits aber dem Menschen nicht geben, was er braucht, um Mensch zu sein?«

»Ich weiß es auch nicht, aber so ist es. Der Mensch hat drei Millionen Jahre in der Obhut der Götter gelebt, und er ist nach diesen drei Millionen Jahren nicht besser dran und nicht weiter als am Anfang.«

»Wirklich, Bwana, das sind schlimme Nachrichten. Was für Götter sind das?«

Ich lachte heftig. »Die Götter, mein Freund, sind unfähig. Deshalb müßt ihr euch von ihnen befreien. Ihr müßt euer Leben selbst in die Hand nehmen.«

»Und wie stellen wir das an, Bwana?«

»Wie gesagt, ihr müßt eure Nahrung selbst anbauen.«

»Aber was ändert das, Bwana? Nahrung ist Nahrung, egal ob wir sie anbauen oder die Götter.«

»Genau darum geht es. Die Götter bauen nur an, was ihr braucht. Ihr könnt mehr anbauen, als ihr braucht.«

»Wozu, Bwana? Wozu brauchen wir mehr Nahrung als notwendig?«

»Verdammt!« brüllte ich. »Was ist daran so schwer zu kapieren!«

Ismale lächelte und sagte: »Wozu brauchen wir also mehr Nahrung als notwendig?«

»Aber darum geht es doch, verdammt noch mal! Wenn ihr mehr Nahrung habt, als ihr braucht, dann haben die Götter keine Macht über euch!«

»Wir können ihnen eine lange Nase machen.«

»Genau.«

»Trotzdem, Bwana, was sollen wir mit der Nahrung tun, wenn wir sie nicht brauchen?«

»Aufbewahren natürlich! Ihr bewahrt sie auf und könnt dann den Göttern einen Strich durch die Rechnung machen, wenn sie euch hungern lassen wollen. Ihr bewahrt die Nahrung auf, und wenn die Götter eine Dürre schicken, könnt ihr sagen: ›Nicht mit uns, nein! Wir hungern nicht, auch wenn ihr das wollt, denn wir haben unser Leben jetzt selbst in die Hand genommen!‹«

5

Ismael nickte und beendete das Spiel. »Ihr habt euer Leben jetzt also selbst in die Hand genommen.«

»Richtig.«

»Warum macht ihr euch dann überhaupt Sorgen?«

»Was meinst du?«

»Wenn ihr euer Leben selbst in die Hand genommen habt, dann hängt es doch nur von euch ab, ob ihr überlebt oder untergeht. Das ist doch damit gemeint, oder?«

»Ja. Aber es gibt eben immer noch Dinge, die wir nicht in der Hand haben. Bei einem totalen ökologischen Zusammenbruch wären wir machtlos, wir würden ihn nicht überleben.«

»Ihr seid also noch nicht endgültig in Sicherheit. Wann wird das sein?«

»Wenn wir den Göttern die ganze Welt aus den Händen genommen haben.«

»Und selbst über sie bestimmt, weil ihr kompetenter seid.«

»Richtig. Dann werden die Götter endlich keine Macht mehr über uns haben. Sie werden über nichts mehr Macht haben. Die ganze Macht wird in unseren Händen sein, und wir werden endlich frei sein.«

6

»Die Nehmer haben immer gesagt, sie seien den Göttern entfremdet, sie würden aus irgendeinem Grund auf der falschen Seite stehen. Glaubst du, das hängt damit zusammen?«

»Ja, ich glaube schon. Wir haben den Göttern wegen Unfähigkeit gekündigt. Wir haben sie hinausgeworfen – aus der Welt vertrieben und an den Himmel verbannt. Wir haben die Götter in den Ruhestand geschickt und selbst die Macht über die Welt übernommen. Das war den Göttern natürlich gar nicht recht.«

Ismael nickte. »Wegen dieser Rebellion mußten die Götter beschwichtigt werden, deshalb nehmt ihr euren Göttern gegenüber seit jeher eine beschwichtigende Haltung ein.«

»Stimmt.«

»Und was diente traditionell dazu, die Götter zu beschwichtigen? Was für einen Knochen habt ihr ihnen hingeworfen?«

»Gebete, Gottesdienste.«

»Denke nach … ganz konkret.«

Ich lachte. »Ich weiß nicht, was du meinst.«

»Die Nehmer haben nicht nur ihr eigenes Leben an sich gerissen, sondern alles Leben. Unter ihrer Herrschaft bestimmen nicht mehr die Götter über das Leben, sondern die Nehmer. Die Nehmer entscheiden, wer lebt und wer stirbt. Sie haben den Göttern die Herrschaft über das Leben selbst gestohlen.«

»Stimmt.«

»Was wäre eine angemessene Sühne für ein solches Verbrechen? Welche Art der Wiedergutmachung?«

»Sicher ist es wieder ganz banal …«

»Denk an ein konkretes Zeichen, das soviel sagt wie: Hier, nehmt das als Wiedergutmachung und mäßigt euren Zorn.«

»Ein Tieropfer.«

»Ein Tieropfer oder irgendein anderes Opfer, etwa ein Teil der Ernte – zur Seite gelegt, um es den Göttern zurückzugeben. Ein Geschenk, das sagt: ›Seht her, wir haben nicht vergessen, woher das kommt.‹ Warum?«

»Um sie zu besänftigen.«

»Ja, aber warum müßt ihr sie besänftigen?«

»Weil sie zornig sind.«

»Ich meine, warum kümmert ihr euch darum? Was macht es, wenn sie zornig sind?«

»Ach so. Die Nehmer mußten die Götter besänftigen, weil sie immer noch Dinge brauchten, die in der Hand der Götter waren. Es gab viele solche Dinge, zum Beispiel den Regen.«

»Aber im Lauf der Zeit wurde diese Art der Sühne immer nachlässiger ausgeübt und schließlich überhaupt nicht mehr. Warum?«

»Weil die Nehmer so erfolgreich Nahrung anbauten, daß sie sich leisten konnten, die Götter zu ignorieren.«

»Bis eine wirklich schlimme Dürre kam. Dann fiel ihnen ein, was sie tun mußten. Die Götter waren böse und mußten mit einer größeren Anzahl Kälber, Ziegen und Kühe besänftigt werden. Noch die Griechen und Römer brachten den Göttern regelmäßig Opfer dar, um sie bei Laune zu halten.«

»Ja. Ich weiß nicht … Ich versuche mich gerade daran zu erinnern, was das Opfer für die Nehmer bedeutete. Ich meine, was dachten die Griechen und Römer sich dabei? Warum ein Glas Wein auf den Boden schütten? Warum sollte das die Götter besänftigen?«

»Man brauchte das gar nicht so genau zu wissen. Die Überzeugung, daß ein Opfer die Götter besänftigte, war uralt. Das reichte.«

»Stimmt.«

7

»Und?« sagte Ismael. »Kommen wir voran?«

»Ich glaube schon.«

»Glaubst du, wir wissen jetzt, was deiner Abneigung gegen das Leben vor der Revolution zugrunde liegt?«

»Ja. Keine Ermahnung Christi war vergeblicher als diese: ›Sorgt euch nicht um morgen. Sorgt euch nicht darum, was ihr essen werdet. Seht euch die Vögel am Himmel an. Sie säen nicht, sie ernten nicht und sie sammeln nicht in die Scheunen, und Gott nährt sie doch. Glaubt ihr nicht, daß er dasselbe auch für euch tun wird?‹ In unserer Kultur antworten die weitaus meisten Menschen auf diese Frage: ›Verdammt noch mal, nein!‹ Sogar die frömmsten Mönche säten und ernteten und füllten ihre Scheunen.«

»Und Franz von Assisi?«

»Franz von Assisi vertraute auf die Wohltätigkeit der Bauern, nicht auf die Wohltätigkeit der Götter. Sogar die Orthodoxesten der Orthodoxen sind taub, wenn Jesus von den Vögeln am Himmel und den Lilien auf dem Feld spricht. Sie wissen genau, daß das nur schöne Reden sind.«

»Also lag deiner Meinung nach folgendes eurer Revolution

zugrunde: Ihr wolltet selbst über euer Leben bestimmen, und das wollt ihr noch immer.«

»Ja, genau. Etwas anderes ist für mich unvorstellbar. Ich kann mir nur vorstellen, daß die Jäger und Sammler in ständiger Angst darüber leben, was der nächste Tag bringen wird.«

»Und doch ist es nicht so. Jeder Anthropologe kann dir das bestätigen. Die Jäger und Sammler haben weit weniger Angst als ihr. Sie haben keine Jobs zu verlieren. Niemand sagt zu ihnen: ›Gib mir Geld, oder du bekommst kein Essen, keine Kleider und kein Dach über dem Kopf.‹«

»Ich glaube dir. Vom Verstand her glaube ich dir. Aber ich spreche von meinen Gefühlen, von meiner kulturellen Konditionierung. Sie sagt mir – Mutter Kultur sagt mir –, daß ein Leben in der Hand der Götter ein Leben in Angst und Schrecken ist, ein endloser Alptraum.«

»Und das tut die Revolution für dich: Sie befreit dich von diesem schrecklichen Alptraum, sie befreit dich aus den Händen der Götter.«

»So ist es.«

»Jetzt haben wir zwei neue Namen für dich. Die Nehmer sind die, die wissen, was gut und böse ist, und die Lasser sind ...?«

»Die Lasser sind die, deren Leben in der Hand der Götter ist.«

Zwölf

1

Gegen drei Uhr hörte der Regen auf. Der Jahrmarkt erwachte zu neuem Leben, und wieder drängten die Massen herbei, um ihr Geld loszuwerden. Ziellos ließ ich mich eine Weile treiben und um einige Dollars erleichtern, dann kam mir die Idee, Ismaels Eigentümer aufzusuchen. Dieser war ein Schwarzer namens Art Owens. Er hatte stechende Augen, war ungefähr einssechzig groß und hatte in seinem Leben sicher viel Zeit mit Gewichtheben zugebracht. Ich sagte, ich sei daran interessiert, seinen Gorilla zu kaufen.

»Ernsthaft?« fragte er, und es klang weder verächtlich noch beeindruckt noch interessiert noch sonstwas.

Ich bejahte und fragte nach dem Preis.

»So gegen dreitausend.«

»So groß ist mein Interesse nun auch wieder nicht.«

»Wie groß ist es dann?« Es klang neugierig, aber nicht wirklich interessiert.

»Mehr so gegen tausend.«

Er grinste – aber nur ein bißchen, fast höflich. Irgendwie gefiel mir der Bursche.

»Das Tier ist steinalt, müssen Sie wissen. Die Johnsons haben es in den dreißiger Jahren mitgebracht.«

Das erregte seine Aufmerksamkeit. Er fragte, woher ich das wisse.

»Ich kenne das Tier«, sagte ich kurz, als ob ich noch tausend andere Gorillas kennen würde.

»Könnte auf zweifünf runtergehen«, sagte er.

»Das Problem ist nur, daß ich keine zweifünf habe.«

»Sehen Sie, ich habe bei einem Maler schon ein Schild bestellt«, sagte er. »Gegen zweihundert Vorauszahlung.«

»Hm. Wahrscheinlich könnte ich fünfzehnhundert zusammenbringen.«

»Unter zweitausendzweihundert läuft nichts, Tatsache.«

Tatsache war, daß er, wenn ich ihm das Geld unter die Nase hielt, mit Freuden auf zweitausend heruntergehen würde. Vielleicht sogar auf achtzehnhundert. Ich sagte, ich würde darüber nachdenken.

2

Es war Freitag abend, die Besuchermassen machten sich deshalb erst ab elf auf den Heimweg, und mein altersschwacher Hilfsarbeiter kam erst gegen Mitternacht, um seine zwanzig Dollar Bestechung zu kassieren. Ismael schlief im Sitzen, immer noch in die Decken eingewickelt, aber ich hatte keine Skrupel, ihn zu wecken. Er sollte die Vorteile eines unabhängigen Lebens schätzen lernen.

Er gähnte und mußte zweimal niesen. Dann befreite er seine Kehle durch ein Räuspern von einer Unmenge Schleim und sah mich mit erschöpften Augen böse an.

»Komm morgen wieder«, krächzte er.

»Morgen ist Samstag – das ist hoffnungslos.«

Es ärgerte ihn, aber er wußte, daß ich recht hatte. Also schob er das Unvermeidliche noch eine Weile hinaus, indem er umständlich sich selbst, seinen Käfig und seine Decken in Ordnung brachte. Dann ließ er sich nieder und sah mich verdrossen an.

»Wo waren wir stehengeblieben?«

»Bei zwei neuen Namen für die Nehmer und die Lasser: die, die wissen, was gut und böse ist, und die, deren Leben in der Hand der Götter ist.«

Ismael grunzte.

3

»Was passiert mit Menschen, deren Leben in der Hand der Götter ist, im Unterschied zu denen, die ihr Leben auf der Erkenntnis des Guten und Bösen aufbauen?«

»Laß mich überlegen«, sagte ich. »Ich glaube zwar nicht, daß du das meinst, aber etwas anderes fällt mir nicht ein: Die Menschen, deren Leben in der Hand der Götter ist, unterwerfen sich die Welt nicht und zwingen nicht alle dazu, zu leben wie sie. Die Menschen dagegen, die wissen, was gut und böse ist, tun das.«

»Du hast die Frage umgedreht«, sagte Ismael. »Ich fragte, was mit Menschen, deren Leben in der Hand der Götter ist, passiert, und zwar im Unterschied zu denen, die wissen, was gut und böse ist. Du hast mir das Gegenteil gesagt: was den einen Menschen im Unterschied zu den anderen *nicht* widerfährt.«

»Du suchst also nach etwas Positivem, das denen zustößt, deren Leben in der Hand der Götter ist.«

»Richtig.«

»Hm. Sie lassen die anderen Menschen leben, wie diese es wollen.«

»Jetzt sagst du mir, was sie tun, nicht, was ihnen zustößt. Es geht mir um die Auswirkungen ihres Lebensstils.«

»Tut mir leid, aber ich weiß nicht, worauf du hinauswillst.«

»Du weißt es, du bist nur nicht gewohnt, in diesen Begriffen zu denken.«

»Also gut.«

»Du erinnerst dich an die Frage, deren Beantwortung wir uns heute morgen vorgenommen haben: Wie wurde der Mensch zum Menschen? Wir suchen immer noch die Antwort auf diese Frage.«

Ich stöhnte laut und deutlich.

»Warum stöhnst du?« fragte Ismael.

»Weil so allgemeine Fragen mir angst machen. Wie wurde der Mensch zum Menschen? Ich weiß es nicht. Er wurde es einfach. Er wurde es, wie die Vögel Vögel wurden und die Pferde Pferde.«

»Bravo.«

»Mach dich nicht über mich lustig«, sagte ich.

»Offensichtlich hast du gar nicht verstanden, was du gerade gesagt hast.«

»Wahrscheinlich nicht.«

»Ich erkläre es dir. Wer war der Vorläufer der Gattung *Homo?*«

»Der *Australopithecus.*«

»Gut. Und wie wurde der *Australopithecus* zum Menschen?«

»Er wartete einfach ab.«

»Bitte! Du sollst denken.«

»Entschuldigung.«

»Vielleicht wurde er zum Menschen, indem er sagte: ›Wir wissen jetzt genauso wie die Götter, was gut und böse ist, also ist unser Leben jetzt nicht mehr in ihrer Hand wie das Leben der Kaninchen und Eidechsen. Von jetzt an bestimmen wir selbst, wer auf dieser Erde lebt und wer stirbt, nicht die Götter.‹«

»Das glaube ich nicht.«

»Wäre das nicht möglich gewesen?«

»Nein.«

»Warum nicht?«

»Weil das die Bedingungen außer Kraft gesetzt hätte, unter denen Evolution stattfindet.«

»Genau. Und jetzt kannst du die Frage beantworten: Was passiert mit Menschen – und anderen Geschöpfen –, deren Leben in der Hand der Götter ist?«

»Ach so, jetzt verstehe ich. Sie entwickeln sich unter den Bedingungen der Evolution.«

»Und jetzt kannst du auch die Frage beantworten, die ich heute morgen gestellt habe: Wie wurde der Mensch zum Menschen?«

»Indem er in der Obhut der Götter lebte.«

»Wie die Buschmänner in Afrika.«

»Ja.«

»Nicht wie die Einwohner von Chicago.«

»Nein.«

»Oder London.«

»Nein.«

»Du weißt jetzt also, was mit Menschen passiert, deren Leben in der Hand der Götter ist.«

»Ja. Sie entwickeln sich.«

»Warum entwickeln sie sich?«

»Weil sie es können. Weil die Evolution es so will. Der Vorgänger des Menschen entwickelte sich zum Menschen im Wettbewerb mit dem Rest der Schöpfung. Er entwickelte sich zum Menschen, weil er sich nicht außerhalb des Wettbewerbs stellte, und weil er der natürlichen Selektion unterworfen war.«

»In anderen Worten, er war Teil der umfassenden Gemeinschaft des Lebens.«

»Ja.«

»Und deshalb entwickelte er sich – vom *Australopithecus* zum *Homo habilis,* vom *Homo habilis* zum *Homo erectus,* vom *Homo erectus* zum *Homo sapiens* und vom *Homo sapiens* zum *Homo sapiens sapiens.*«

»Ja.«

»Und was geschah dann?«

»Dann sagten die Nehmer: ›Wir wollen nicht mehr von den Göttern abhängig sein. Wir wollen keine natürliche Selektion mehr, nein danke.‹«

»Und damit basta.«

»Ja.«

»Du erinnerst dich, daß ich sagte, eine Geschichte aufführen heißt, so zu leben, daß die Geschichte Wirklichkeit werden kann.«

»Ja.«

»Der Geschichte der Nehmer zufolge war die Schöpfung mit dem Menschen zu Ende.«

»Ja. Und?«

»Wie kann man diese Annahme wahr machen? Was würdest du tun, damit die Schöpfung tatsächlich mit dem Menschen zu Ende ist?«

»Ach so, jetzt verstehe ich. Ich würde leben wie die Nehmer. Wir leben doch, als wollten wir die Schöpfung beenden. Wenn wir so weitermachen, wird es keinen Nachfolger des Menschen geben und keinen Nachfolger des Schimpansen, des Orang-Utans oder des Gorillas – überhaupt keine Nachfolger jetzt lebender Geschöpfe. Alles wird mit uns zu Ende sein. Die Nehmer müssen die Schöpfung beenden, um ihre Geschichte wahr zu machen – und leider sind sie auf dem besten Weg dazu.«

4

»Als ich dir am Beginn unseres Gespräches half, die Prämisse zu finden, auf der die Geschichte der Nehmer aufbaut, sagte ich, daß die Geschichte der Lasser auf einer ganz anderen Prämisse aufbaut.«

»Ja.«

»Vielleicht kannst du diese Prämisse jetzt formulieren.«

»Ich glaube nicht. Im Augenblick fällt mir nicht einmal die Prämisse der Geschichte der Nehmer ein.«

»Sie wird dir wieder einfallen. Jede Geschichte ist die Weiterentwicklung einer solchen Prämisse.«

»Ja, gut. Die Prämisse der Geschichte der Nehmer war, daß die Welt dem Menschen gehört.« Ich überlegte einige Augenblikke, dann lachte ich. »Es klingt fast zu einfach, aber die Prämisse der Geschichte der Lasser ist, daß umgekehrt der Mensch zur Welt dazugehört.«

»Was bedeutet?«

»Was bedeutet ...« Ich lachte laut. »Das ist wirklich zuviel.«

»Weiter.«

»Es bedeutet, daß jedes Geschöpf seit der Entstehung des Lebens zur Welt dazugehört und notwendiger Teil eines Ganzen ist – und daß so die Welt entstanden ist. Die Einzeller, die in den Urmeeren schwammen, gehörten dazu, und weil das so war, konnte sich alles folgende Leben entwickeln. Die Quastenflosser an den Küsten der Kontinente gehörten dazu, und deshalb entwickelten sich die Lurche. Und weil die Lurche dazugehörten, entwickelten sich die Reptilien. Und weil die Reptilien dazugehörten, entwickelten sich die Säugetiere. Und weil die Säugetiere dazugehörten, entwickelten sich die Primaten. Und weil die Primaten dazugehörten, entwickelte sich der *Australopithecus*. Und weil der *Australopithecus* dazugehörte, entwickelte sich der Mensch. Und drei Millionen Jahre lang gehörte auch der Mensch dazu – und weil das so war, wuchs er und entwikkelte sich, wurde intelligenter und geschickter, bis er eines Tages so klug und geschickt war, daß man ihn *Homo sapiens sapiens* nennen mußte, was heißt, daß er war wie wir.«

»Und so haben die Lasser drei Millionen Jahre gelebt – als Teil eines größeren Ganzen.«

»Richtig. Und so ist der Mensch entstanden.«

5

»Wir wissen, was passiert, wenn wir von der Prämisse der Nehmer ausgehen, daß die Welt dem Menschen gehört«, sagte Ismael.

»Ja, eine Katastrophe.«

»Und was passiert, wenn wir von der Prämisse der Lasser ausgehen, daß der Mensch ein Teil der Schöpfung ist?«

»Dann geht die Schöpfung ewig weiter.«

»Und was hältst du davon?«

»Ich bin voll dafür.«

6

»Da fällt mir etwas ein«, sagte ich.

»Ja?«

»Mir fällt ein, daß die Geschichte, die ich gerade erzählt habe, die Geschichte ist, die die Lasser seit drei Millionen Jahren auf der Welt aufführen. Die Geschichte der Nehmer geht so: Die Götter haben die Welt für den Menschen erschaffen, aber sie haben gepfuscht, deshalb mußten wir die Sache selbst in die Hand nehmen, weil wir klüger sind. Die Geschichte der Lasser geht so: Die Götter haben den Menschen in die Welt gesetzt, wie sie den Lachs, den Spatzen und das Kaninchen in die Welt gesetzt haben; das hat bisher eigentlich gut funktioniert, deshalb brauchen wir uns keine Sorgen zu machen und können die Geschicke der Welt ruhig den Göttern überlassen.«

»Richtig. Man kann die Geschichte anders erzählen, wie man auch die Geschichte der Nehmer anders erzählen kann, aber diese Version ist so gut wie eine andere.«

Ich überlegte, dann sagte ich: »Ich denke gerade nach, was

der Sinn der Welt, die Absichten der Götter und die Bestimmung des Menschen sind. Laut der Geschichte der Lasser.«

»Und?«

»Der Sinn der Welt ... Ich glaube, das dritte Kapitel der Genesis hat recht. Die Welt ist ein Garten – der Garten der Götter. Ich sage das, obwohl ich starke Zweifel habe, ob überhaupt Götter im Spiel sind. Aber ich finde, es tut gut und macht Mut, sich das so vorzustellen.«

»Ich verstehe.«

»In dem Garten stehen zwei Bäume, einer für die Götter und einer für uns. Der Baum für die Götter ist der Baum der Erkenntnis des Guten und Bösen, der für uns ist der Baum des Lebens. Aber wir finden den Baum des Lebens nur, wenn wir im Garten bleiben – und im Garten bleiben können wir nur, wenn wir die Hände vom Baum der Götter lassen.«

Ismael nickte bestätigend.

»Dann die Absichten der Götter ... Es sieht so aus ... Der Evolution wohnt doch eine Art Tendenz inne, oder? Wenn man mit den primitiven Lebewesen in den Urmeeren anfängt und dann Schritt für Schritt zu dem fortschreitet, was heute lebt – und noch weiter –, bemerkt man eine Tendenz zu ... zu größerer Komplexität, und zu Selbstbewußtsein und Intelligenz. Einverstanden?«

»Ja.«

»Das heißt, eine ganze Menge Lebewesen scheint in ihrer Entwicklung kurz vor diesem Selbstbewußtsein und dieser Intelligenz zu stehen. Die Götter haben also bestimmt nicht nur auf den Menschen gesetzt. Wir sollten nie die einzigen Spieler auf dieser Bühne sein. Offensichtlich wollten die Götter die Erde zu einem Garten voller intelligenter und selbstbewußter Wesen machen.«

»So sieht es tatsächlich aus. Und wenn es so ist, liegt die Bestimmung des Menschen eigentlich auf der Hand.«

»Erstaunlicherweise ja – der Mensch ist das erste selbstbewußte und intelligente Wesen. Er ist der Pionier, der Pfadfinder. Sein Schicksal ist es, als erster zu erfahren, daß Geschöpfe wie der Mensch die Wahl haben: Sie können gegen die Götter arbeiten und dabei umkommen – oder aber zur Seite treten und Platz für den Rest der Schöpfung machen. Aber das ist noch nicht alles. Der Mensch ist dazu bestimmt, der Stammvater der anderen zu sein – ich meine nicht im Sinn direkter Nachkommenschaft. Indem er den anderen eine Chance gibt – den Walen, Delphinen, Schimpansen und Waschbären – wird er gewissermaßen ihr Vorläufer … Und eigenartig, das ist eine noch großartigere Bestimmung, als die Nehmer es sich erträumen.«

»Inwiefern?«

»Überlege doch. Lebewesen, die in einer Milliarde Jahren leben, werden sagen: ›Der Mensch? Ach ja, der Mensch! Was für ein wunderbares Geschöpf er war! Er hätte die ganze Welt und mit ihr unsere Zukunft zerstören können – aber er sah das Licht, bevor es zu spät war, und hielt inne. Er hielt inne und gab uns anderen eine Chance. Er zeigte uns, wie man es anstellen muß, wenn die Welt ewig ein Garten bleiben soll. Der Mensch ist unser aller Vorbild!‹«

»Kein zu verachtendes Schicksal.«

»Nein, auf keinen Fall. Und jetzt merke ich, daß das …«

»Ja?«

»Daß das der Geschichte eine gewisse Form gibt. Die Welt ist etwas Wunderbares. Sie war kein Chaos, das vom Menschen erobert und geordnet werden mußte. Anders gesagt, es ist nicht notwendig, daß sie dem Menschen gehört – aber es ist notwendig, daß der Mensch zu ihr dazugehört. Ein Geschöpf mußte zum erstenmal feststellen, daß es diese beiden Bäume im Garten gab, einen für die Götter und einen für die Geschöpfe der Erde. Ein Geschöpf mußte den Anfang machen, und dann, dann … dann war alles möglich. Anders gesagt, der Mensch hat einen Platz in der Welt, aber nicht den des Herrschers. Die Herrscher sind die Götter. Die Bestimmung des Menschen ist es, der erste zu sein. Der erste, aber nicht zugleich der letzte. Diese Erfahrung ist ihm bestimmt – und dann soll er den anderen Geschöpfen Platz machen, damit sie werden können, was er geworden ist. Und vielleicht kommt einmal die Zeit, in der der Mensch der Lehrer der anderen Geschöpfe sein wird. Nicht der einzige Lehrer und auch nicht der letzte, vielleicht nur der erste Lehrer, der Lehrer im Kindergarten – aber selbst das wäre kein zu verachtendes Schicksal. Und weißt du was?«

»Was?«

»Ich habe die ganze Zeit gedacht: ›Das ist ja alles sehr interessant, aber was soll das? Ändern wird sich ja doch nichts.‹«

»Und jetzt?«

»Genau so eine Geschichte brauchen wir. Wir dürfen nicht immer nur davon reden, daß alles so falsch ist. Daß wir uns einschränken müssen. Die Menschen brauchen ein positives Ziel, auf das sie zuarbeiten können. Sie brauchen die Vision von etwas, das ... Ich weiß nicht. Etwas, das ...«

»Du meinst wahrscheinlich, daß man die Menschen nicht nur ausschimpfen darf, bis sie sich dumm und schuldig vorkommen. Sie brauchen mehr als eine Weltuntergangsvision. Sie brauchen eine Vision von der Welt und sich selbst, die sie inspiriert, die ihnen Hoffnung macht.«

»Genau das. Die Umweltverschmutzung zu verringern, inspiriert nicht. Den Müll zu sortieren, inspiriert nicht. Den Gebrauch von Fluorkohlenwasserstoffen zu verbieten, inspiriert nicht. Aber das ... diese neue Vorstellung von uns selber und der Welt ... das ...«

Ich brach ab. Verdammt noch mal, Ismael wußte ja, was ich sagen wollte.

7

»Du verstehst jetzt sicher, was ich ganz am Anfang gesagt habe. Die Geschichte, die die Nehmer hier aufführen, ist nicht das zweite Kapitel jener Geschichte, die in den ersten drei Millionen Jahren des menschlichen Lebens auf der Erde aufgeführt wurde. Die Geschichte der Lasser hat ein eigenes zweites Kapitel.«

»Was enthält dieses zweite Kapitel?«

»Das hast du doch gerade gesagt.«

»Wirklich?«

Ismael überlegte einen Augenblick. »Wir werden nie wissen, was für Ziele die Lasser in Europa und Asien hatten, als die Menschen deiner Kultur kamen und sie vernichteten. Aber wir wissen, was sie hier in Nordamerika vorhatten. Sie überlegten, wie sie seßhaft werden konnten, ohne gegen ihr bisheriges Leben zu verstoßen, also ohne anderes Leben zu vernichten. Ich sage nicht, daß sie dabei irgendwelche hohen Ideale hatten. Ich meine nur, sie dachten nicht entfernt daran, sich zu den Herren allen Lebens aufzuschwingen und dem Rest der Lebensgemeinschaft den Krieg zu erklären. Wenn sie sich fünf- oder zehntausend Jahre so weiterentwickelt hätten, hätten sich auf diesem Kontinent vielleicht ein Dutzend Zivilisationen auf demselben Niveau wie eure entwickelt, jede mit anderen Werten und Zielen. Das wäre nicht undenkbar gewesen.«

»Nein, überhaupt nicht. Oder vielmehr doch. Dem Mythos der Nehmer zufolge sind alle Zivilisationen der Welt notwendigerweise Nehmer-Zivilisationen, in denen die Menschen über das Leben herrschen. Das ist so selbstverständlich, daß es gar nicht mehr gesagt werden muß. Jede außerirdische Zivilisation in der Geschichte der Science-fiction ist eine Nehmer-Zivilisation. Jede Zivilisation, der das amerikanische Raumschiff *Enterprise* begegnete, ist eine Nehmer-Zivilisation. Denn intelligente Lebewesen werden selbstverständlich überall versuchen, von den Göttern unabhängig zu werden und ihr Leben selbst in die

Hand zu nehmen, da sie überzeugt sind, die Welt gehöre ihnen und nicht umgekehrt.«

»Richtig.«

»Da fällt mir eine wichtige Frage ein. Was genau würde es für uns heute bedeuten, zur Welt dazuzugehören? Denn du sagst ja nicht, daß nur Jäger und Sammler dazugehören.«

»Gut, daß du das fragst. Obwohl, wenn die Buschmänner in Afrika oder die Kalapalo Brasiliens – wenn noch welche übrig sind – die nächsten zehn Millionen Jahre weiterleben würden wie bisher, wäre das sicher segensreich für sie und für die ganze Welt.«

»Ja. Aber das beantwortet meine Frage nicht. Wie kann ein zivilisiertes Volk sich als Teil der Schöpfung verstehen?«

Ismael schüttelte den Kopf in einer Mischung aus Ungeduld und Verzweiflung. »Zivilisiert hat damit gar nichts zu tun. Wie können das Taranteln? Oder Haie?«

»Das verstehe ich nicht.«

»Sieh dich um, und du wirst Geschöpfe sehen, die sich verhalten, als gehöre die Welt ihnen, und andere, die sich verhalten, als gehörten sie zur Welt dazu. Kannst du sie auseinanderhalten?«

»Ja.«

»Die Geschöpfe, die sich verhalten, als gehörten sie zur Welt dazu, befolgen das Gesetz des Friedens und ermöglichen dadurch anderen Geschöpfen, zu wachsen und das in ihnen angelegte Potential zu verwirklichen. So entstand der Mensch. Die Geschöpfe, die zur Zeit des *Australopithecus* lebten, betrachteten die Welt nicht als ihr Eigentum, deshalb ließen sie ihn leben und wachsen. Was hat das damit zu tun, daß jemand zivilisiert ist? Heißt zivilisiert, daß man die Welt zerstören muß?«

»Nein.«

»Heißt es, daß man anderen Geschöpfen den zum Leben notwendigen Raum nicht zugestehen darf?«

»Nein.«

»Daß man nicht so harmlos wie Haie, Taranteln oder Klapperschlangen sein darf?«

»Nein.«

»Daß man einem Gesetz nicht mehr gehorchen darf, dem sogar Schlangen und Regenwürmer ohne Schwierigkeit gehorchen?«

»Nein.«

»Ich habe vor einiger Zeit gesagt, die menschliche Seßhaftigkeit verstoße nicht gegen das Gesetz, sondern sei ihm unterworfen – dasselbe gilt für Zivilisationen. Auf was genau zielt deine Frage also?«

»Jetzt weiß ich es selbst nicht mehr. Zur Welt dazugehören heißt offensichtlich ... zum selben Verein gehören wie die anderen. Wobei der Verein die Gemeinschaft des Lebens ist. Man gehört also diesem Verein an und befolgt dieselben Regeln wie die anderen.«

»Und wenn Zivilisation überhaupt eine Bedeutung hat, dann die, daß ihr die Leiter des Vereins seid, nicht Verbrecher, die ihm den Garaus machen.«

»Ja.«

8

»Um noch einmal auf die Hoffnung zurückzukommen«, sagte Ismael, »ich habe den Eindruck, daß es heute noch eine andere vielversprechende Quelle der Hoffnung gibt.«

»Welche denn?«

»Meine anderen Schüler sagten, als sie an diesem Punkt angekommen waren: ›Das ist ja alles ganz wunderbar – aber die Menschen werden ihre Herrschaft nicht aufgeben. Das ist ausgeschlossen. Es wird nie geschehen. Nicht in tausend Jahren.‹

Und ich konnte ihnen kein Gegenbeispiel geben, das zu Hoffnung berechtigt hätte. Jetzt kann ich das.«

Ich brauchte etwa anderthalb Minuten, um draufzukommen, was er meinte. »Du meinst, was in den letzten Jahren in der Sowjetunion und in Osteuropa passiert ist.«

»Richtig. Wer vor zehn, zwanzig Jahren vorausgesagt hätte, der Marxismus würde bald von oben demontiert werden, wäre als Narr und Spinner ausgelacht worden.«

»Stimmt.«

»Aber die Aussicht auf ein neues Leben beflügelte die Menschen dieser Länder, und die Demontage kam fast über Nacht.«

»Ganz deiner Meinung. Vor fünf Jahren hätte ich noch gesagt, Glaube und Hoffnung könnten einen solchen Umschwung nicht bewirken – und genausowenig den Umschwung, über den wir sprechen.«

»Und jetzt?«

»Jetzt kann ich es mir immerhin vorstellen. Es ist zwar völlig unwahrscheinlich, aber nicht undenkbar.«

9

»Aber ich habe noch eine Frage«, sagte ich.

»Ich höre.«

»In deiner Anzeige war die Rede von ›ernsthaftem Verlangen, die Welt zu retten‹.«

»Und?«

»Was tue ich, wenn ich die Welt ernsthaft retten will?«

Ismael starrte mich stirnrunzelnd eine längere Zeit durch das Gitter an. »Willst du von mir ein Programm?«

»Ja, ein Programm.«

»Hier ist es: Die Geschichte der Genesis muß umgekehrt werden. Erstens darf Kain Abel nicht mehr umbringen. Das ist entscheidend, wenn ihr überleben wollt. Die Lasser sind von den gefährdeten Arten der Welt die wichtigste – nicht weil sie Menschen sind, sondern weil nur sie den Zerstörern der Welt zeigen können, daß es kein Leben gibt, das als einziges richtig wäre. Und zweitens müßt ihr natürlich die Frucht des verbotenen Baumes ausspucken. Ihr müßt euch vollständig und für immer von der Vorstellung verabschieden, ihr könntet auf diesem Planeten über Leben und Tod bestimmen.«

»Das leuchtet mir ja alles ein, aber es ist ein Programm für die ganze Menschheit, nicht für mich. Was kann ich tun?«

»Du kannst hundert Schüler lehren, was ich dich gelehrt habe, und ihnen Mut machen, das Gelernte wieder an je hundert Schüler weiterzugeben. So macht man es doch immer.«

»Schon, aber … reicht das?«

Ismael runzelte die Stirn. »Nein, natürlich nicht. Nur, wenn du anders anfängst, besteht überhaupt keine Hoffnung. Man kann nicht das Verhalten der Menschen ändern wollen, ohne zugleich ihre Vorstellung von der Welt, den Absichten der Götter und der Bestimmung des Menschen zu ändern. Solange die Menschen deiner Kultur überzeugt sind, die Welt gehöre ihnen und es sei ihr von den Göttern bestimmtes Schicksal, sie zu erobern und zu beherrschen, werden sie natürlich weiter das tun, was sie seit zehntausend Jahren tun. Sie werden die Erde weiter so behandeln, als sei sie menschliches Eigentum, und sie werden sie weiter erobern, als sei sie ein Gegner. So etwas kann man nicht durch Gesetze ändern. Man muß das Denken der Menschen ändern. Und man kann nicht einfach die schlechten Gedanken ausmerzen und nichts an ihre Stelle setzen. Man muß den Menschen etwas geben, das ihnen genausoviel bedeutet wie das Verlorene – etwas Sinnvolleres als den schrecklichen alten Übermenschen, der alles vernichtet, was nicht direkt oder indirekt seinen Bedürfnissen dient.«

Ich schüttelte den Kopf. »In anderen Worten, jemand müßte

für die heutige Welt sein, was Paulus für das Römische Reich war.«

»Im Grunde ja. Ist das so unmöglich?«

Ich lachte. »Unmöglich ist gar kein Ausdruck. Genausogut könntest du den Atlantik einen Wassertropfen nennen.«

»Ist es wirklich so unmöglich in einem Zeitalter, in dem ein Showmaster im Fernsehen in zehn Minuten mehr Menschen erreicht als Paulus in seinem ganzen Leben?«

»Ich bin kein Showmaster.«

»Aber ein Schriftsteller.«

»Nicht so einer.«

Ismael zuckte die Schultern. »Gut für dich. Dann bist du von allen Verpflichtungen erlöst. Erlöst von eigenen Gnaden.«

»Das habe ich nicht gemeint.«

»Was hast du von mir erwartet? Eine Zauberformel? Ein Zauberwort, das alle Probleme auf einen Schlag löst?«

»Nein.«

»Offenbar bist du gar nicht so verschieden von denen, die du angeblich verachtest: Du willst nur ein ruhiges Gewissen haben, damit du dem Ende gefaßt entgegensehen kannst.«

»Nein, überhaupt nicht. Du kennst mich nicht gut genug. Es geht mir immer so – zuerst sage ich: ›Nein, nein, unmöglich, wirklich vollkommen unmöglich‹, und schließlich tue ich es doch.«

10

»Eine Kleinigkeit habe ich noch vergessen«, sagte Ismael und ließ einen langen, rasselnden Seufzer ertönen, als ob es ihm leid täte, daß ihm das eingefallen sei.

Ich wartete stumm.

»Einer meiner Schüler war ein ehemaliger Häftling. Bewaffneter Raubüberfall. Habe ich dir davon erzählt?«

Ich verneinte.

»Die Zusammenarbeit mit ihm hat mir mehr gebracht als ihm, fürchte ich. Vor allem habe ich von ihm gelernt, daß die Gefängnisinsassen anders als in den Filmen über Gefängnisse keineswegs alle gleich sind. Es gibt unter ihnen wie in der Welt draußen Reiche und Arme, Starke und Schwache. Und den Reichen und Starken geht es im Gefängnis verhältnismäßig gut – natürlich nicht so gut wie in der Außenwelt, aber doch viel besser als den Armen und Schwachen. Sie können fast alles haben, was sie wollen, Drogen, Essen, Sex und alles mögliche.«

Ich zog die Augenbrauen hoch.

Ismael nickte. »Du willst wissen, was das mit unserem Thema zu tun hat. Sehr viel: Die Welt der Nehmer ist ein einziges großes Gefängnis, und von einer Handvoll über die ganze Welt verstreuten Lassern abgesehen, befindet sich heute die ganze Menschheit in diesem Gefängnis. Im letzten Jahrhundert wurden die Völker der Lasser in Nordamerika vor die Wahl gestellt: Ausrottung oder Gefängnis. Viele wählten das Gefängnis, aber nur wenige konnten sich an das Gefängnisleben gewöhnen.«

»Stimmt.«

Ismael musterte mich mit tränenden Augen. »Natürlich braucht ein gut funktionierendes Gefängnis auch eine Gefängnisindustrie. Du weißt sicher warum.«

»Ja … um die Gefangenen zu beschäftigen wahrscheinlich. Um sie von der Langeweile und Leere ihres Lebens abzulenken.«

»Ja. Weißt du, was ihr tut, um euch abzulenken?«

»Du meinst, in unserem Gefängnis? Spontan fällt mir nichts ein. Wahrscheinlich ist es wieder ganz banal.«

»So ist es.«

Ich überlegte. »Wir zerstören die Welt.«

Ismael nickte. »Volltreffer beim ersten Versuch.«

11

»Zwischen den Insassen eurer Strafgefängnisse und eures kulturellen Gefängnisses besteht ein wichtiger Unterschied: Die Verbrecher wissen, daß die Verteilung von Reichtum und Armut im Gefängnis nichts mit Gerechtigkeit zu tun hat.«

Ich sah Ismael eine Zeitlang verständnislos an, dann bat ich ihn, das zu erklären.

»Welche Insassen haben in eurem kulturellen Gefängnis die Macht?«

»Ach so«, sagte ich. »Die männlichen Insassen. Und davon wiederum besonders die Weißen.«

»Richtig. Aber denk daran, daß diese weißen, männlichen Insassen Gefangene sind und keine Wärter. Sie mögen noch soviel Macht und Privilegien haben und die anderen Insassen noch so sehr schikanieren, keiner von ihnen hat einen Schlüssel, mit dem er das Gefängnistor aufschließen kann.«

»Das stimmt. Viele Menschen können tun, was ich nicht kann, aber sie kommen genausowenig aus dem Gefängnis heraus wie ich. Aber was hat das mit Gerechtigkeit zu tun?«

»Die Gerechtigkeit verlangt, daß nicht die weißen Männer im Gefängnis das Sagen haben, sondern andere.«

»Ja. Aber auf was willst du hinaus?«

»Natürlich stimmt es, daß Männer – und, wie du sagst, besonders weiße Männer – im Gefängnis seit Tausenden von Jahren das Sagen haben, vielleicht von Anfang an. Natürlich stimmt es, daß das ungerecht ist. Und natürlich stimmt es, daß Macht und Reichtum im Gefängnis gerecht verteilt werden sollten. Aber du darfst dabei nicht vergessen, daß für das Überleben der Menschheit nicht die Umverteilung von Macht und Reichtum entscheidend ist, sondern die Zerstörung des Gefängnisses.«

»Das leuchtet mir ein. Aber ich weiß nicht, ob es außer mir noch viele verstehen würden.«

»Nein?«

»Nein. Für die politischen Aktivisten ist die Umverteilung von Macht und Reichtum ... Mir fällt kein Wort ein, das stark genug wäre. Ein Ideal, das jetzt endlich verwirklicht werden muß. Der Gral.«

»Trotzdem ist der Ausbruch aus dem Gefängnis der Nehmer ein gemeinsames Anliegen, mit dem sich alle Menschen identifizieren können.«

Ich schüttelte den Kopf. »Leider ist das Gegenteil der Fall. Ob weiß oder farbig, Mann oder Frau, die Menschen dieser Kultur wollen lediglich so viel Reichtum und Macht im Gefängnis der Nehmer, wie sie bekommen können. Daß sie in einem Gefängnis leben, ist ihnen völlig egal, und daß sie dabei die Welt zerstören, ebenfalls.«

Ismael zuckte die Schultern. »Du bist wie immer pessimistisch. Vielleicht hast du recht. Ich hoffe es nicht.«

»Auch ich hoffe es nicht, glaube mir.«

12

Unser Gespräch hatte nur ungefähr eine Stunde gedauert, aber Ismael schien am Ende seiner Kräfte. Ich räusperte mich einige Male, um mich zu verabschieden, aber offensichtlich hatte er noch etwas auf dem Herzen.

Endlich sah er auf und sagte: »Du weißt, daß ich mit dir fertig bin.«

Ich glaube, wenn er mir ein Messer in den Bauch gestoßen hätte, wäre das nicht schlimmer gewesen.

Er schloß einen Moment die Augen. »Entschuldigung. Ich bin müde und habe mich nicht richtig ausgedrückt. Ich habe es nicht so gemeint, wie es klang.«

Ich konnte nichts sagen, brachte aber ein Nicken zustande.

»Ich meine nur, ich bin mit dem fertig, was ich mir vorgenommen habe. Als Lehrer kann ich dir nichts mehr geben. Trotzdem würde es mich freuen, wenn wir Freunde bleiben könnten.«

Wieder war ein Nicken alles, was ich zustande brachte.

Ismael zuckte die Schultern und sah sich mit trüben Augen um, als habe er vorübergehend vergessen, wo er war. Dann riß es ihn zurück, und er wurde von einem gewaltigen Niesen geschüttelt.

»Also dann«, sagte ich und stand auf. »Bis morgen.«

Er sah mich lange aus dunklen Augen an. Wahrscheinlich überlegte er, was ich noch von ihm wollte, war aber zu erschöpft, um zu fragen. Mit einem Grunzen und einem Nicken zum Abschied entließ er mich.

Dreizehn

1

Bevor ich an diesem Abend in meinem Motelbett einschlief, legte ich mir einen Plan zurecht. Der Plan war schlecht, und ich wußte es, aber mir fiel nichts Besseres ein. Ob Ismael wollte oder nicht (und ich wußte, daß er nicht wollte), ich mußte ihn aus diesem Jahrmarktzelt befreien.

Der Plan war auch insofern schlecht, als er ausschließlich von mir und meinen bescheidenen Ressourcen abhing. Ich hatte nur eine Karte, und wenn ich sie ausspielte, stellte sie sich wahrscheinlich als Lusche heraus.

Als ich um neun am nächsten Morgen auf dem halben Weg nach Hause durch eine kleine Stadt kam, blinkte die rote Lampe der Temperaturanzeige auf und zwang mich, am Straßenrand anzuhalten. Ich öffnete die Motorhaube und überprüfte das Öl: alles in Ordnung. Dann überprüfte ich den Kühlwasserbehälter: leer. Kein Problem. Vorausblickender Fahrer, der ich bin, hatte ich Reservekühlwasser dabei. Ich füllte den Behälter auf und startete den Wagen. Zwei Minuten später blinkte die Lampe erneut. Ich schaffte es zu einer Tankstelle mit einem Schild »Werkstatt geöffnet«, aber die Werkstatt war trotzdem zu. Immerhin, der Tankwart verstand von Autos etwa dreißigmal soviel wie ich und war bereit, einen Blick unter die Motorhaube zu werfen.

»Der Kühlerventilator ist ausgefallen«, sagte er nach fünfzehn Sekunden. Er zeigte mir den Ventilator und erklärte, daß so etwas in der Regel nur vorkomme, wenn der Motor im Stadtverkehr zu heiß werde.

»Vielleicht ist eine Sicherung durchgebrannt?«

»Möglich«, sagte er. Aber es war nicht die Sicherung, denn er probierte eine neue aus, und der Ventilator funktionierte immer noch nicht. »Augenblick«, sagte er und holte einen Spannungsprüfer, mit dem er den Stecker überprüfte, über den der Ventilator mit Strom versorgt wurde. »Die Stromversorgung ist in Ordnung«, sagte er, »sieht so aus, als sei der Ventilator kaputt.«

»Wo bekomme ich einen neuen?«

»Hier in der Stadt nicht«, sagte er. »Nicht am Samstag.«

Ich fragte ihn, ob ich den Wagen noch nach Hause fahren könne.

»Ich denke schon«, sagte er, »wenn Sie nicht lange durch die Stadt fahren müssen. Sonst müssen sie anhalten und den Motor abkühlen lassen, sobald er zu heiß wird.«

Ich schaffte es zurück, brachte den Wagen noch vor Mittag in eine Vertragswerkstatt und ließ ihn gleich dort, obwohl man mir versicherte, daß vor Montagmorgen sowieso nichts mehr geschehen würde. Jetzt mußte ich nur noch eins tun: Ich suchte einen dieser netten kleinen Geldautomaten auf und hob meine gesamte Barschaft ab. Als ich in meine Wohnung zurückkehrte, hatte ich zweitausendvierhundert Dollar bei mir – und war ansonsten völlig pleite.

Über die vor mir liegenden Probleme wollte ich lieber gar nicht nachdenken, sie waren einfach zu groß. Wie kriegt man einen Gorilla von einer halben Tonne aus einem Käfig, aus dem er gar nicht raus will? Wie kriegt man einen Gorilla von einer halben Tonne auf den Rücksitz eines Autos, in das er gar nicht rein will? Und fuhr ein Auto mit einem Gorilla von einer halben Tonne auf dem Rücksitz überhaupt noch?

Man sieht, ich gehöre zu denen, die eins nach dem andern tun. Ich improvisiere. Irgendwie würde ich Ismael schon auf den

Rücksitz meines Wagens bugsieren, und dann würde ich weitersehen. Wie man ein Problem angehen muß, weiß man meiner Erfahrung nach erst, wenn man es hat.

2

Die Werkstatt rief am Montagmorgen um neun an, um mir zu sagen, was dem Auto fehlte. Der Ventilator war infolge von Überbeanspruchung ausgefallen; dazu war es gekommen, weil das ganze Kühlsystem kaputt war. Es mußte eine Menge gemacht werden, und es würde um die sechshundert Dollar kosten. Stöhnend gab ich grünes Licht. Der Wagen sollte gegen zwei Uhr fertig sein, man würde mich dann anrufen. Ich sagte, sie brauchten nicht anzurufen, ich würde den Wagen abholen, sobald ich könnte. In Wirklichkeit hatte ich ihn bereits abgeschrieben. Ich konnte mir die Reparatur nicht leisten, und wahrscheinlich konnte ich Ismael in dem blöden Karren sowieso nicht transportieren.

Ich mietete also einen Kleinlaster.

Man fragt sich, warum ich daran nicht gleich gedacht habe. Die Antwort ist, daß ich eben nicht daran gedacht habe. Ich bin eben ein bißchen beschränkt. Ich habe meine festen Gewohnheiten, und Fahrten in gemieteten Kleinlastern gehören nicht dazu.

Zwei Stunden später fuhr ich auf das Gelände des Jahrmarkts und sagte: »Scheiße.«

Der Jahrmarkt war weg.

Irgend etwas – vielleicht eine böse Vorahnung – ließ mich aussteigen. Ich sah mich um. Unvorstellbar, daß auf dem kleinen Platz neunzehn Karussells, vierundzwanzig Vergnügungsbuden und ein Schaustellerzelt gestanden hatten. Ich überlegte, wie ich den Platz, wo Ismaels Käfig gestanden hatte, ohne Hilfe finden sollte. Aber meine Beine erinnerten sich noch an den Weg, und meine Augen taten den Rest, denn es gab noch einige sichtbare Spuren: Die Decken, die ich Ismael gekauft hatte, lagen auf einem unordentlichen Haufen zusammen mit anderen Dingen, die ich erkannte: einige Bücher, der Zeichenblock, auf dem noch die Karten und Zeichnungen zu sehen waren, mit denen Ismael die Geschichten Kains und Abels und der Nehmer und Lasser veranschaulicht hatte, und das eingerollte und mit einem Gummi zusammengehaltene Plakat.

Verwirrt nahm ich eine Sache nach der anderen in die Hand. Da tauchte der alte Mann auf, den ich bestochen hatte. Grinsend hielt er eine große Plastiktüte hoch, um mir zu zeigen, was er hier tat: Er räumte den Müll auf, den die Schausteller kiloweise zurückgelassen hatten. Als er den Haufen bemerkte, vor dem ich stand, sah er mich an und sagte: »Es war eine Lungenentzündung.«

»Was?«

»Eine Lungenentzündung hat ihn geholt – deinen Affenfreund.«

Ich starrte ihn verständnislos an und hatte keine Ahnung, wovon er redete.

»Der Tierarzt kam am Samstagabend und gab ihm jede Menge Spritzen, aber es war zu spät. Heute morgen, meiner Schätzung nach so gegen sieben oder acht, ging er hinüber.«

»Soll das heißen, er ist ... tot?«

»Richtig, Kollege.«

Und ich, Egoist, der ich war, hatte nur gemerkt, daß Ismael irgendwie erschöpft war.

Ich sah mich auf dem tristen Platz um. Ich fühlte mich vollkommen leer.

Der Alte wartete, offenbar interessiert, was der Affennarr als nächstes tun oder sagen würde.

»Was hat man mit ihm gemacht?«

»Eh?«

»Was hat man mit ihm gemacht?«

»Ach so. Wahrscheinlich die County verständigt. Ihn dorthin gebracht, wo Tiere verbrannt werden, die auf der Straße überfahren worden sind. Du verstehst schon.«

»Ja. Danke.«

»Bitte.«

»Kann ich das hier mitnehmen?«

Er sah mich mit einem Blick an, dem ich entnahm, daß ihm etwas ähnlich Verrücktes bisher noch nicht untergekommen war, aber er sagte nur: »Sicher, warum nicht? Kommt doch sonst eh nur auf den Müll.«

Die Decken ließ ich natürlich da, aber den Rest nahm ich mit. Es paßte alles unter einen Arm.

3

Was sollte ich tun? Eine Weile mit niedergeschlagenen Augen vor dem County-Krematorium stehen, wo überfahrene Tiere verbrannt werden? Jemand anders hätte vielleicht etwas anderes getan, wahrscheinlich etwas Besseres. Ich fuhr nach Hause.

Fuhr nach Hause, gab den Laster ab, holte meinen Wagen aus der Werkstatt und kehrte in meine Wohnung zurück. Sie war auf neue Art leer; es war eine Art gesteigerte Leere.

Auf einem kleinen Beistelltisch stand das Telefon, das mich mit der Welt draußen verband, aber wen sollte ich anrufen?

Dann fiel mir seltsamerweise jemand ein, und ich suchte die Nummer heraus und wählte. Er klingelte dreimal, dann sagte eine tiefe, feste Stimme: »Hier bei Mrs. Sokolow.«

»Spricht dort Mr. Partridge?«

»Ja, ich bin Mr. Partridge.«

Ich sagte: »Ich bin der Typ, der vor einigen Wochen zu ihnen kam und nach Rachel Sokolow suchte.«

Partridge wartete.

»Ismael ist tot«, sagte ich.

Nach einer Pause: »Es tut mir sehr leid, das zu hören.«

»Wir hätten ihn retten können«, sagte ich.

Partridge dachte eine Weile nach. »Sind Sie sicher, daß er das zugelassen hätte?«

Das war ich nicht, und ich sagte es Partridge.

4

Erst als ich Ismaels Plakat in ein Geschäft brachte, um es rahmen zu lassen, entdeckte ich, daß es auf beiden Seiten eine Aufschrift trug. Ich ließ es so rahmen, daß man beide sehen kann. Die eine Seite hatte Ismael in seinem Zimmer aufgehängt:

Gibt es
ohne den Menschen
Hoffnung
für den Gorilla?

Auf der anderen Seite steht:

Gibt es
ohne den Gorilla
Hoffnung
für den Menschen?